I0573286

UN MOMENTO NEL TEMPO

Una raccolta di storie brevi

SUSAN STOKER

Difendere Allye
Difendere Chloe
Difendere Morgan
Difendere Harlow
Difendere Everly
Difendere Zara
Difendere Raven

Delta Force Heroes

Salvare Rayne
Salvare Emily
Salvare Harley
Il Matrimonio di Emily
Salvare Kassie
Salvare Bryn
Salvare Casey
Salvare Sadie
Salvare Wendy
Salvare Mary
Salvare Macie
Salvare Annie (Feb 2022)

Armi e Amori

Proteggere Caroline
Proteggere Alabama
Proteggere Fiona
Il Matrimonio di Caroline
Proteggere Summer
Proteggere Cheyenne
Proteggere Jessyka
Proteggere Julie
Proteggere Melody

Proteggere il Futuro
Proteggere Kiera
Proteggere i figli di Alabama
Proteggere Dakota

Ace Security
Il riscatto di Grace
Il riscatto di Alexis
Il riscatto di Bailey
Il riscatto di Felicity
Il riscatto di Sarah

Una raccolta di storie brevi
Un momento nel tempo

Titolo originale: *One moment in time*

Traduzione dall'inglese di Patrizia Zecchin per One More Chapter Translations

Editing di Mimma Maio

UNA SORPRESA PER CAROLINE

di Susan Stoker

Caroline pensa che suo marito, Matthew "Wolf" Steel, la porti fuori a cena per il loro venticinquesimo anniversario di matrimonio, ma lui ha in serbo una sorpresa più grande.

Una sorpresa per Caroline

Caroline Steel sospirò esasperata guardando suo marito. Lei e Matthew "Wolf" Steel erano sposati da venticinque anni. In effetti, quel giorno era il loro anniversario. Si erano registrati in un hotel di lusso fronte mare che si trovava vicino alla loro casa nel sud della California, e lei non vedeva l'ora di cenare in una delle migliori steakhouse della città.

Ma il suo *caro* marito l'aveva appena informata di voler fare una passeggiata sulla spiaggia prima di mangiare.

«Questo vestito che mi hai comprato ieri non è esattamente appropriato per passeggiare in spiaggia» protestò Caroline.

«Sei bellissima» le disse Matthew.

Adorava quando le faceva i complimenti, ma in quel momento era troppo irritata per apprezzarli. «Inoltre, è impossibile camminare sulla sabbia con queste scarpe» continuò, cercando di trovare un'altra scusa per potersi tirar fuori da quella folle idea.

Suo marito amava l'oceano. Gli piaceva l'atmosfera che creava. Il modo in cui soffiava il vento sulla costa, l'odore dell'acqua, la salsedine nell'aria che si poteva veramente assaporare sulle labbra. Di solito piaceva anche a lei, ma aveva appena passato un'ora a pettinarsi e a truccarsi perché voleva essere perfetta per la cena. Il giorno precedente erano andati a fare shopping e Matthew le aveva comprato un bellissimo vestito rosa lungo fino ai piedi. Aveva le maniche ad aletta e si allargava in vita, facendola sentire una principessa.

A cinquantasette anni, Caroline sapeva di essere troppo vecchia per essere considerata carina; non era *mai* stata una bellezza. Era semplice. Noiosa. Ma Matthew le aveva sempre detto che la prima volta che l'aveva vista, aveva capito che era la donna giusta per lui. Si erano incontrati in modo non convenzionale, su un aereo dirottato da alcuni terroristi. Grazie al suo passato da chimica, era stata in grado di aiutare a salvare tutti i passeggeri. Ma poi le persone dietro al dirottamento le avevano dato la caccia...

Non le piaceva soffermarsi su quel momento della sua vita, ma le aveva portato Matthew, quindi non rimpiangeva un secondo di ciò che era successo.

Suo marito aveva sessantun anni e invece di accusare gli

anni che passavano, sembrava sempre più distinto. I suoi capelli erano cosparsi di grigio e li teneva tagliati corti, proprio come quando era un Navy SEAL. Non era più muscoloso come da giovane, ma Caroline era ancora attratta da lui come lo era stata venticinque anni prima, quando si erano sposati.

C'erano stati degli intoppi il giorno del loro matrimonio, nello specifico non erano mai arrivati in chiesa a causa di un incidente d'auto in cui erano rimasti coinvolti i loro amici, ma ciò non li aveva fermati. Avevano finito per pronunciare le promesse al pronto soccorso, circondati da tutti i loro cari. Caroline non si era mai pentita di non aver avuto un matrimonio tradizionale; era troppo grata che Wolf fosse completamente suo.

Ma c'erano volte in cui suo marito la faceva impazzire. Come in quel momento.

Lui non aveva idea dell'effetto che una passeggiata al mare avrebbe avuto sui suoi capelli. Avrebbe rovinato tutto il suo duro lavoro. Una volta giunti al ristorante, lei sarebbe apparsa ridicola, mentre Matthew probabilmente sarebbe stato raffinato e bello proprio come lo era in quell'istante.

Indossava un paio di jeans e una polo blu scuro e, anche se alcune persone avrebbero potuto pensare che fosse strano portare dei jeans in un ristorante di lusso, Caroline amava che lui facesse ciò che voleva, che indossasse ciò che gli piaceva senza avere problemi.

«Matthew, sul serio, voglio essere bella per te stasera, ma se camminiamo in riva all'oceano sarò un disastro.»

Si avvicinò a lei e le prese la testa tra le mani, inclinandola in modo che lo guardasse negli occhi, poi le disse con tenerezza: «Sei sempre bellissima, Ice. Non mi importa se indossi il pigiama o questo bellissimo vestito. Sei l'amore della mia vita e sono sempre orgoglioso di stare al tuo fianco.»

Rabbrividì di gioia sentendolo chiamarla Ice. Le aveva dato quel soprannome quando si erano conosciuti, e la faceva sempre sciogliere quando lo pronunciava. «Matthew» si lamentò, «ti amo, ma a volte sei uno sprovveduto.»

«Solo per un po'» insistette lui. «Non rimarremo a lungo, ma so per certo che questa sera sulla spiaggia c'è qualcosa che vorresti vedere.»

Caroline sospirò, sapendo di essere stata sconfitta. Quando Matthew abbassava la voce e le faceva quegli occhi da cucciolo, non poteva negargli nulla. «Va bene, ma se arriviamo in ritardo e perdiamo la prenotazione, darò la colpa a te.»

Suo marito sorrise raggiante. «Ci sto.» Poi si chinò e la baciò. Iniziò in modo tenero e lieve, ma presto il bacio si trasformò in qualcosa di molto più appassionato. Potevano anche essere vecchi e non avere più l'energia di un tempo, ma la loro vita sessuale era ancora attiva e intensa.

Caroline si tirò indietro e mise la mano sulla guancia del marito. «Ti amo» gli disse.

«Ti amo anch'io. E stanotte ho intenzione di mostrarti quanto, quando torneremo qui nella nostra stanza.»

«Non posso credere che tu abbia prenotato la suite luna di miele» gli disse scuotendo la testa. «Sarei stata perfettamente felice anche in una stanza normale. Questa è troppo costosa.»

«Niente è troppo costoso per te. Potrei non essere in grado di comprarti una Lamborghini nuova di zecca, ma ogni tanto posso concedermi il lusso di una bella camera d'albergo con alcuni extra, per assicurarmi che tu sappia quanto sei amata.»

«Come la dozzina di rose?» gli chiese, guardando il meraviglioso bouquet sopra il comodino accanto al letto. Aveva voluto metterlo il più vicino possibile a lei per poter sentire il profumo dei fiori per tutta la notte, anche mentre dormiva.

«E le fragole ricoperte di cioccolato e lo champagne» aggiunse lui con un sorriso. «Ora, forza, dobbiamo andare» le disse, prendendole la mano e trascinandola verso la porta.

«Giuro, se c'è un torneo di pallavolo con donne seminude che saltellano, dovrò farti male» lo minacciò per finta.

«Magari sono ragazzi con il mankini» scherzò Matthew.

«Bleah. Che schifo» ribatté lei ridendo. Adorava che suo marito, anche dopo tutti quegli anni, riuscisse ancora a farla ridere. Quando furono sull'ascensore diretti all'ingresso, Caroline si chinò verso di lui. «Se più tardi dovessi dimenticarmi di dirtelo, grazie per i migliori venticinque anni della mia vita.»

La baciò sulla testa. «Penso che avrebbe dovuto essere la mia battuta.»

Le porte si aprirono e Matthew uscì leggermente più avanti rispetto a Caroline. Era uno dei piccoli modi in cui la proteggeva. Sempre attento alle persone che camminavano troppo velocemente e che avrebbero potuto andarle addosso, o ai teppistelli che avrebbero potuto pensare che fossero un bersaglio facile a causa della loro età. Aveva sorpreso più di una persona grazie alla sua forza e alla determinazione di tenerla al sicuro.

Attraversarono l'atrio e Matthew salutò con un cenno

il portiere. Arrivati in strada si avviarono verso il vicino lungomare, che in realtà era più simile a una vecchia passerella di legno che fiancheggiava una distesa di sabbia. Non era molto lunga, ma a Caroline piacevano le panchine che il comune aveva sistemato lungo il percorso e che ci fosse gente in giro, dai giovani agli anziani, che si godevano la brezza fresca dell'oceano.

Camminarono mano nella mano e Caroline dovette ammettere che era stata una grande idea. Suo marito teneva le sue scarpe nella mano sinistra e la stringeva con la destra. «Non riesco a decidere quale sia la mia spiaggia preferita» gli disse. «Voglio dire, adoro il sud della California e vi abbiamo trascorso la maggior parte della nostra vita, ma c'era qualcosa di davvero magico nella spiaggia dell'Alaska.»

«Magico?» le chiese. «Era dannatamente freddo a parer mio.»

Lei rise. «Be', almeno non hai dovuto nuotare in quel mare.»

«No, *quella* volta no» ribatté.

Non conosceva tutti i dettagli delle missioni che suo marito aveva compiuto come SEAL, ma sapeva che era a quello che si riferiva. Gli strinse la mano, cercando di fargli capire quanto fosse orgogliosa di lui, poi continuò con la sua riflessione. «Il lungomare del New Jersey è stato divertente, con tutte le bancarelle di cibo e i giochi arcade. Mi è piaciuta anche quella spiaggia.»

Matthew grugnì. Sapeva che non era stata la sua vacanza preferita, ma era andato lo stesso perché lei aveva voluto fare quell'esperienza.

«Penso che quella alle Hawaii sia la mia seconda preferita» continuò. «Non Waikiki, c'erano troppe persone per godersi veramente la spiaggia, ma la North Shore è stata incredibile. Non riesco a credere a quanto fossero grandi quelle onde. I surfisti erano pazzi! Ma ce n'è una di cui continuo a sentire parlare e che mi piacerebbe visitare.»

«Dov'è, così domani prendo i biglietti» disse Matthew.

Caroline sapeva che non stava scherzando. Li avrebbe di sicuro comprarti online per portarla in qualunque posto avesse voluto andare. Si appoggiò a lui e gli avvolse il braccio intorno alla vita, godendosi la sensazione del suo intorno alle spalle. Continuarono a camminare lungo la passerella, a passo lento e costante. La gente li superava, camminando, correndo, andando in bicicletta e in monopattino, ma nessuno dei due sembrava accorgersene.

«In Australia. Non ci sono mai stata, ma tutti quelli con cui ho parlato e che l'hanno visitata, hanno detto che le persone sono adorabili. Sono anche andata a cercare le spiagge più famose laggiù.»

«Vuoi visitare la Grande Barriera Corallina?» le chiese.

Lei scosse la testa. «No. Cioè sì, mi piacerebbe vederla, ma penso che preferirei visitare Bondi Beach. È solo a circa trenta minuti dal centro di Sydney e ci sono un sacco di ottimi ristoranti nella zona. La sua storia è affascinante. Bondi in origine era Boondi, che è una parola aborigena che significa "rumore di onde che si infrangono". È iconica e mi piacerebbe vederla un giorno.»

Matthew si fermò di colpo in mezzo alla passerella e Caroline lo guardò. «Cosa c'è che non va?»

«Niente. Se vuoi andare in Australia, ti ci porterò. Farò in modo che tu veda canguri, koala e formichieri spinosi. Andremo a vedere uno spettacolo al famoso teatro dell'-opera e ceneremo con il ponte di Sydney sullo sfondo. E sì, andremo a Bondi Beach. Ingoierò persino il mio orgoglio e ti porterò a Manly Beach.»

Lei ridacchiò. «Si chiama davvero così?»

«Sì. Ma non farti troppe illusioni, l'unico uomo "virile" che voglio che ti mangi con gli occhi a Manly Beach sono io.»

«Quello è scontato» disse, accoccolandosi contro suo marito. «E grazie per avermi assecondata.»

«Farei qualsiasi cosa per te. Dai, ciò che voglio mostrarti è poco più avanti.»

Si era già dimenticata che Matthew voleva mostrarle qualcosa. Aveva pensato che magari fosse una gara di costruzione di castelli di sabbia o qualcosa del genere; era sempre stata affascinata da quelle creazioni dettagliate che la gente riusciva a realizzare.

Camminarono lungo la spiaggia finché Caroline non vide un folto gruppo radunato sulla sabbia davanti a loro. Non riusciva a vedere cosa stesse succedendo, ma immaginò che fosse lì che la stava portando.

Non stava prestando attenzione a dove andavano, troppo impegnata a sognare ad occhi aperti l'Australia e a tenere in braccio un simpatico koala, quando Matthew si fermò e si voltò verso la spiaggia.

Alla fine si riscosse e ansimò sorpresa.

Conosceva quelle persone. Erano i loro amici.

C'erano tutti i compagni di squadra SEAL di Matthew con le loro mogli. Abe e Alabama, Cookie e Fiona, Mozart e Summer, Dude e Cheyenne, Benny e Jessyka, addirittura il suo vecchio comandante con la moglie Julie e Tex e Melody.

Non solo loro, ma anche molti degli altri SEAL che avevano conosciuto nel corso degli anni con le rispettive mogli. C'erano bambini ovunque; i più grandi si stavano occupando dei più piccoli.

Ogni singola persona indossava indumenti bianchi; camicie, vestiti, pantaloni. Era come se una nuvola bianca fosse scesa sulla spiaggia... ed era bellissimo.

C'erano anche file di sedie disposte di fronte a quello che sembrava un altare.

«Che cos'è? Cosa sta succedendo?» gli chiese guardandolo.

«Mi abbasserei su un ginocchio, ma sappiamo entrambi che probabilmente mi renderei ridicolo cercando di rialzarmi, dato che le mie ginocchia sono distrutte. Mi dispiace che tu abbia perso il tuo bellissimo matrimonio in chiesa venticinque anni fa, Ice. Ho pensato che avresti gradito una sorta di rifacimento, e che avremmo potuto rinnovare le nostre promesse proprio qui.»

«*Ora?*» chiese stupidamente.

Matthew sorrise. «Sì. Proprio ora. Tutti i nostri amici sono qui. Mi dispiace, ma ho mentito sulla cena in quella lussuosa steakhouse. Prometto di portarti lì un altro giorno. Ma questo hotel» disse, indicando un grande albergo dietro di loro «sta preparando un ricevimento proprio sulla spiaggia per dopo la cerimonia».

Caroline avrebbe voluto piangere. Suo marito non era un uomo tradizionalmente romantico; le rose e i cioccolatini nella loro suite luna di miele erano le cose più tradizionali che avesse fatto da molto tempo, ma le mostrava ogni giorno quanto l'amava e si prendeva cura di lei. Le faceva il pieno di benzina sull'auto, preparava la cena per loro quasi tutte le sere, portava fuori la spazzatura, le teneva la mano ovunque andassero. Si sarebbe tenuta per sempre Wolf esattamente com'era, senza gli eccessivi gesti romantici.

Ma quella... quella era la cosa più incredibile che le fosse mai capitata. Sapeva quanto lavoro fosse necessario per pianificare qualcosa del genere. Dall'organizzarsi con l'hotel al convincere tutti i loro amici a coordinare i loro programmi. «Era questo che stavi facendo tutte le volte che ti ho sorpreso a essere furtivo?»

Sembrò un po' imbarazzato. «Sì. Ho pregato che non pensassi che ti stavo tradendo, con tutte quelle telefonate notturne e il tempo che passavo al computer. Volevo solo che questa serata fosse perfetta per te. Ti darei la luna se potessi prenderla.»

«Ti amo, Matthew. Tantissimo.»

«Ti amo anch'io. Allora? Che ne pensi? Lo facciamo?»

«Sì!» esclamò Caroline.

Camminarono mano nella mano verso i loro amici, e notò che Matthew aveva persino assunto un fotografo professionista che stava scattando foto a raffica mentre si avvicinavano al gruppo.

Non appena arrivarono, furono circondati. Tutti volevano far loro le congratulazioni vantandosi di quanto fossero stati bravi a mantenere il segreto con lei.

Caroline accettò le loro prese in giro e stava sorridendo come una sciocca. Non aveva idea di dove Matthew avesse messo le sue scarpe ed era ben consapevole che i suoi capelli, che aveva scrupolosamente sistemato, stavano perdendo la piega, ma non le importava più.

Dopo quindici minuti passati a salutare tutti e a ringraziarli per essere andati fin lì, Matthew fischiò. «Va bene, basta chiacchiere. È ora che sposi mia moglie... di nuovo.»

Tutti risero. Impiegarono alcuni minuti per radunare i bambini prima di sedersi e guardare Caroline e Matthew alla fine della "navata" improvvisata sulla sabbia.

«Sei pronta?» le sussurrò.

«Per te? Sempre» rispose.

Si incamminarono lentamente verso il giudice di pace. Caroline riuscì a malapena a tener duro quando l'uomo diede il benvenuto a tutti e parlò di amore eterno e di amicizia. Le sue parole erano sentite e la toccarono nel profondo.

Lei e Matthew si guardavano negli occhi mentre la cerimonia continuava, e non si era mai sentita più vicina a lui come in quel momento.

Presto fu il turno di suo marito di parlare.

Caroline sbatté le palpebre sorpresa e si rese conto all'improvviso che avrebbe dovuto trovare qualcosa di romantico e spiritoso da dire. Non era pronta! Non aveva idea di cosa dire.

Ma poi... non riuscì a pensare a *nient'altro* che alle parole di Matthew.

«Venticinque anni fa, ti ho presa in moglie. Pensavo fosse il giorno più bello della mia vita, ma mi sbagliavo. Ogni giorno che ne è seguito è stato migliore. Credo nel nostro matrimonio, in noi, oggi più che mai. Non hai mai esitato a sostenermi. Ogni volta che ti ho salutata per andare in missione, non hai mai mostrato paura. Non hai mai fatto o detto nulla che mi facesse capire che provavi qualcosa che non fosse supporto e amore per me.

Ma so che avevi paura. Eri terrorizzata di non rivedermi. Facevi ciò che dovevi e ciò ha reso i nostri ricongiungimenti ancora più belli. Ti amo, Caroline Steel. Mi hai reso un uomo migliore in tutti i sensi. Sono qui davanti a te oggi, con i nostri amici come testimoni, per rinnovare le mie promesse iniziali. In salute e in malattia, ti proteggerò, starò al tuo fianco e davanti se necessario. Ti metterò al primo posto, perché hai passato gran parte del nostro matrimonio a mettere i miei desideri e bisogni prima dei tuoi. Non importa dove ci porterà la vita nei prossimi venticinque anni, sappi che io ci sarò sempre per te.»

Caroline stava piangendo a dirotto, aveva di sicuro gli occhi rossi e gonfi, ma non poteva farci niente. Non avrebbe mai pensato di poter essere felice come lo era in quel momento, e Matthew l'aveva fatta dannatamente felice negli ultimi venticinque anni. La prima volta che lo aveva incontrato, lei stava passando un momento particolare nella sua vita. Avrebbe voluto trovare qualcuno che l'apprezzasse per ciò che era, ma non pensava sarebbe mai successo. Era stata ignorata da quasi tutti. Ma dopo un inizio difficoltoso, Matthew l'aveva *vista*. E l'aveva amata comunque.

«Tocca a te, Ice» le disse con un piccolo sorriso. Portò una mano sul suo viso e le asciugò delicatamente le lacrime dalle guance, poi le infilò una ciocca di capelli dietro l'orecchio.

«Non sono certa di poter fare bene come te» ammise con sincerità «ma ci proverò. Ci sono stati momenti negli ultimi venticinque anni in cui non ero sicura di poterlo fare. Di stare sposata con un Navy SEAL. Con un uomo straordinario come te. Temevo che sarei svanita sullo sfondo e mi sarei persa nella tua ombra. Ma dal giorno del nostro matrimonio, ti sei rifiutato di permettere che accadesse. Grazie alla tua forza e al tuo amore sono sbocciata. Mi hai fatto il dono dell'amicizia dei tuoi compagni di squadra e ho guadagnato delle sorelle nelle loro mogli.

Oggi ti amo ancora di più per tutto ciò che abbiamo passato. Prometto di stare al tuo fianco quando sarai malato, ferito o avrai bisogno di conforto. Prometto di assicurarmi che tu sappia quanto sei apprezzato ogni giorno per il resto della nostra vita, non importa quanto tempo potrà essere. Non ho paura di vivere fino a centodieci anni, perché so che sarai al mio fianco, amandomi, proteggendomi e dandomi il meglio. Ti amo, Matthew. Sono impaziente di vedere cosa ci riserveranno i prossimi venticinque anni.»

«Ti amo» le sussurrò avvicinandosi.

«Penso che dovresti aspettare che ti venga dato il permesso di baciarla!» urlò Dude dal pubblico, ma Matthew lo ignorò.

Caroline sorrise prima che suo marito la baciasse appassionatamente, come aveva fatto la prima volta che si erano sposati. Era una cosa che avrebbe potuto disgustare i bambini più piccoli sulla spiaggia, ma non vedeva l'ora di riportare Matthew nella loro suite luna di miele e mostrargli quanto tutto ciò avesse significato per lei.

Come se potesse leggerle nella mente, le sussurrò contro le labbra: «Prima il ricevimento, Ice, poi il letto.» Si tirò indietro, la girò verso gli amici e sollevò le loro mani giunte. «Sposati... di nuovo!» gridò.

Caroline sapeva che stava sorridendo come una pazza, ma non le importava minimamente. Quando Matthew era felice, lo era anche lei.

Furono circondati ancora una volta dai loro amici che si congratularono, complimentandosi per la bellissima cerimonia.

Andarono tutti insieme in hotel e Caroline rimase senza fiato davanti all'allestimento. Era elegante ma allo stesso tempo semplice... e si adattava perfettamente all'atmosfera. C'erano bellissime composizioni floreali su ogni tavolo, con candele che dopo il tramonto avrebbero dato all'area un bagliore romantico. I tavoli erano stati sistemati proprio sulla sabbia e su un lato era stato predisposto un enorme buffet.

Wolf la condusse all'inizio della fila e cominciò a riempirle il piatto di cibo.

«Matthew, non posso mangiare tutta questa roba!» protestò ridendo.

«Puoi provarci» replicò.

«Perché cerchi sempre di farmi mangiare?» borbottò, mentre la conduceva a uno dei tavoli.

«Perché hai bisogno delle vitamine» le rispose con un sorriso. «Devo farti ingerire i nutrienti adeguati quando posso. Se dipendesse da te, non mangeresti nient'altro che ciambelle e altro cibo spazzatura.»

Gli sorrise perché aveva ragione.

«E prima che ti lamenti, i fagiolini ti fanno bene» le disse. «E... sai che mangerò quello che non riuscirai a finire tu.»

Lo *sapeva*. Matthew mangiava i suoi avanzi da quando erano sposati. Era una cosa loro. Certo, non era più un Navy SEAL e doveva stare attento a quanto ingurgitava, ma entrambi amavano la tradizione che avevano iniziato tanto tempo prima.

Il pasto era delizioso e a Caroline non importava nemmeno che il vento le sventolasse i capelli contro il cibo, o che i gabbiani li guardassero a pochi metri di distanza in attesa che un bambino lasciasse il piatto incustodito o della possibilità di afferrare un pezzo di pane caduto.

Quando il personale tirò fuori il dessert, non fu sorpresa di vedere cos'avesse scelto Matthew.

«Una German chocolate cake?» chiese con una risata.

«Sì. È la nostra preferita.»

«La *tua* preferita» lo corresse.

«Sì» concordò di nuovo, senza mostrarsi affatto imbarazzato.

A Caroline non importava. Suo marito meritava una fetta extralarge della sua torta preferita per aver realizzato quella sorpresa. Era stato tutto perfetto per quanto la riguardava, e lo amava ancora di più per averla organizzata.

Mangiò quello che riuscì della sua fetta e sorrise quando Matthew le tolse il piatto e se lo mise davanti.

Mentre lui finiva anche la sua porzione di torta, Caroline gli appoggiò la testa sulla spalla. Un cameriere portò un bollitore pieno d'acqua calda e una bustina di tè Earl Grey e lei sorrise al marito.

«Questo invece è il *tuo* preferito» le disse con sicurezza.

«È vero» concordò. «Mi vizi.»

«Farei qualsiasi cosa per te.»

Dopo che lei ebbe bevuto il suo tè, Wolf si alzò e le tese la mano. La prese e si lasciò condurre in mezzo ai tavoli, proprio dove c'era un piccolo spazio nella sabbia. Tirò fuori il telefono e toccò lo schermo alcune volte finché la loro canzone di nozze riempì l'aria.

«Posso avere questo ballo?» le chiese.

Caroline annuì e lui la prese tra le braccia. Dondolarono avanti e indietro mentre il brano *Come To Me* dei Goo Goo Dolls risuonava. Era una canzone di nozze non convenzionale, ma non avrebbe mai dimenticato come lui avesse cambiato il testo venticinque anni prima per adattarlo perfettamente alla loro situazione e corteggiamento. Amava Matthew allora e lo amava adesso, più di quanto potesse esprimere a parole.

Quando la canzone terminò, Caroline si rese conto che la maggior parte dei loro amici si era alzata in piedi e ballava. C'era così tanto amore intorno a loro che si sentì quasi sopraffatta.

«Il sole sta per tramontare. Vieni con me» le disse trascinandola verso l'oceano. Ci andò senza lamentarsi.

Lui si fermò appena prima del punto in cui le onde raggiungevano la sabbia e si voltò a guardarla. Le mise le braccia intorno alla vita e lei appoggiò i palmi sul suo petto.

«Mi dispiace di averti mentito, ma volevo davvero che fosse una sorpresa.»

«Puoi mentirmi quanto vuoi su cose come questa» replicò lei sorridendo. «Nessuno oltre a te mi ha mai fatta sentire così speciale e amata.»

«*Sei* amata» dichiarò serio. «Erano tutti entusiasti di venire qui oggi. Magari non abbiamo avuto figli, ma tutti pensano a te come alla loro seconda madre.»

«Lo so. Ricordi quella volta che avevo pensato che sarebbe stata una buona idea avere tredici di quelle piccole pesti contemporaneamente, in modo che i loro genitori potessero passare un po' di tempo da soli?» gli chiese.

«Non ricordarmelo» disse Wolf, fingendo di rabbrividire.

«Rimpiangi di non aver avuto figli?» non poté fare a meno di chiedergli.

«No.» La sua risposta fu immediata e decisa. «Ho adorato averti tutta per me. So che questo mi fa passare per un bastardo egoista, ma è così. Inoltre, abbiamo praticamente aiutato a crescere i figli dei nostri amici, non mi sembra che ci siamo persi qualcosa.»

«Ma non abbiamo nessuno che si prenderà cura di noi quando invecchieremo.»

«Alcune persone direbbero che siamo *già* vecchi» sostenne Matthew, senza un accenno di preoccupazione nel tono. «Inoltre, ci sono *io* che mi prendo cura di te, e tu ti prendi cura di me. Staremo bene.»

Proprio in quel momento, la nipote di Tex, la primogenita di sua figlia Akilah, andò a sbattere contro le gambe di Wolf, facendolo quasi cadere. Aveva solo quattro anni ma era già parecchio intelligente. «Preso, zio Wolf, tocca a te!» gridò la bambina, poi corse via.

Matthew guardò di nuovo Caroline con un sopracciglio inarcato. «Non abbiamo figli?» chiese in tono piatto ma con un sorriso.

Lei gettò indietro la testa e rise fino a sentire male alla pancia. Era vero. Magari non aveva dato alla luce un bambino, ma aveva sicuramente fatto la sua parte nel crescere i giovani uomini e donne che erano andati a condividere con loro quel giorno speciale. E ora quei ragazzi avevano i loro figli. Il ciclo della vita sarebbe continuato, e lei e Wolf avevano una famiglia più che sufficiente per prendersi cura di loro se ne avessero avuto bisogno quando sarebbero stati più vecchi.

«Guarda» sussurrò Matthew, voltandola per farle guardare il sole che stava tramontando all'orizzonte.

Caroline era sempre sorpresa dalla velocità con cui accadeva. Un secondo prima il sole era lì come una grande palla arancione nel cielo, e quello successivo era scomparso.

La vita era così. Un giorno eri felice e vivevi la vita migliore possibile, e il giorno successivo te ne andavi. Ma non ti avrebbero mai dimenticato.

Tutti si lasciavano un'eredità alle spalle e sperava che lei e Matthew ne avrebbero lasciata una buona.

Mentre tornavano al ricevimento, il fotografo che li aveva seguiti senza che se ne accorgessero, mostrò loro una foto che aveva scattato: era di loro due vicino all'oceano con il sole che tramontava alle spalle. Caroline rideva con la testa gettata all'indietro e Matthew la guardava dall'alto, sorridendo.

«Oh mio Dio» ansimò lei davanti all'immagine sulla fotocamera. «Questa la incornicerò sicuramente.»

Il fotografo sorrise. «Sì, penso che sia la mia preferita della serata, e questo la dice lunga perché avete una bella famiglia.»

Sì, ce l'avevano davvero.

———

Più tardi, quella notte, Wolf aprì lentamente la cerniera del bellissimo vestito rosa e lo fece scivolare dalle spalle di Caroline. Non riusciva a credere a quanto fosse ancora bella sua moglie. Aveva più rughe di un tempo e si lamentava che la sua pelle si afflosciava in tutti i punti sbagliati, ma ciò che vedeva lui era solo perfezione.

Lei andò in bagno a prepararsi per andare a letto, e lui fece lo stesso in quello più piccolo che la suite di lusso offriva.

Si incontrarono di nuovo in camera e Caroline salì sul letto e aprì le braccia. Wolf si avvicinò rapidamente chiudendola nel suo abbraccio. Inspirò profondamente, amando il profumo del sale e dell'aria fresca dell'oceano che aleggiava sulla sua pelle.

Non erano più giovani, ma ciò non aveva mai impedito loro di amarsi. Wolf scese lentamente lungo il corpo di Caroline, eccitato dallo sguardo nei suoi occhi socchiusi mentre le allargava le gambe e si sistemava tra di loro.

Dopo averla mandata in estasi con un orgasmo, risalì sul suo corpo e si spinse dentro di lei. Fece l'amore con sua moglie in modo lento e tranquillo, senza mai distogliere lo sguardo dal suo. Non durò a lungo, ormai non succedeva più, ma non importava a nessuno dei due.

Chiuse gli occhi e memorizzò la sensazione di averla sotto e intorno a lui, ed esplose di piacere.

La prese di nuovo tra le braccia e coprì entrambi con il lenzuolo. Caroline si rannicchiò contro di lui proprio come aveva fatto negli ultimi venticinque anni.

«Qual è finora il tuo momento preferito della nostra vita insieme?» gli chiese assonnata.

«Tu che ti svegli accanto a me, e vedere l'amore nei tuoi occhi quando li apri e *mi* vedi» disse Wolf senza esitazione.

«Veramente? Tra tutto ciò che abbiamo fatto, quello è il tuo preferito?»

«Assolutamente. E tu che mi dici?»

«È impossibile per me restringere il campo a una cosa sola» disse, scuotendo leggermente la testa. «È il modo in cui mi fai sempre sentire, come se quello che dico fosse importante. Il modo in cui ascolti... mi *ascolti* davvero. E che quando ci guardiamo, è come se stessimo pensando la stessa cosa, come se condividessimo la stessa mente.»

«Mi piace» ammise lui.

Caroline rimase in silenzio per così tanto tempo che pensò si fosse addormentata, ma poi lo sorprese dicendo sommessamente: «Penso che il motivo per cui mi sveglio guardandoti con amore è perché dormo sempre bene sapendo che stai vegliando su di me.»

Wolf sentì gli occhi inumidirsi. Non era un uomo che piangeva, non lo era mai stato. Essere un Navy SEAL praticamente lo garantiva. Aveva visto e sperimentato troppo per piangere per un'inezia. Ma le sue parole lo avevano toccato profondamente.

«Veglierò *sempre* su di te, Ice. Non importa cosa accadrà in futuro. Puoi contare su di me.»

Aspettò di ricevere una tenera risposta, ma tutto ciò che ottenne fu un leggero russare.

Ridacchiando sommessamente, Wolf chiuse gli occhi e strinse di più sua moglie. Lui e Caroline erano una coppia affiatata e anche se non aveva idea di cosa avesse in serbo il futuro per loro, non aveva dubbi che avrebbe fatto qualsiasi cosa per rendere il mezzo secolo successivo grandioso quanto i primi venticinque anni.

IL LUNGOMARE

di Susan Stoker

Un giorno, camminando lungo la spiaggia, un uomo incontra una donna seduta su una panchina. Iniziano a conversare e lui la porta a pranzo. Ma come la maggior parte delle cose nella vita, nella storia c'è sempre qualcosa di più rispetto a ciò che sembra a prima vista.

NOTA DELL'AUTRICE

Quando ho scritto questo racconto, ho pensato che fosse la storia di un amore assoluto. Se la protagonista fossi stata io, avrei provato un grande conforto nel sapere di essere protetta e accudita nel momento in cui non fossi più stata in grado di farlo da sola.

Mi piacerebbe che potessimo rimanere tutti giovani per sempre, ma non possiamo.

Se devo invecchiare, voglio al mio fianco qualcuno come l'Eroe di questa storia.

Ora tirate fuori i fazzoletti e leggete... se ne avete il coraggio!

-Susan

———

Il lungomare

L'uomo guardò lo stravagante orologio che aveva al polso. C'erano un sacco di funzioni che non aveva mai usato, ma non importava, perché la sola e unica ragione per cui lo aveva comprato aveva giustificato il costo più di una volta.

La fresca brezza che soffiava dall'oceano gli scompigliava i corti capelli grigi, mentre camminava deciso sul lungomare. I suoi occhi si spostavano di continuo dall'orologio al polso, alle onde dell'oceano che si infrangevano piano sulla spiaggia, alle molte persone in giro che si godevano la giornata.

Il pomeriggio era perfetto; il cielo era azzurro, il sole splendeva ma non faceva troppo caldo. Per lui quello era un giorno speciale ed era contento che il tempo stesse collaborando.

Sul lungomare c'erano panchine strategicamente posizionate, la maggior parte delle quali erano occupate da giovani madri e bambini che si prendevano una pausa, o da uomini e donne più anziani che si rilassavano al sole.

Sentendosi stanco, fu felice di vedere che si stava avvicinando proprio a una di quelle panchine. C'era una signora anziana seduta a un'estremità, il viso inclinato verso il sole e un piccolo sorriso sulle labbra.

«È occupato questo posto? Posso sedermi?» le chiese sorridendo. Aveva i capelli grigi come i suoi, raccolti in una crocchia sulla nuca. Alcune ciocche erano sfuggite dall'acconciatura e sventolavano contro la sua guancia e sul viso, ma lei non sembrava nemmeno accorgersene.

Teneva le mani rugose serenamente posate in grembo. Indossava un paio di pantaloni grigi e una camicetta gialla. Erano capi semplici, pensati più per essere comodi che alla moda.

Lei lo guardò e fece un enorme sorriso. «Certo.»

L'uomo si sedette e allungò un braccio sullo schienale della panca. Rimasero seduti in silenzio per alcuni minuti prima che lui dicesse: «Bella giornata oggi.»

«Sì» concordò la donna. «Mi ricorda uno dei giorni più belli della mia vita.»

«Davvero?»

Annuì, mantenendo lo sguardo sulla spiaggia mentre parlava. «Il giorno del mio matrimonio. Be'... non il giorno del matrimonio vero e proprio, quello è stato *il* giorno più bello della mia vita, ma questo ci va molto vicino.»

L'uomo aspettò che continuasse, ma quando sembrò essersi dimenticata che lui fosse lì, si schiarì la gola e le chiese: «Era una cerimonia di rinnovo delle promesse?»

Lei trasalì, poi ridacchiò voltandosi a guardarlo. «Sì. Era il nostro venticinquesimo anniversario e mio marito aveva pianificato tutto per bene. Non me ne aveva parlato ed era riuscito a tenerlo miracolosamente segreto.» Un sorriso amorevole si dipinse sul suo volto a quel ricordo chiaramente bellissimo.

«Mi ha convinta con l'inganno ad andare a fare una passeggiata sulla spiaggia con lui. Erano presenti tutti i nostri amici, proprio come al nostro matrimonio, e anche molti dei loro figli e nipoti. Non avevo idea che ci stessero aspettando; mi ha scioccata da morire, mi creda.»

L'uomo ridacchiò. «Ci scommetto che sia stata una sorpresa. Posso immaginare la scena, pensava di fare una passeggiata romantica e poi all'improvviso vi siete risposati.»

«Esatto!» gli disse, guardando di nuovo verso la spiaggia, assorta nei suoi pensieri. «Ma è stato incantevole. Per essere un uomo, mio marito ha fatto un ottimo lavoro con i piccoli dettagli. Si erano accordati tutti di vestirsi di bianco e il giorno prima mi aveva comprato un abito. Era rosa. L'hotel vicino aveva sistemato dei tavoli sulla sabbia, così dopo aver recitato le nostre promesse ci siamo tutti seduti a mangiare.» Sospirò. «La foto di me e mio marito in riva all'oceano con il sole che tramonta alle nostre spalle, è uno dei miei beni più preziosi.»

«Scommetto che era bellissima.»

La donna si voltò e fissò male lo sconosciuto accanto a lei. «Sta flirtando con me?»

Lui sollevò le mani in segno di resa. «No! Riconosco una donna impegnata quando ne vedo una!»

Si toccò la collana intorno al collo. «Non indosso più anelli, perché quelle dannate cose si sfilavano sempre e continuavo a perderle, così mio marito mi ha regalato questa collana.»

«Posso vedere?» le chiese, indicando il grosso ciondolo.

Lei annuì e lo allungò verso di lui.

L'uomo si avvicinò di più e chiuse le dita intorno all'insolita pietra. «Non credo di aver mai visto niente di più bello.»

«Ho detto a mio marito che era troppo. Soprattutto da portare tutti i giorni, ma lui ha affermato che solo un ciondolo unico e particolare avrebbe potuto rendere giustizia alla mia bellezza.»

«Che pietra è?» le chiese.

«Ammolite» rispose subito. «È fatta di aragonite, un minerale che si forma naturalmente nelle stalattiti, come quelle nelle Carlsbad Caverns.»

Sembrava stesse recitando la sua descrizione a memoria ma non la interruppe.

«È fatto di conchiglie fossilizzate. Mio marito ha detto che è una delle poche sostanze biogeniche al mondo... prodotta da processi vitali... o qualcosa del genere. Ad ogni modo, sosteneva che era perfetta per me perché proveniva dall'oceano... e dato che ama l'oceano, sarebbe stato come portare sempre al collo una parte di lui.»

«Sembra proprio un uomo in gamba.»

«Oh, lo era... lo è.» Si accigliò, come se pensare al marito la rendesse triste.

Non volendo che si soffermasse troppo su pensieri dolorosi, lasciò ricadere la pietra rosa sulla sua mano e cambiò argomento. «Allora posso capire perché le piace sedersi qui, visto che le riporta alla mente ricordi così belli. Anch'io ho sempre amato l'oceano. È potente e letale ma allo stesso tempo calmante.»

«Sì. Non sono mai stata brava a nuotare, ma anche a me è sempre piaciuto stare vicino all'acqua. Mio marito era un pesce, sapeva nuotare meglio di chiunque altro abbia mai conosciuto. Lui e i suoi amici passavano ore in mare, a giocare e scherzare tra loro.»

L'uomo sorrise per l'affetto che percepì nella sua voce. Si appoggiò alle assi di legno della panca e fece una smorfia. La sua artrite stava peggiorando e gli facevano male le ossa. Il calore del sole era piacevole per le sue articolazioni doloranti e non era ancora pronto per tornare a casa. Aveva ottantasei anni, non era più un giovincello, ma che fosse dannato se avrebbe passato la fine della sua vita sdraiato su un letto in attesa di morire. Inoltre, aveva un lavoro importante da svolgere e non aveva tempo per essere infermo.

Era ancora magro e mangiava bene, non volendo riempire il suo corpo di sostanze chimiche e additivi non necessari. Si era allenato ogni giorno fino a circa dieci anni prima, quando aveva subito l'impianto di un nuovo ginocchio. Il recupero era stato lungo e per un po' aveva pensato che non avrebbe mai più camminato, ma come aveva già fatto con tutte le altre ferite subite nel corso della vita, aveva stretto i denti e superato la sua disabilità temporanea.

Il suo viso era rugoso, così come il resto del corpo. Non era più l'uomo snello e muscoloso di un tempo, ma il più delle volte era troppo impegnato per notarlo o preoccuparsene. Era sposato anche lui e si prendeva cura della moglie ottantaduenne dal momento in cui si svegliava fino a quando andava a letto la sera. Si assicurava che mangiasse pasti sani, che non venisse molestata o trattata ingiustamente durante il giorno; era incredibile quanto potessero essere orribili le persone con gli anziani, e le teneva compagnia mentre guardava la televisione o giocava a carte.

Aveva giurato di rimanere al suo fianco in salute e in malattia, nella buona e nella cattiva sorte, qualunque cosa fosse accaduta. Le loro vite stavano lentamente volgendo al termine, ma non riusciva a pensare a niente di meglio che trascorrerne ogni secondo con la sua bellissima moglie.

La donna che aveva sposato era la sua vita e quindi capiva perfettamente la devozione di quella signora per il proprio marito. Per proseguire la chiacchierata le disse: «Una volta nuotavo piuttosto bene.»

Trattenne un sorriso quando i suoi occhi si posarono su di lui per guardarlo dalla testa ai piedi.

«Non ha molto l'aspetto di un nuotatore» fu la sua risposta un po' sarcastica.

L'uomo scoppiò a ridere. «Forse non ora, ma ai miei tempi ero una forza da non sottovalutare» ribatté, quando finalmente riprese il controllo.

«Io no» sostenne lei, sorridendo tra sé e riportando lo sguardo verso l'oceano. C'erano diverse famiglie e bambini che giocavano sulla spiaggia e sulla riva, e mentre li osservava disse: «Ho trascorso la maggior parte della mia vita nell'ombra.»

«Le piaceva così?»

Scosse la testa, poi scrollò le spalle. «Non proprio, ma c'ero abituata.»

«Non riesco a immaginarlo.»

«Be', da quando ci siamo conosciuti mio marito non ha più permesso a nessuno di ignorarmi.»

«Anche lui non dovrebbe» le disse. «Un buon marito deve fare il possibile per rendere felice la moglie. Inoltre, lei sembra il tipo di donna che non sarebbe contenta di rimanere sullo sfondo.»

«L'apparenza inganna» replicò con tranquillità.

«Ha dei figli?» le domandò, notando la felicità sul suo viso mentre osservava i ragazzini giocare.

Scosse la testa. «No. Non li abbiamo voluti. Ma non significa che non ci fossero bambini nella nostra vita.»

«Sono confuso» ammise, spostandosi contro la panca; la schiena continuava a fargli male.

«Certo, non abbiamo avuto figli ma la maggior parte

dei nostri amici sì. Quasi ogni fine settimana avevamo bambini che dormivano da noi, in modo che i loro genitori potessero prendersi una pausa. Ricordo che una volta ne abbiamo tenuti addirittura tredici.»

«Tredici?» l'uomo finse di rabbrividire. «Tutti figli di una coppia sola?»

Lei ridacchiò. «No. Di quattro.»

«Penso di voler ascoltare questa storia» confessò, sporgendosi in avanti per allungare la schiena e sciogliere i nodi. Con i gomiti appoggiati sulle ginocchia, tenne la testa girata verso di lei per guardarla in viso.

«Io e le mie amiche eravamo lì a lamentarci di una cosa o dell'altra e del fatto che non riuscissimo mai a vedere i nostri mariti quanto volevamo; avevano avuto un paio di mesi difficili al lavoro ed erano stati via più del solito. Avevo riflettuto su quanto amassi stare da sola con mio marito quando tornava a casa dopo le sue lunghe assenze e mi sentivo in colpa che le altre dovessero condividere quel tempo anche con i figli. Così, dopo che i nostri mariti erano stati via per molto tempo, mi sono offerta di tenere tutti i loro bambini un fine settimana.»

«È stata una cosa generosa da fare.»

«Sì» replicò semplicemente. «Ma ho convinto un'altra coppia di amici, anche loro senza figli, ad aiutarmi. Quindi è andata così: quattro adulti, otto bambine dai due ai tredici anni e cinque maschi dai quattro ai quindici. È stato pazzesco, ma divertente.»

«Cos'ha fatto? Come ha fatto a intrattenere tutti?»

«Con l'acqua.»

«L'acqua?»

«Sì. Pistole ad acqua, una piscina gonfiabile, gavettoni.

È stato un caos, ma davvero spassoso. Inoltre c'è stato un vantaggio, non abbiamo dovuto far loro il bagno.»

«Mi vedo la scena» disse lui, immaginando bambini urlanti che correvano in un cortile e gli adulti che ridevano e si univano al divertimento.

«Quindi, io e mio marito potremmo non aver avuto figli, ma quelli dei miei amici sono speciali per me e li amiamo tutti.»

L'uomo cambiò ancora posizione sulla panchina. Doveva muoversi. Quando le ossa gli facevano male come in quel momento, significava che se non si fosse alzato e non avesse camminato, in seguito avrebbero fatto più male. E se il dolore fosse diventato troppo forte, non sarebbe stato in grado di prendersi cura di sua moglie. «Le va di fare una passeggiata?» chiese alla donna.

Quando sembrò a disagio, disse in fretta: «Non andremo lontano e nemmeno veloci, ma la mia artrite sta peggiorando e se non mi alzo ora, stasera non riuscirò più a muovermi. Mi piacerebbe sentire altre storie.»

Lei sorrise e si alzò lentamente tendendogli la mano. «Mi piacerebbe camminare. Grazie.»

Le permise di aiutarlo ad alzarsi. Una volta in piedi le offrì il gomito. «Signora?»

La donna gli avvolse la mano intorno al braccio e gli concesse di sostenere parte del suo peso mentre iniziavano a spostarsi lungo la passerella.

Intorno a loro, uomini, donne e bambini camminavano, correvano e li oltrepassavano con i monopattini. L'uomo la fece stare sulla destra, lontano dalla gente in rapido movimento. L'ultima cosa che voleva era che lei si facesse male a causa del suo bisogno di camminare.

«Ha altre storie sui bambini?» le chiese.

«Certo. Quei bambini sono delle pesti, ma esilaranti» gli disse con un gran sorriso. «C'è stata una volta in cui Taylor si è incastrata le dita dei piedi nel rubinetto della vasca da bagno. Suo padre è andato fuori di testa. Voleva chiamare il nove-uno-uno, ma fortunatamente sua moglie ha chiamato me. Sono corsa a casa loro e sono riuscita a farle sfilare le dita usando la vaselina.»

«Di certo doveva essere abituato a cose così strane. Voglio dire, i bambini si mettono sempre nei guai...»

«Era la sua unica figlia ed era molto protettivo. Era un uomo molto virile, ma ogni volta che sua moglie o la bambina si facevano male, si trasformava in un inutile confusionario.»

«Cos'altro?» le domandò, godendosi il tono felice che aveva quando parlava dei suoi amici.

«Io e un'amica ci siamo offerte di tenere i figli di un'altra che ne aveva sei. Erano fuori controllo quella sera e non so perché. Quando alla fine siamo riuscite a metterli tutti a letto e ci sono effettivamente rimasti, i genitori sono tornati. Sono andata a casa e ho detto a mio marito quanto fossi felice di non aver mai avuto figli e abbiamo fatto sesso. È stato incredibile.»

La donna aveva una cadenza confortante nella voce. Gli calmava l'anima. Era un uomo felicemente sposato, ma avrebbe potuto ascoltare quella donna per tutto il giorno.

«E lei? Ha dei bambini?» gli chiese.

Alla sua domanda, il sorriso sul volto dell'uomo scomparve. All'improvviso sembrava sconfitto e triste, ma si riprese rapidamente voltandosi verso di lei. Continuando a camminare, le accarezzò la mano posata sul suo braccio e le disse: «No. Niente bambini. Come lei, non ne ho mai voluti. Ho vissuto l'esperienza indirettamente con i figli dei miei amici. E ora con i loro nipoti.»

«Nipoti» mormorò la donna, inclinando la testa e guardando in lontananza mentre proseguivano.

«Sì. Sono tantissimi. All'ultimo ritrovo, dovevano essercene almeno una ventina.»

«C'è stata una volta in cui ho fatto da babysitter a tredici bambini contemporaneamente» disse la donna.

L'uomo la guardò con uno sguardo indecifrabile. «Me l'ha raccontato» mormorò esitante.

«Ah, sì?» sembrò confusa per un momento. «Oh sì, che stupida. A volte sono un po' smemorata.»

Le accarezzò la mano in modo rassicurante. «Non si preoccupi.»

Arrivarono a una biforcazione sul lungomare; il percorso a destra scendeva alla spiaggia, quello a sinistra girava intorno a un piccolo edificio che ospitava i servizi igienici, poi si snodava intorno a una costruzione più grande nota alla gente del posto come "The Establishment". All'interno c'erano degli appartamenti, una caffetteria, una pista da bowling e un cinema a uso esclusivo dei residenti; era specializzato in vecchi classici.

«Ha fame?» le chiese.

«Che cosa?»

«Cibo. Le va di venire a pranzo con me? Offro io.» Le sorrise.

Sembrò confusa per un momento, come se non sapesse cosa dire.

«Sono sposato, ricorda?» disse l'uomo alzando la mano sinistra e mostrandole la fede al dito. «Sono stanco e immagino che lo sia anche lei. Possiamo pranzare insieme e poi andare ognuno per la propria strada.»

Annuì. «Va bene. Ma non posso restare troppo a lungo. Io... io devo andare da qualche parte.»

«Certo» acconsentì subito, guidandola verso sinistra. «Il cibo qui è eccellente. Penso che le piacerà.»

Lei sollevò lo sguardo verso il grande edificio mentre si avvicinavano e si rilassò contro di lui. «Sono sicura di sì» mormorò.

L'uomo la condusse fino alla porta d'ingresso e nell'atrio. Alcune persone li salutarono con rispetto, ma lui non si fermò. Entrarono nel ristorante e la direttrice di sala sorrise loro mentre si avvicinavano.

«Buon pomeriggio. Tavolo per due?» chiese educatamente.

«Sì, per favore» rispose l'uomo.

Senza dire altro, li condusse a un tavolo che si affacciava sul lungomare su cui avevano appena passeggiato e sull'oceano dietro. Ringraziò la direttrice che li informò che la cameriera sarebbe andata subito da loro.

«È bellissimo» sussurrò la donna mentre vedeva per la prima volta il panorama. «Come sapeva che amo guardare l'oceano?»

Con un piccolo sorriso, l'uomo rispose: «Ho avuto un'intuizione.» La aiutò a sedersi e si accomodò dall'altra parte del tavolo.

Non appena furono seduti, una cameriera si avvicinò, posò davanti a loro due bicchieri d'acqua porgendo a entrambi un menu laminato di una pagina.

«Buongiorno. Mi chiamo Jessie e sarò la vostra cameriera. La specialità di oggi è pollo al forno, fagiolini e patate gratinate.»

«E come dolce?» chiese l'uomo.

La ragazza ridacchiò come se avesse sentito altre volte

quella domanda, posta con altrettanto entusiasmo. «La German chocolate cake.»

«Una delle mie preferite» affermò e strizzò l'occhio alla giovane donna.

Lei ridacchiò di nuovo. «Torno tra un attimo per prendere il vostro ordine. Prendetevi tutto il tempo che vi serve.» Diede un colpetto sulla spalla dell'uomo e se ne andò.

«Era simpatica» notò distrattamente la donna. Poi, con sguardo assorto, disse: «Una delle bambine a cui facevo da babysitter si chiamava Jessie.»

«Davvero? Che coincidenza.»

«Mm-mm.»

«Vogliamo semplificare le cose e prenderci la specialità del giorno?» le chiese.

«Che cosa? Oh, certo. Mi piace il pollo.»

«Bene.»

Non appena misero giù i menu, Jessie fu lì.

«Prendiamo entrambi la specialità. Grazie» le disse l'uomo.

«Due specialità in arrivo» annunciò con efficienza, poi li lasciò soli ancora una volta.

«Qual è il suo ricordo preferito su suo marito» le domandò, mentre anche lui pensava alla moglie.

«Il mio ricordo preferito» rifletté. «È difficile, ne ho tanti. Vediamo... penso, il ballo che abbiamo fatto sulla nostra canzone il giorno del matrimonio.»

L'uomo fece un gran sorriso. «Quello è anche uno dei ricordi preferiti che ho di mia moglie.»

La donna canticchiò alcune battute di una canzone che lui riconobbe.

«Non è molto convenzionale per un matrimonio»

osservò.

Lei annuì. «Sì. Ma si adatta bene a noi. Ho faticato a sceglierne una. Mi ha fatto impazzire. Ma la prima volta che ho sentito quella canzone, ho capito che si riferiva a noi.»

«È bellissima.»

«E lei che mi dice? Qual è il suo ricordo preferito riguardo a sua moglie?» gli chiese.

«Non posso sceglierne uno» rispose subito. «Dal nostro secondo incontro ho capito che era mia.»

«Il vostro secondo incontro? Non il primo?» domandò, alzando le sopracciglia.

«Come le piaceva rinfacciarmi spesso, la prima volta che ci siamo incontrati non l'avevo davvero notata. Ma grazie a Dio ho avuto una seconda possibilità.»

La donna rise. «Ho l'impressione che sia una persona che perdona facilmente.»

«Oh, sì» la rassicurò. «Ma non è una debole. Affatto. È una delle donne più forti che abbia mai incontrato in vita mia, e ne ho incontrate parecchie di forti ai miei tempi. È altruista, generosa e gentile. Mi ha chiesto quale fosse il mio ricordo preferito di lei e ho mentito quando ho detto che non potevo sceglierne uno; è l'espressione serena che aveva sul viso quand'era addormentata nel nostro letto, è lo sguardo colmo d'amore che le brillava negli occhi quando li apriva e mi vedeva sdraiato accanto a lei. Questo è il mio ricordo preferito.»

Lei corrugò la fronte e spostò lo sguardo sull'oceano in lontananza. Anche lui guardò all'esterno e vide un gruppo di uomini che correvano sulla spiaggia in pantaloncini e maglietta grigia.

Gli occhi della donna si illuminarono. «Oh, guardi. Ecco i soldati!»

Osservarono in silenzio gli uomini fermarsi improvvisamente e iniziare a fare flessioni sulla sabbia. Poi girarsi sulla schiena e fare una serie di addominali. Saltare in piedi e riprendere a correre. Entrambi continuarono a seguire i loro progressi. Un centinaio di metri dopo, i soldati si lasciarono cadere di nuovo sulla sabbia per ricominciare la routine di piegamenti e addominali.

«Lo fanno ogni giorno, sa» disse la donna. «Immancabilmente. Ogni giorno.»

«Devono essere disciplinati» osservò lui.

«Certo. Altrimenti non potrebbero diventare i migliori soldati del mondo.»

«Che ne sa al riguardo?» le chiese, sinceramente incuriosito.

Si voltò verso di lui, gli occhi scintillanti di malizia. «Glielo direi, ma poi dovrei ucciderla.»

L'uomo gettò la testa indietro e rise, proprio mentre Jessie tornava al loro tavolo con due piatti colmi di cibo. «Ecco le due specialità. Siete fortunati, il cuoco ha appena tolto i panini dal forno. Sono bollenti, fate attenzione a non bruciarvi.»

«Grazie, Jessie. Sembra tutto delizioso.»

«Oh mio Dio, è un sacco di cibo» esclamò la donna, guardando costernata il suo piatto.

«Non si preoccupi, se non riesce a finire qualcosa, sono sicura che il bel gentiluomo al suo fianco sarà felice di farlo al posto suo» disse la cameriera con un sorriso. Se ne andò dopo aver aggiunto: «Fatemi sapere se avete bisogno di altro. Vi porterò il dolce quando sarete pronti.»

«È molto carina» osservò la donna.

«Lo è davvero» concordò lui. «Cominciamo?» le chiese, indicando con il mento il cibo davanti a loro.

Mangiarono in silenzio per un po'. L'uomo sollevò lo sguardo e vide che lei stava solo giocherellando con i fagiolini. «Dovrebbe mangiarli, sa. Le fanno bene.»

Arricciò il naso. «Non mi piacciono molto.»

Scrollò le spalle. «Alla nostra età, abbiamo bisogno di tutte le vitamine possibili.»

Lei sorrise. «È vero.»

«Sono sicuro che suo marito vuole averla intorno ancora per molto tempo.»

«Sì. Si aspetterebbe che ripulissi il piatto.» Prese la forchetta e infilzò diversi fagiolini; li mise in bocca e masticò con attenzione, quasi con delicatezza.

«Sua moglie è una brava cuoca?» gli chiese quando deglutì.

Lui scosse la testa con affetto. «Non è mai stata una delle sue cose preferite. Lo faceva, ovviamente, e io ho sempre mangiato ciò che preparava, ma ora di solito mangiamo fuori. Perché dovremmo passare il tempo a fare qualcosa che non piace a nessuno dei due? La vita è troppo breve.»

«Sono d'accordo. Lei ha l'aspetto di uno che mangia tanto. Mio marito si abbufferebbe fino a mandarci in rovina se non tenessi sotto controllo la spesa.»

L'uomo ridacchiò. «Anche mia moglie mi accusava sempre della stessa cosa.»

Si scambiarono un sorriso, poi continuarono a mangiare in un silenzio confortevole.

Proprio quando stavano finendo, Jessie riapparve con due fette di torta al cioccolato. Una più piccola per la donna e una più grande per l'uomo.

«Come sapeva che questa è una delle mie torte preferite?» le chiese lui, senza distogliere lo sguardo dal dolce.

«Forse è stata la bava sul suo viso quando ha chiesto cos'avevamo per dessert» scherzò Jessie.

L'uomo le rivolse una finta occhiataccia che fece ridere entrambe le donne.

«Sto scherzando. Ma sembra un uomo a cui piacciono le cose dolci.» Lanciò un'occhiata alla signora dall'altra parte del tavolo, prima di tornare di nuovo a lui.

«Lo dice sempre anche mia moglie» rispose con calma, senza reagire ai palesi tentativi della cameriera di accoppiarli.

Lei capì l'antifona, disse loro di godersi il dessert e li lasciò di nuovo soli.

La donna riuscì a mangiare metà della sua fetta e lui si affrettò a chiederle di poter prendere la parte rimasta. Come se l'avessero già fatto molte volte, lei spinse il suo piattino attraverso il tavolo senza dire una parola, permettendogli così di terminarla.

Jessie arrivò con due tazze e le mise sul tavolo dicendo: «Non c'è niente di meglio di una buona tazza di tè per finire un pasto.»

L'anziana signora ne bevve un sorso, poi esclamò sottovoce: «Earl Grey. È uno dei miei preferiti!»

«Ma guarda un po'» disse l'uomo, nascondendo il sorriso dietro la tazza, mentre ne beveva un sorso anche lui.

Passarono diversi minuti in cui gli occhi della donna furono ancora una volta attratti dall'oceano, come se fossero in qualche modo costretti.

«Cosa vede quando guarda l'acqua?» le chiese sommessamente, con sincera curiosità.

«Non è che ci veda qualcosa. È più una sensazione.»

«Come la fa sentire?»

«Al sicuro.»

«Come mai?» le chiese.

«Non lo so» rispose subito. «Non è qualcosa che posso spiegare. Ma quando mio marito era lontano da casa, andavo davanti all'oceano e pregavo che tornasse sano e salvo. Sapere che era da qualche parte nel mondo, che magari stava nuotando nelle stesse onde che stavo guardando, mi confortava.» Scrollò le spalle. «È sciocco, ma stare vicino all'oceano mi fa sempre sentire più vicina a lui.»

«Non è affatto sciocco» le disse con le lacrime agli occhi. «L'ha mai detto a suo marito?»

Scosse la testa. «No. Si preoccupava già abbastanza quando eravamo lontani. L'ultima cosa che avrei mai voluto fare era aggiungere altra preoccupazione. Era meglio che pensasse che fossi occupata e non che mi angosciassi per lui mentre era via.»

«Dubito che abbia mai pensato che fosse troppo occupata per pensare a lui.»

«Forse no» replicò pensierosa.

«Oggi è il mio cinquantesimo anniversario di matrimonio» le disse all'improvviso.

Lo guardò. «Congratulazioni.»

«Grazie. Sono fortunato per aver già passato cinquant'anni con l'amore della mia vita.»

«Ha in programma di festeggiare?» gli chiese, bevendo un altro sorso di tè.

Lui scosse la testa. «Non proprio. Vengono a trovarmi degli amici, ma nient'altro».

«Nemmeno una torta?» lo stuzzicò.

«Forse una torta al cioccolato» le disse scherzoso.

Lei ridacchiò. «Be', se è buona come quella che abbiamo mangiato oggi, a sua moglie piacerà molto.» All'improvviso si acciglò, poi sussurrò: «Non riesco a ricordare da quanto tempo sono sposata.»

Con il desiderio di confortarla, pur sapendo che avrebbe potuto spaventarla, mise la mano sopra la sua sul tavolo. «Non sono gli anni che contano, ma il tempo trascorso insieme.»

Lei annuì. «Ha ragione. Inoltre, sono sicura che mio marito sta tenendo il conto. È molto intelligente.»

«Deve esserlo. L'ha accalappiata, no?» scherzò.

«Accidenti, sì» rispose ironicamente.

Risero entrambi.

Poi lei sbadigliò.

«Sembra stanca» osservò l'uomo. «Lo sa, c'è una grande sala molto tranquilla qui. Sono sicuro che a loro non dispiacerebbe se facesse un pisolino prima di continuare la sua giornata.»

«Non lo so» esitò.

«Su, lasci che gliela mostri. Poi potrà decidere» la blandì.

«Va bene. Ma se non voglio non rimango.»

«Ovviamente no. Sono sicuro che nessuno sia mai riuscito a farle fare ciò che non voleva.»

L'uomo si alzò, reprimendo un gemito mentre le sue articolazioni protestavano per il movimento, ma le tese la mano senza farle capire che stava soffrendo. Lei la prese, permettendogli di aiutarla ad alzarsi in piedi.

«Vuole portare con lei una tazza di tè?» le domandò.

«No, ma grazie per avermelo chiesto.»

«Prego.»

Mentre uscivano dal ristorante, la direttrice augurò loro di passare un buon pomeriggio. L'uomo la condusse attraverso l'atrio antiquato, percorsero un lungo corridoio con porte su entrambi i lati, fino ad arrivare a quella più in fondo che aveva una targa con scritto "biblioteca". La aprì ed entrarono.

Proseguirono oltre un tavolo dove una coppia di anziani stava giocando a carte. Oltrepassarono un'area adibita a salotto, in cui quattro persone sedute su delle poltrone e un divano guardavano qualcosa su un piccolo televisore, superarono tre scaffali alti pieni di libri e un tavolino con una sedia da ufficio dall'aspetto confortevole, fino ad arrivare a una nicchia in cui c'era una poltrona; si trovava accanto a una grande finestra, ancora una volta di fronte all'oceano.

«Oh, che bello!» esclamò la donna.

L'uomo sorrise. «Pensavo che le sarebbe piaciuto questo posto.»

«Sì, è meraviglioso. E quella poltrona ha un'aria divina. Consunta ma comoda.»

«Ma guarda un po'» sussurrò. Poi più forte disse: «Si accomodi.»

Lei annuì e lui l'aiutò a sedersi sulla poltrona in pelle. Il cuscino inghiottì il suo corpo esile e lei si mise comoda, come se l'avesse già fatto mille volte.

L'uomo si chinò e avvicinò uno sgabello, poi le sollevò i piedi per posarli sul cuscino di pelle.

Lei gemette estasiata, mentre si appoggiava allo schienale e chiudeva gli occhi. «È meraviglioso» mormorò.

«Faccia un pisolino» le disse.

La donna aprì gli occhi. «Oh, ma devo tornare a casa e assicurarmi di mettere la cena in tavola per mio marito.»

«Sono sicuro che tra un'ora o due si sveglierà. Avrà tutto il tempo per tornare a casa da suo marito.»

Lei annuì. «Sì, ha ragione. Mi sentirò molto meglio quando mi sveglierò, ne sono certa.»

«Dorma bene» le sussurrò con dolcezza.

«Mmm» fu la sua risposta. Aveva voltato la testa, guardando di nuovo fuori dalla finestra le onde che si infrangevano sulla spiaggia.

Lui indietreggiò, senza staccare gli occhi da lei. Girò l'angolo e si sedette vicino al tavolino davanti a cui erano passati poco prima. La sedia aveva un'imbottitura logora. Anche se c'erano molte persone che si aggiravano lì intorno, nessuno aveva rivendicato quell'angolo comodo e tranquillo in cui ora sedeva l'uomo.

Passarono alcuni minuti prima che la cameriera del ristorante apparisse accanto al tavolo.

«Posso sedermi?»

Lui annuì e indicò con la testa la sedia accanto a lui.

Jessie la tirò fuori, attenta a non far rumore per non svegliare la donna addormentata dietro l'angolo.

«Si è sistemata?»

Annuì.

«Il nonno e gli altri saranno qui tra circa un'ora» lo informò Jessie. «Pensi che starà ancora dormendo?»

Matthew "Wolf" Steel guardò la giovane donna seduta accanto a lui. Era l'immagine sputata di sua nonna. «Dormirà tutto il pomeriggio» le disse. Jessie era la nipote del suo caro amico Kason "Benny" Sawyer. Lui e sua moglie avevano dato alla luce sei bambini prima che

Jessyka decidesse che fossero abbastanza. Tutti e sei i figli erano stati fertili quanto i loro genitori, che ora avevano più di quindici nipoti.

Una era Jessie, che lavorava alla casa di riposo come cameriera nella caffetteria. L'edificio era configurato in modo che ai residenti sembrasse un hotel piuttosto che un ospizio. Le ricerche, nel corso degli anni, avevano dimostrato che gli anziani si sentivano più a loro agio, e di conseguenza erano più sani, se vivevano in un ambiente meno clinico e deprimente.

Avevano trasformato la tipica caffetteria in un ristorante, completo di direttrice e cameriere. I residenti potevano scegliere cosa mangiare da un menu giornaliero e ovviamente non veniva consegnato il conto alla fine del pasto.

«A proposito, buon anniversario.»

«Grazie, tesoro.»

«Lei lo sa?»

«Che è il nostro anniversario? No» rispose Wolf con tristezza.

«Sta passando una brutta giornata» disse Jessie. Non era una domanda.

«Non peggiore di quelle che ha avuto ultimamente.»

«Il dispositivo di localizzazione nella sua collana funziona come nonno Tex aveva previsto, giusto? È così che l'hai trovata oggi?»

Annuì. «Ieri sera ho preso un antidolorifico e quando mi sono svegliato stamattina lei era già uscita.»

«Meno male che hai quell'orologio stravagante, eh?» lo prese in giro.

«È brutto come il peccato, ma mi porta dritto da lei» concordò.

«Lo sai che non è necessario che tu viva qui, nonno Wolf» gli disse, sostenendo qualcosa che già sapeva.

Lui rispose con le stesse parole che usava ogni volta che cercavano di convincerlo ad andarsene da lì. «È la mia Caroline. Ho passato troppo tempo lontano da lei durante la nostra vita coniugale. Ora non ho intenzione di perdermi neanche un minuto.»

«Ma lei non ti riconosce» insistette, non comprendendo.

«Ma io sì» replicò. «L'ho sempre protetta. Sempre. E non ho intenzione di smettere ora.»

Jessie si chinò e gli sfiorò la guancia rugosa con le labbra. «Un giorno, spero di poter trovare un uomo che mi sia devoto quanto lo sei tu verso tua moglie.»

«Anch'io, Jessie. Anch'io.»

Si sorrisero per un momento prima che Wolf dicesse: «Grazie per la torta.»

«Prego. Sono felice che tu abbia potuto condividerla con lei.»

«Le è piaciuta, vero?» le chiese con sguardo tenero, ricordando l'espressione di gioia sul suo viso mentre mangiava la loro torta di anniversario.

«Sì. Ma i tuoi amici si chiederanno perché mancano due fette.»

Wolf scosse la testa. «No, non lo faranno.» Abe, Cookie, Mozart, Dude, Benny e Tex avrebbero assolutamente capito. Erano stati devastati come lui quando le era stato diagnosticato l'Alzheimer.

La malattia aveva lentamente preso il sopravvento sulla sua mente, lasciandola persa nel passato, senza permetterle di riconoscere suo marito e nemmeno le donne che erano sue amiche da tantissimi anni. Andavano comunque a trovarla. Sempre. Fingevano di essere delle estranee e si sedevano con lei lasciandole ricordare "suo marito e le amiche", senza mai farle capire che stava parlando proprio con una di loro.

Prima di perdere completamente la memoria, Caroline aveva cercato di convincerlo a prometterle di andare avanti con la sua vita quando non si fosse ricordata più di lui, e alla fine si era arreso dicendole che lo avrebbe fatto. Ma aveva mentito. Non avrebbe potuto andare avanti senza di lei, più di quanto non avrebbe potuto respirare sott'acqua.

Ogni tanto diceva o faceva qualcosa di così malinconico che quasi lo metteva in ginocchio... come quel giorno, quando gli aveva detto che era solita stare vicino al mare e pregare perché tornasse sano e salvo dalle missioni.

Quando si era ammalata, Wolf aveva fatto lunghe e incessanti ricerche con l'aiuto di Tex, e avevano deciso per l'Establishment. Aveva un'ottima reputazione e, cosa più importante, era vicino all'oceano che lei amava così tanto. Aveva fatto installare un dispositivo di localizzazione sul suo ciondolo e si era nominato suo protettore; vegliava su sua moglie tutto il giorno, tutti i giorni, assicurandosi che mangiasse, dormisse e non si allontanasse rischiando di perdersi. Era un requisito necessario per poter farla vivere all'Establishment, dato che non era un posto specializzato per la demenza o l'Alzheimer, ma avevano dato comunque a lui e Caroline il consenso di stabilirsi lì. In parte grazie al servizio che aveva reso al suo Paese, dato che anche il proprietario era un veterano, ma soprattutto perché aveva giurato di assumersi la responsabilità del benessere e della sicurezza della moglie se si fosse allontanata.

Nella stanza privata di Caroline c'era una foto che lo ritraeva. Era quella del loro venticinquesimo anniversario, quando avevano rinnovato le promesse. Wolf era contento che lo avesse ricordato così chiaramente proprio quel giorno tra tutti. Era stato un meraviglioso regalo di anniversario, anche se non sapeva nemmeno di averglielo fatto. L'immagine sullo scaffale nella sua stanza era di loro due in riva all'oceano, proprio come gliel'aveva descritta prima. Caroline indossava il vestito rosa, lui dei jeans e una maglietta blu scuro. Il sole stava tramontando dietro di loro ed erano abbracciati. Lei aveva la testa gettata all'indietro, mentre rideva di qualcosa che le aveva detto, non riusciva a ricordare cosa fosse, e il fotografo aveva catturato quel momento.

Nella foto, Wolf guardava sua moglie con un gran sorriso, l'amore nei suoi occhi scuri era evidentissimo. Era la sua preferita in assoluto di loro due, ed era felice che lei ricordasse ancora quel momento, anche se non aveva altri ricordi degli ultimi sette anni circa.

Avevano vissuto una vita lunga e piena e ne era grato.

«Farò in modo che qualcuno vegli su di lei così che tu possa andare a cambiarti. Ci vediamo nella sala comune al piano di sotto.»

Wolf annuì. Lui e Caroline potevano non aver mai avuto figli, ma tutti quelli dei suoi compagni di squadra li avevano adottati come genitori non ufficiali. Era una bella cosa. La maggior parte di loro sarebbero andati a trovarlo quel giorno per festeggiare il suo anniversario.

Ci sarebbero stati Brinique, Davisa, Tommy e Kate, i figli di Abe e Alabama. April e Sam Junior, quelli di Mozart e Summer. La prole di Benny e Jessyka: John, Sara, Callie, James, Matthew e Jessie. Taylor, la figlia di Dude e Cheyenne. E ovviamente Akilah e Hope, le figlie di Tex e Melody.

Era sicuro che avrebbero portato anche alcuni dei loro figli. Sarebbe stata una festa enorme e pazzesca, che probabilmente avrebbe disturbato la maggior parte degli altri residenti della casa di riposo, ma non gli importava. Lui e Caroline erano arrivati a passare cinquant'anni insieme. Contro ogni previsione, ce l'avevano fatta.

Si alzò e baciò Jessie sulla testa. «Grazie per essere così meravigliosa con mia moglie.»

«Le voglio bene» fu la sua rapida risposta. «Magari non siete i miei nonni di sangue, ma vi amo come se lo foste.»

Le fastidiose lacrime gli riempirono di nuovo gli occhi, ma sbatté le palpebre per ricacciarle indietro. Odiava invecchiare, soprattutto perché sembrava non riuscire più a trattenere le sue emozioni come un tempo. Anche se si stava avvicinando ai novanta, sarebbe sempre stato l'alfa tosto di una volta.

«Ok, vai. Voglio salutare mia moglie.»

«Va bene. A più tardi» disse Jessie, poi lo baciò sulla guancia e uscì dalla biblioteca per andare ad assicurarsi che fosse tutto pronto per la grande festa che sarebbe iniziata entro un'ora.

Wolf tornò zoppicando dietro l'angolo per guardare sua moglie.

Caroline era profondamente addormentata, la bocca leggermente aperta, il respiro profondo e regolare. Guardò il certificato incorniciato e la medaglia sulla parete sopra la sua testa. Quella nicchia era il posto di Caroline. Gli altri residenti lo sapevano e non si erano mai seduti lì. Wolf aveva portato la sua poltrona preferita da casa loro e aggiunto altri piccoli tocchi di una vita che lei non ricordava più. Voleva che fosse il più a suo agio possibile nella sua nuova casa.

Fissò la medaglia al valore che le era stata assegnata trent'anni prima. La Secretary of Defense Medal for Valor era il più alto riconoscimento al valor civile, concepita dopo gli orribili attacchi dell'11 settembre di moltissimi anni prima. Era stata Taylor, la figlia di Dude, che un giorno aveva chiesto di poter nominare Caroline per quell'onorificenza, per le azioni compiute il giorno in cui aveva avvertito Wolf e i suoi compagni di squadra del ghiaccio drogato per mano dei terroristi che stavano per prendere il controllo dell'aereo in cui si trovavano. In seguito a ciò, erano successe un sacco di altre cose orribili a sua moglie ma, alla fine, erano riusciti a sventare l'attacco terroristico.

Wolf aveva dato la sua benedizione e con la determinazione di Taylor e l'aiuto del suo ex comandante, Patrick Hurt, Caroline era stata invitata a Washington DC per essere insignita di quell'onorificenza. La medaglia era un riconoscimento per i privati cittadini che avevano compiuto un atto di eroismo, rischiando volontariamente la loro sicurezza personale di fronte al pericolo.

Caroline era stata imbarazzata per tutto il trambusto e aveva convinto Fiona, la moglie di Cookie, a recarsi a Washington con loro, così in seguito sarebbero potute andare a fare shopping.

Wolf non avrebbe mai dimenticato quell'episodio e ciò che aveva fatto. Dopotutto, era stato il giorno in cui aveva posato gli occhi sulla donna che amava più della sua stessa vita. Aveva fatto incorniciare il certificato e la medaglia appendendoli al muro della sua nicchia speciale. Lei non aveva mai chiesto spiegazioni, non aveva mai dimostrato di sapere che fossero lì, ma lui lo sapeva. E i figli e i nipoti dei suoi compagni di squadra si sarebbero assicurati che rimanessero sempre su quella parete e che le sue azioni non venissero mai dimenticate.

Caroline si mosse sulla poltrona e Wolf prese la sua coperta preferita da una rastrelliera lì vicino e le coprì le gambe. Non voleva che prendesse freddo.

Era ancora così bella. Sì, ora erano vecchi e rugosi, ma poteva ancora vedere la bellezza discreta di sua moglie risplendere come una luce nell'oscurità. Si chinò e la baciò dolcemente sulla fronte, indugiando con le labbra sulla sua pelle per un lungo momento.

Gli mancava. Gli mancava la sua Ice. Le uniche volte che riusciva a toccarla era quando recitava la parte di uno sconosciuto preoccupato, come aveva fatto quel giorno. Erano comunque solo tocchi fugaci, ma almeno era viva. Inoltre, doveva prendersi cura di lei ogni giorno. Proteggerla. Sorvegliarla. Era più di quanto avessero molte altre coppie e non avrebbe cambiato nemmeno un minuto del loro tempo insieme.

«Ti amo, Ice» le disse con dolcezza. «Felice anniversario. Ti troverò domani in riva all'oceano e ricorderemo il nostro venticinquesimo anniversario. Mormoreremo insieme la melodia di *Come to me*. Parleremo delle tue amiche e dei bambini che hai amato come fossero tuoi. Poi lo rifaremo il giorno successivo. E quello dopo ancora. Sarò qui al tuo fianco fino alla mia morte.»

Gli occhi di Caroline si aprirono all'improvviso e Wolf si tirò indietro, non volendo spaventarla, perché svegliarsi con uno sconosciuto che incombeva su di lei *l'avrebbe* spaventata.

«Matthew?» domandò sommessamente.

A quella parola sussurrata, le fastidiose lacrime che era

riuscito a trattenere tornarono. Sua moglie non pronunciava il suo nome da oltre due anni. *Due anni*.

«Sì, Ice, sono io.»

«Ti amo.»

«Ti amo anch'io.»

Un piccolo dolce sorriso si aprì sulle sue labbra e i suoi occhi si richiusero.

«Dormi bene, amore mio» le disse Wolf, piangendo apertamente, senza nemmeno cercare di asciugare le lacrime che scorrevano sul suo viso rugoso.

«Dormo sempre bene sapendo che stai vegliando su di me» sussurrò. Pochi istanti dopo il suo petto si muoveva su e giù nei movimenti ritmici del sonno.

Le lacrime non si fermarono. Aveva appena assistito a un miracolo. I medici avevano detto che molto probabilmente non l'avrebbe riconosciuto mai più. Che era persa nei suoi ricordi.

Si mise a sedere, si asciugò il viso con le mani e infine sorrise. Sua moglie gli aveva appena fatto il più bel regalo possibile. Nientemeno che nel giorno del loro anniversario.

Le accarezzò dolcemente i capelli, infilandole una ciocca dietro l'orecchio e le disse con tenerezza: «Veglierò sempre su di te, Caroline. Ci vediamo domani.»

Wolf si baciò due dita, le posò delicatamente sulla bocca di sua moglie e uscì dalla nicchia. Camminò con disinvoltura, come se non soffrisse di artrite. Come se non avesse ottantasei anni, ma fosse un uomo di decenni più giovane.

In seguito, i suoi vecchi compagni Navy SEAL avrebbero ricordato quella sera dicendo che il loro amico era sembrato più felice e più leggero.

Anni dopo, quando ristrutturarono la nicchia e misero

un grande divano per permettere ai residenti di sedersi e godersi il rumore e la vista dell'oceano, la gente guardava ancora la medaglia sulla parete, ricordando la devozione dell'ex Navy SEAL che aveva trascorso i suoi ultimi anni su quel pianeta vegliando sulla moglie.

La biblioteca era stata ribattezzata Caroline Steel Ocean Room.

Ogni anno, le persone che avevano assistito alla devozione di Matthew "Wolf" Steel per la moglie, si riunivano e celebravano la vita della coppia.

Si diceva che a volte, a tarda sera e quando la luna era piena, i residenti che vivevano all'Establishment, guardando fuori dalle finestre che si affacciavano sul lungomare, vedessero una coppia di anziani seduta su una panchina; si tenevano per mano ridendo, mentre osservavano le onde che si infrangevano sulla spiaggia. Quando però si giravano per prendere una macchina fotografica o per dirlo a un amico e tornavano a voltarsi, la coppia era scomparsa.

L'ALTRA FACCIA DELLA STORIA

di Susan Stoker

NOTA DELL'AUTRICE

Questa storia è una sorta di prequel del libro Salvare Kassie. Spiega come lei sia stata costretta a fare ciò che ha fatto. Se non avete letto il libro di Kassie e Hollywood (Salvare Kassie), questa storia non sarà uno spoiler, se invece *lo avete* letto, vi darà più informazioni su come e perché si siano incontrati. Godetevelo!

L'altra faccia della storia

Kassie tirò indietro la tenda e sbirciò fuori dalla finestra, sospirando di sollievo quando non vide il suo fidanzato, Richard Jacks. Era spesso in ritardo quando andava a prenderla, ma sperava che quel giorno non si presentasse affatto.

Era giunto il momento di rompere con lui. Era cambiato drasticamente dopo essere tornato dal suo ultimo schieramento oltreoceano; si era trovato coinvolto nell'esplosione di un ordigno e, sebbene esteriormente non fosse stato ferito, doveva essere successo qualcosa nella sua testa.

Prima della missione era stato un uomo attento e divertente, mentre ora era impaziente, geloso e si arrabbiava con molta facilità. Come se non bastasse, lui e il suo migliore amico, Dean Jennings, si comportavano in modo... strano.

Quando Richard non era ad Austin, dove lei viveva, c'era Dean che la seguiva dappertutto per assicurarsi che non lo tradisse. Non importava quante volte Kassie gli avesse detto che non frequentava nessun altro, il suo amico la teneva d'occhio comunque.

Era frustrante, offensivo e decisamente inquietante.

Quindi, dopo la festa di quella sera, gli avrebbe detto che tra loro le cose non stavano funzionando; l'avrebbe fatto anche prima, ma di recente non avevano trascorso molto tempo insieme e pensava non fosse il caso di rompere per telefono.

Richard si era anche dato molto da fare per organizzare la festa e non voleva deluderlo. Le aveva detto che sarebbe stata una sorta di raduno militare e che si sarebbe svolto nel suo appartamento. Non era un evento ufficiale, ma l'aveva avvertita che tutti gli uomini avrebbero indossato le loro uniformi eleganti e voleva che anche lei mettesse un abito lungo.

Non conosceva molto le tradizioni dell'esercito – ok,

non ne sapeva niente – ma era disposta ad andare a quella festa perché sembrava significare molto per lui.

Sobbalzò quando sentì bussare forte alla porta. Prese lo scialle e la borsa e fece un respiro profondo prima di aprirla.

«Ehi, Richard. Stai molto bene vestito così.»

«Sei pronta?» le chiese, senza ricambiare il complimento o ringraziarla.

Kassie sospirò. Non avrebbe passato la serata a contare tutti i difetti di Richard... ma era difficile non rimanere delusa dal fatto che non avesse nemmeno accennato al suo aspetto. Ci aveva messo un bel po' a prepararsi. Sì, voleva rompere con lui, ma anche apparire al meglio per non metterlo in imbarazzo di fronte ai suoi amici e alle altre donne che sicuramente sarebbero state presenti quella sera.

«Sì. Sono pronta» gli disse, uscendo dall'appartamento e chiudendo la porta a chiave. Quando si voltò, lui era già a metà strada verso la macchina. Kassie esitò per una frazione di secondo e pensò seriamente di riaprire la porta e tornare dentro. Richard sembrava già di cattivo umore e di certo non era di buon auspicio.

Raddrizzò le spalle e fece un respiro profondo, cercando di scrollarsi di dosso il brutto presentimento che le pesava nello stomaco come un pezzo di pane poco cotto; a ogni respiro che prendeva sembrava ingrandirsi, millimetro dopo millimetro.

Scosse la testa alla sua sciocca immaginazione e lo seguì. Era una festa; quanto brutto poteva essere?

———

Kassie si aggrappò al bicchiere d'acqua che teneva tra le mani come se la sua vita fosse dipesa da quello. Era un disastro. Avrebbe dovuto dar retta ai suoi campanelli d'allarme quando Richard era andato a prenderla. Non appena erano arrivati a casa sua, aveva capito subito che la serata sarebbe stata un inferno.

Per prima cosa, era l'unica donna.

Nessuno degli altri uomini si era presentato con qualcuno. Come se non bastasse, le stavano tutti lanciando sguardi strani con la coda dell'occhio. Richard aveva invitato altri cinque soldati, oltre a lui e Dean. Kassie si trovava in inferiorità numerica di sette a uno e avrebbe voluto aver scelto un altro vestito... magari un tailleur pantalone, qualcosa con il collo alto e le maniche lunghe.

L'abito blu scuro, smanicato con scollo a V, era perfettamente appropriato per una festa elegante, soprattutto se abbinato allo scialle che aveva portato, ma stare lì nel soggiorno, con i suoi amici che fissavano la sua scollatura come se fossero leoni affamati a digiuno da mesi, era davvero molto sconcertante.

«Vogliamo iniziare con la prima tradizione?» La voce di Richard risuonò nella stanza, spaventandola a morte; l'acqua fuoriuscì dal bicchiere che aveva in mano. Sorrise nervosamente mentre gli altri assentivano in modo chiassoso.

«Partiamo con la ciotola del grog!» annunciò, e tutti gli altri uomini applaudirono. Kassie osservò mentre si radunavano intorno a un tavolo in cui c'era una ciotola da punch vuota. Fece una smorfia quando iniziarono a versarvi dentro gli ingredienti.

Succo di pomodoro, succo d'arancia, vodka, rum, Jack Daniel's, succo di limone, Tabasco... sbatté le palpebre e bevve un sorso d'acqua, guardando con desiderio la porta. Forse avrebbe potuto svignarsela mentre erano tutti occupati.

«...sarà la mia ragazza.»

Kassie sussultò quando si sentì afferrare il braccio in una presa ferrea e spingere verso il tavolo. Lasciò cadere il bicchiere d'acqua, cercando invano di liberarsi dall'uomo che la stava trattenendo. Gli altri si sparpagliarono intorno a lei, facendo spazio. Richard era accanto al tavolo con un bicchiere di plastica in mano e un sorriso malizioso sul volto.

«La tradizione del grog risale a secoli fa» le disse. «Se qualcuno non risponde correttamente a una domanda, deve bere, vero ragazzi?»

Tutti annuirono. Kassie commise l'errore di incontrare lo sguardo di Dean; era incollato a lei. I suoi lunghi capelli castano scuro, erano unti e raccolti in una coda di cavallo bassa, e le sue labbra sottili erano piegate verso l'alto, in una parvenza di sorriso. Ma furono i suoi occhi che la turbarono. Erano spalancati ed eccitati, come se sapesse cosa stava per succedere... e non vedesse l'ora.

«Allora, Kassie, inizieremo con te. In che anno è stato fondato l'esercito?»

Distolse lo sguardo da Dean e si voltò verso il suo ragazzo. «Non lo so, io...»

«Non lo sa!» tuonò Richard, interrompendola. «Ciò significa che devi bere.»

Lei scosse la testa. «No. Va bene, io non...»

Le sue parole furono interrotte quando un altro soldato si spostò e l'afferrò per l'altro braccio. I due uomini la immobilizzarono e lei rimase con gli occhi incollati su Richard mentre lottava per liberarsi dalla loro presa.

Lui si avvicinò, con il bicchiere pieno di quel liquido disgustoso e glielo porse. «Bevi, Kassie.»

Lei scosse freneticamente la testa. «Richard, penso di dover andare.»

«No. Devi berlo. È la tradizione.» Rimase lì, tenendo quel dannato bicchiere come se fosse un flûte di champagne che avrebbe dovuto entusiasmarla.

Kassie strinse le labbra. Per niente al mondo avrebbe bevuto quella roba rivoltante che chiamavano grog.

Quando lui si piegò finché non furono naso contro naso, lei avvertì l'orribile odore della bevanda. «Bevilo volontariamente, altrimenti ti costringeremo noi a farlo. È la tradizione, non puoi dire di no.»

Gli occhi le si riempirono di lacrime. Quello non era di certo l'uomo con cui aveva iniziato a uscire un paio di anni prima. Scosse la testa ostinata.

Richard si raddrizzò in tutta la sua altezza e annuì a qualcuno dietro di lei. Un braccio le circondò il petto e non poté evitare di urlare sorpresa quando la tirarono indietro.

Gli altri due uomini continuavano a tenerla per le braccia mentre veniva trascinata sul divano e costretta a sedersi tra di loro. Il suo ragazzo, con ancora in mano quel maledetto bicchiere, si mise a cavalcioni sulle sue gambe imprigionandola sotto di sé.

«Non hai risposto correttamente alla domanda, devi bere» ripeté. «Hai un'altra possibilità di tirare fuori le palle e farlo da sola.»

Sentì una lacrima scorrerle lungo la guancia. «Richard» sussurrò, ma non ebbe alcun effetto su di lui, che a quel punto fece un cenno a qualcuno dietro il divano. Una grossa mano le afferrò il mento e lo tirò indietro. Quando la sua testa atterrò sul cuscino, sollevò gli occhi; c'era Dean lì a guardarla. Il suo sguardo malvagio era ancora più intenso di prima.

«Bevi» mormorò, prima di usare le dita per premere sulla sua mascella. Il dolore fu immediato e Kassie sussultò.

Aspettandosi quella reazione, Richard portò il bicchiere di grog alle sue labbra e iniziò a farglielo bere.

Il sapore disgustoso le fece venire subito da vomitare e cercò di alzare la testa, ma Dean premette più forte contro la mascella e un'altra mano fece pressione sulla sua fronte.

Lottò con tutta se stessa mentre continuava a versarle il liquido disgustoso in bocca. Scalciò con le gambe e sentì qualcuno afferrarle le caviglie e tenerle ferme. Cercò di girare la testa, ma altre mani la immobilizzarono.

Era completamente bloccata e il suo ragazzo era il responsabile di quell'aggressione.

Kassie chiuse la gola, rifiutandosi di deglutire. Il Tabasco, insieme a qualsiasi altra cosa avessero gettato nella ciotola, le bruciò l'interno della bocca.

Guardò Richard con tutto l'odio che le colmava l'anima per ciò che le stava facendo.

«Deglutisci. Non hai risposto bene alla domanda.»

Riuscì a scuotere la testa in modo quasi impercettibile e lui sorrise.

Era il sorriso di un uomo a cui non importava un cazzo che la sua ragazza piangesse sotto di lui. A cui non importava che lei soffrisse. Era il sorriso di un uomo che aveva perso qualunque senso morale avesse mai avuto.

Tenendo ancora il bicchiere sulle sue labbra, portò la mano libera sul suo naso e le chiuse le narici.

«Bevi ogni goccia di questo grog. Lo farai con le buone

o con le cattive. Se perderai i sensi, aspetteremo finché non ti sarai ripresa e ricominceremo da capo con un bicchiere pieno.»

Kassie cominciò a lottare con tutte le sue forze. Non riusciva a respirare quindi fu costretta ad aprire la gola per far entrare l'aria tanto necessaria e il grog le scivolò giù, soffocandola. Richard rise e inclinò ulteriormente il bicchiere, versandole altro intruglio in gola. «Ecco, piccola. Bevilo come una brava ragazza.»

Il riflesso faringeo entrò in azione provocandole un conato, preparandola a rimuovere con la forza l'orrore che le era arrivato nello stomaco.

«Se vomiti, te ne farò bere un altro» la minacciò Richard.

Chiuse gli occhi e il suo corpo si afflosciò. Sì, era sicura che l'avrebbe fatto. Non gliene fregava un cazzo di lei. Qualunque cosa fosse successa nella sua testa a causa di quell'esplosione, aveva ucciso il Richard Jacks che conosceva. Al suo posto, c'era un bastardo insensibile le cui preziose tradizioni militari significavano più di qualsiasi altra cosa.

Sapendo che non si sarebbe alzata se non avesse finito quel maledetto bicchiere di grog, deglutì. Poi lo fece di nuovo. E di nuovo ancora. Quell'orribile intruglio, che non riusciva a ingoiare abbastanza velocemente, traboccò sul suo viso e fin nelle orecchie. Pregò che Richard le facesse bere solo quel bicchiere.

Spense la mente finché lui non le lasciò finalmente andare il naso. Inspirò l'ossigeno come se ne fosse stata privata per ore invece dei circa trenta secondi che erano serviti.

«Dai, non era così male, vero?» cantilenò, chinandosi e

baciandola amorevolmente sulle labbra. I suoi amici le tenevano ancora il corpo immobilizzato, nessuno aveva allentato la presa e Kassie sapeva che per un po' di tempo ne avrebbe portato i segni.

Dopo che Richard si alzò dalle sue ginocchia e gli uomini smisero di trattenerla, guardò Dean; le fece un sorrisetto passandole un dito sotto il labbro inferiore. «Nei hai rovesciato un po'» la schernì prima di raddrizzarsi.

Si sentiva il grog sul viso e anche sul petto, e non aveva dubbi che avesse anche il reggiseno fradicio.

Richard le tese una mano. «Dai amore. Ci sono altre tradizioni. Non sono divertenti i balli dell'esercito?»

Gli porse la mano, permettendogli di aiutarla ad alzarsi.

«Perché non vai a ripulirti. Devi essere al tuo meglio per la cerimonia di presentazione.»

Il sorrisetto sul suo volto la spaventò a morte, così come fece quello di Dean.

«La cerimonia di presentazione è la mia tradizione *preferita*» le disse, mentre lei si voltava per andare in bagno. Si sentiva le gambe intorpidite. Voleva tornare a casa, ma era andata lì con Richard. Avrebbe potuto prendere un taxi o un Uber, ma aveva la sensazione che non l'avrebbe lasciata andare finché non avesse smesso di divertirsi.

Kassie chiuse la porta del bagno e si chinò sul lavandino. Si guardò allo specchio e vide una donna che non riconobbe. Aveva le guance e i lati del viso striati di nero a causa del mascara colato quando aveva pianto. C'erano tracce di grog sulle labbra, sul mento, sul collo, tra i capelli e scomparivano sotto la scollatura del vestito. Voltò la testa e vide il principio di un livido sulla mascella, lì dove Dean l'aveva trattenuta con una stretta crudele.

Era un disastro, ed era colpa di Richard.

Avrebbe voluto essere abbastanza forte da marciare fuori dalla stanza e dalla porta d'ingresso, ma se doveva essere onesta con se stessa, aveva paura.

Richard la spaventava a morte. Non aveva idea di cos'avrebbe fatto se avesse cercato di andarsene.

Improvvisamente, il grog che le rimescolava la pancia si rivoltò e Kassie si precipitò al water appena in tempo. Se già era stato orribile berlo, quando risaliva era ancora peggio.

Le bruciava il naso, le faceva male la gola e le papille gustative erano prese d'assalto a causa dell'alcol e della salsa piccante. Vomitò e vomitò, e una volta espulso tutto, il suo stomaco continuò a contrarsi, come se avesse voluto liberarsi anche del *ricordo* di ciò che vi era stato forzato dentro.

Quando finalmente i conati si calmarono, rimase inginocchiata vicino al water, respirando con affanno, cercando di non rompersi in mille pezzi.

Qualcuno bussò alla porta.

«Sbrigati, piccola. Ti stanno tutti aspettando per iniziare la cerimonia di presentazione. So che adorerai *questa* tradizione.»

Bastò il solo suono della voce di Richard per rimescolarle di nuovo lo stomaco. Fece dei respiri profondi e riuscì a riprendere il controllo. Tirò lo sciacquone e si alzò per guardarsi allo specchio. Al di là del trucco sbavato, dei lividi sul viso e delle labbra macchiate di rosso dal grog, Kassie fu disgustata da ciò che vide.

Cosa le era successo? Com'era arrivata a quel punto? Aveva sempre detto a sua sorella di tirarsi subito fuori da situazioni in cui qualcuno le mancava di rispetto o le faceva del male. Ed eccola lì invece. *Non* se ne stava tirando fuori, cazzo.

Ma era diverso quando succedeva a te.

Era diverso quando sapevi che la tua vita sarebbe stata in pericolo se ti fossi difesa.

Era diverso quando una parola sbagliata avrebbe potuto trasformare il tuo *ex* ragazzo in un mostro.

Kassie aprì un armadietto, tirò fuori un asciugamano e lo bagnò. Si strofinò il viso, cancellando l'ora spesa a truccarsi. Non sapeva cos'avesse Richard in programma per il resto della serata, ma aveva la brutta sensazione che la sua notte infernale fosse appena iniziata.

«Fai ciò che vuole» sussurrò, fissando lo specchio e la donna riflessa che non riconosceva. «Supera la serata, poi potrai rompere con lui e sarà fuori dalla tua vita per sempre. Solo perché è un bastardo non significa che tutti gli uomini lo siano.»

Fece un profondo respiro prima di aprire la porta. Richard era lì fuori ad aspettarla... Dean in fondo al corridoio a guardare.

«Pronta?» le chiese, tendendole di nuovo la mano.

Annuì.

———

Kassie era stesa a letto. Ignorò lo squillo del cellulare certa che a chiamarla fosse sua sorella Karina, curiosa di sapere come fosse andata la festa da Richard. Frequentava il liceo e in quel momento non aveva il coraggio di parlarle. Di parlare con chiunque.

Come aveva sospettato, la sua serata infernale non era

finita con quel primo bicchiere di grog. La cerimonia di presentazione era stata...

Strinse gli occhi, cercando di trattenere le lacrime. Non voleva più pensarci. Era tutto finito.

Si raggomitolò stringendosi intorno il piumino e si addormentò.

Si svegliò due ore più tardi e con riluttanza si alzò dal letto. Non poteva restare lì per sempre, per quanto allettante fosse.

Si fece la doccia e indossò un paio di pantaloni della tuta e una maglietta. Per fortuna aveva il giorno libero; l'ultima cosa che voleva fare era vestirsi bene e andare al JCPenney per cercare di vendere indumenti.

Il suo cellulare squillò di nuovo e vide che a chiamarla era Richard.

Si arrabbiò. Era *furiosa*. Come aveva osato farle subire tutte quelle cose? Come avevano osato i suoi amici partecipare?

Digrignando i denti e decidendo subito di porre fine alle cose tra loro, premette il tasto per rispondere.

«Sono Kassie.»

«Ehi, piccola. Ci siamo divertiti ieri sera. Sono stato così orgoglioso di te.»

«Non è stato divertente per me» gli disse.

«Perché non sapevi cosa aspettarti. Ora che conosci le tradizioni, la prossima volta sarà più facile. Ti consiglio di passare un po' di tempo a informarti bene sull'esercito... così non dovrai bere tanto grog.» Rise alle proprie parole, una lunga risata che le fece rizzare i peli sulla nuca.

«Non ci sarà una prossima volta» ribatté con fermezza. «Le cose non funzionano tra di noi. Penso che dovremmo andare ognuno per la propria strada.»

«Cos'hai detto?» le chiese, con un tono basso e piatto che la spaventò a morte. Se avesse urlato, sarebbe stato diverso, ma quella voce era tutt'altra cosa.

«Non ti *piaccio* nemmeno, Richard. Non è possibile se continui a fare le cose che mi hai fatto. Mi picchi, mi fai seguire, mi hai fatto immobilizzare dai tuoi amici mentre mi costringevi a bere quella roba schifosa.»

Le sue parole incontrarono solo silenzio e si innervosì ancora di più. Avrebbe dovuto essere ovvio il motivo per cui stava rompendo con lui, ma decise di provare una tattica diversa, che non sembrasse incolparlo per la rottura... anche se era così. «Voglio dire, sei laggiù a Fort Hood la maggior parte del tempo, facendo ovviamente carriera nei circoli dell'esercito. Ti sto solo trattenendo.» Cercò di suonare convinta.

«Non ti permetterò di mollarmi.»

«Richard, so che è...»

«Non sai un cazzo» disse in tono duro. «E non ti *permetterò* di lasciarmi.»

Kassie iniziò a tremare. Tirò fuori una delle sedie in cucina e vi si lasciò cadere sopra, le gambe come gelatina.

«Hai bisogno di una donna che possa renderti orgoglioso.» Cercò di appellarsi al suo lato arrogante.

«Sei mia, Kassie. Sarai sempre mia.»

«È per questo che ieri sera hai permesso a tutti i tuoi amici di baciarmi, con il pretesto che fosse la tradizione della cerimonia di presentazione di un ballo dell'esercito?» Non aveva programmato di tirarlo in ballo, ma non riuscì a farne a meno. «Non è ciò che fa un fidanzato.» Almeno non quello che desiderava lei.

«È quello che ti ha turbata, piccola?» le chiese con voce suadente. «Ti ho condivisa con loro perché sono orgoglioso di te. Volevo mostrare a tutti ciò che ho. Quanto sei meravigliosa.» Mentre parlava, la sua voce cambiò gradualmente da dolce e adulatoria a dura e meschina. «Inoltre, sei mia. Se voglio vedere Dean o chiunque altro baciarti o altro, lo farò. E obbedirai. Perché io sono l'uomo e ho il comando.»

«Dean mi spaventa.»

«Bene. Allora farai ciò che ti verrà detto.»

Strinse le labbra. «Dico sul serio, Richard. Non posso più farlo. Non voglio più vederti.»

«È un peccato. Perché ora sto proprio venendo da te e ne parleremo. Domani devo tornare a Fort Hood, abbiamo un'esercitazione contro un gruppo di uomini che pensano di essere i migliori. Mostreremo loro una o due cose. Ma prima di partire, voglio assicurarmi che sia tutto a posto tra noi.»

«Non è tutto a posto» protestò Kassie. «Ci siamo lasciati.»

«No, non è vero» insistette lui. «Ci vediamo presto.»

«Richard, non disturbarti a venire. Richard? Pronto?» Sentì un suono prolungato; sospirò pesantemente e spense il telefono. Aveva riattaccato.

Cazzo. Stava andando lì. Doveva sparire. Non voleva farsi trovare quando fosse arrivato. Lo avrebbe evitato; non potevano essere fidanzati se non si vedevano mai, giusto?

Non sapendo quanto ci avrebbe impiegato ad arrivare, corse nella sua stanza e indossò un paio di calzini e le scarpe da ginnastica. Afferrò un berretto e se lo ficcò basso sulla testa. I lividi sulle braccia e sulle gambe erano coperti dai vestiti, ma quelli sul viso e sul collo sarebbero stati più difficili da nascondere per un po'.

Corse fuori dall'appartamento e chiuse a chiave la

porta. Camminò velocemente verso la sua macchina ma si fermò di colpo quando vide Dean appoggiato alla portiera del conducente.

«Vai da qualche parte, Kassie?»

«Togliti di mezzo, Dean» disse, con un tono che sperava fosse più deciso di quanto non suonasse alle sue orecchie.

«Non credo. Richard vuole parlarti, e ciò che vuole lo ottiene.»

«È assurdo» mormorò.

«No, non lo è. Tu gli appartieni e farai ciò che ti dice» la informò, afferrandola per il braccio con abbastanza forza da farle male...soprattutto perché la strinse nello stesso punto in cui c'erano i lividi della sera prima.

La riportò al suo appartamento e aspettò che aprisse la porta. La spinse dentro e disse: «Mettiti comoda. Il tuo uomo sarà qui presto.»

Odiando il fatto di avergli obbedito docilmente, Kassie si consolò con il pensiero che sicuramente sarebbe riuscita a far ragionare Richard quando fosse arrivato. Chi voleva stare insieme a qualcuno che non ti desiderava?

———

Una settimana dopo, stava diventando sempre più difficile continuare a ignorare Karina. La sua sorellina voleva vederla, ma si rifiutava di mostrarsi con il livido sul viso, provocato dal pugno di Richard. Non voleva che vedesse quanto andavano male le cose tra lei e il suo presunto fidanzato.

Quando il telefono squillò, e vide che era proprio lui, lo

prese con riluttanza; aveva imparato la lezione e non avrebbe rischiato di farlo incazzare di nuovo.

«Che c'è?»

«Ho un lavoro per te.»

Kassie rimase sbalordita per un momento. Aveva pensato che si sarebbe scusato per averla picchiata, che le avrebbe raccontato dell'esercitazione che era stato impaziente di fare. Che avrebbe persino provato a persuaderla con parole dolci, fingendo che le cose tra loro andassero bene. «Un lavoro?»

«Sì. Devi iscriverti a un sito d'incontri, poi trovare i profili di un gruppo di uomini e inviare loro un messaggio. Flirta, falli interessare a te. Il tuo obiettivo finale è convincerne almeno uno a incontrarti e poi scoprire quante più informazioni possibili su di loro.»

«Che cosa? Chi? Che sta succedendo, Richard?» Era confusa.

«E prima che tu lo dica, non ci siamo lasciati!» sbraitò. «Sei la mia cazzo di ragazza e farai questa cazzo di cosa!»

«Perché?»

«Perché? Vuoi sapere perché?»

«Sì» sussurrò, odiando il suo tono. Suonava esattamente come la settimana prima, quando era andato fuori di testa e l'aveva picchiata.

«Perché quegli stronzi hanno *imbrogliato*. Hanno imbrogliato e messo in imbarazzo me e il mio plotone! Pensano di essere i migliori e non la passeranno liscia. Ho dei piani per loro. Oh sì, grandi piani.»

«Chi sono? Imbrogliato su cosa?» gli chiese, ancora completamente confusa.

«Sulla maledetta esercitazione!» gridò. «Ci hanno uccisi

prima ancora che fossimo pronti per iniziare. Hanno imbrogliato!»

Non aveva idea di cosa stesse parlando, ma cercò comunque di placarlo. «Va bene. Posso farlo.» Ma non aveva intenzione di adescare un uomo su un sito web, per poi usarlo per dare informazioni a Richard. Non l'avrebbe mai fatto. Non poteva *obbligarla*, non come aveva fatto con il grog e le altre cose successe nel suo appartamento.

«Bene. Uno di loro ha appena iniziato a uscire con una donna che ha una bambina. Posso decisamente sfruttare la cosa.»

Richard stava parlando più a se stesso che a lei, ma non lo interruppe. Non aveva idea di cosa stesse blaterando, ma era spaventata a morte dalle implicazioni.

«Sì. Dobbiamo avere un'altra possibilità. Posso chiedere aiuto a Dean e agli altri miei amici. Avremo bisogno di soldi però... oh sì, so come ottenerli.» Rise. Una risata malvagia, fredda e insensibile.

«Verrai ad Austin questo fine settimana?» gli chiese sommessamente, volendo sapere se avrebbe dovuto nascondersi per stare lontana da lui.

«No. Ma ciò non significa che puoi tradirmi. Dean è lì e ti terrà d'occhio. Devo andare. Ti mando un'e-mail con i dettagli.» Riattaccò senza aggiungere altro.

Kassie spense il telefono, sollevata dal fatto che non sarebbe andato ad Austin, ma si sentiva in ansia per la donna e la bambina di cui aveva borbottato. Non poteva trattarsi di niente di buono. Si sentì in colpa per il sollievo provato per non essere lei quella su cui Richard aveva messo gli occhi addosso.

Sospirando, andò in bagno a truccarsi. Avrebbe potuto mettere una sciarpa intorno al collo per nascondere alcuni lividi ai colleghi e ai clienti, ma sembrava che avrebbe dovuto usare un fondotinta più pesante del solito ancora per un po'.

———

Kassie crollò sul divano e sospirò per il sollievo di essere finalmente a casa. Al lavoro era stata dura e odiava che Dean la stesse ancora seguendo, ma almeno non vedeva Richard da un po'.

Accese la televisione e chiuse gli occhi, con il brusio del notiziario in sottofondo, cercando di raccogliere le energie necessarie ad alzarsi e preparare qualcosa per cena. Solo quando sentì pronunciare il nome di Richard si rizzò a sedere, aprendo gli occhi sorpresa.

Lo scoop di stasera arriva da Fort Hood. Il sergente Richard Jacks è stato accusato di rapimento e di tutta una serie di altre imputazioni derivanti da un incidente accaduto ieri sera; l'uomo ha rapito una donna e sua figlia e poi le ha usate come esca per sopraffare un plotone di soldati. La nostra fonte dice che era sconvolto per un'esercitazione avvenuta un paio di mesi fa che sembra sia stata motivo di imbarazzo e si sia vendicato rapendo la fidanzata e la bambina di uno dei soldati che riteneva responsabili.

Il sergente Jacks è stato ferito nello scontro, ma si pensa che sopravvivrà. Attualmente è ricoverato in ospedale e una volta guarito sarà processato. Se condannato, rischia di venire rinchiuso in una prigione federale, molto probabilmente a Fort Leavenworth nel Kansas. Sintonizzatevi domani mattina per gli ultimi aggiornamenti del caso.

Kassie cercò di inspirare, ma non ci riuscì. Richard aveva rapito la donna e la bambina di cui aveva parlato un paio di mesi prima? Era stato ferito? Sarebbe andato in *prigione*?

Per la prima volta da molto tempo, quasi un anno, le sembrò di poter respirare.

Era libera.

Libera da Richard e dalle sue minacce.

Libera dagli occhi di Dean che osservavano ogni sua mossa.

Avrebbe potuto cancellare l'account su quello stupido sito di incontri.

Libera.

Il suo cellulare squillò, facendola sobbalzare. Rise tre sé e sé e fece scorrere il pollice sullo schermo senza guardare.

«Sono Kassie.»

«Non pensare di esserne fuori.»

«Come, scusa?»

«Non pensare di esserne fuori» ripeté Dean. «Il tuo fidanzato potrà anche andare dietro le sbarre, ma non cambierà nulla.»

Kassie scosse la testa incredula. «Non è il mio fidanzato, Dean. Questa cosa è assurda.»

«Sei ancora la sua donna. Ti terrò d'occhio come al solito finché non mi dirà di smettere. Comportati bene e non dovrò riferirgli della tua disobbedienza. Fai progredire le cose sul sito di incontri. Quegli stronzi pensano di averci battuto, ma non è così. Dobbiamo solo riorganizzarci. E abbiamo bisogno di informazioni.»

Il terrore che era scomparso un attimo prima era tornato dieci volte più potente.

«Perché lo stai facendo?»

«Perché appartieni a Richard. Completamente. Chiamerò più tardi con ulteriori dettagli.»

Kassie fissò il cellulare e crollò di nuovo sul divano. Aveva cercato di opporsi ai due bastardi. Ci aveva provato. Ma dopo essersi ritrovata quattro volte con le ruote dell'auto tagliate, aver ricevuto lettere minatorie al lavoro e con Dean che si presentava in negozio solo per stare nelle vicinanze a fissarla, aveva ceduto. Era più facile stare al gioco e fare ciò che volevano, che sfidarli.

La minaccia di Richard incombeva sempre su di lei; gli piaceva sorprenderla presentandosi alla sua porta... e picchiarla, già che c'era. Almeno se lo avessero rinchiuso in prigione non avrebbe più potuto metterle le mani addosso, ma Kassie non era sicura che Dean fosse una minaccia minore. Era... più inquietante. Non l'avrebbe picchiata, no, avrebbe distrutto la sua vita il più possibile senza toccarla nemmeno con un dito.

Fece un respiro profondo e si alzò dal divano. Si avvicinò al tavolo nell'altra stanza e accese il computer. Tanto valeva togliersi di mezzo la rogna del sito di incontri per quella sera. Con le lacrime agli occhi, iniziò a cercare.

———

Kassie non avrebbe voluto fare quella chiamata, ma doveva. Compose il numero di Dean sul telefono e se lo portò all'orecchio.

«Che c'è?»

«Uno di loro mi ha risposto.»

«Chi?»

«Hollywood.»

«Bene. Ora non fare cazzate. Abbiamo bisogno di

informazioni. Richard è pronto per portare avanti il suo piano. Potrà anche essere in prigione ma sta osservando, non dimenticarlo mai.»

Kassie sentì il risentimento crescere dentro di lei. «Come potrei? Me lo dici ogni volta che parliamo. Non mi piace fare questa cosa. Non so perché non possiate semplicemente lasciar perdere. Richard è dietro le sbarre. È finita. Non ci frequentiamo più, non lo vedo da mesi, è folle. Cosa farà se mando tutto a puttane? Eh?»

«Non è di lui che devi preoccuparti» le disse con un tono basso e malvagio. «Questa è la nostra battaglia per la giustizia. Non solo quella di Richard. Vuoi sapere cosa accadrà se ti rifiuterai di farlo? Se non scoprirai ciò che vogliamo sapere da uno di quegli stronzi? Siamo stati pazienti con te. Siamo stati gentili. Hai avuto paura e hai cercato di rompere con Richard e lui ha lasciato correre, ma sei ancora sua, Kassie. *Sua*. Sua per fare ciò che vuole, quando vuole e con chi vuole. Ma se hai bisogno di una motivazione... forse tua sorella ti darà quell'incentivo.»

«Che cosa? Karina? Di cosa stai parlando? Lasciala stare! Per favore!» lo implorò.

«Fai quello che devi e lei starà bene. Decidi di tirar fuori le palle e non starà bene. La scelta è tua.»

«Come ci sono finita qui?» sussurrò più a se stessa che a lui.

«Sei esattamente dove devi essere. Ora, comportati bene e nessuno si farà male. Fammi sapere come stanno procedendo le cose con Hollywood e passerò le informazioni a Richard. Finché farai quello che ti ha ordinato, non accadrà nulla di male.»

Kassie riattaccò senza aggiungere altro. Tra le lacrime, avvicinò a sé la tastiera e cliccò sul messaggio che Hollywood le aveva inviato la sera prima. Lei gliene aveva scritti alcuni, non sapendo se le avrebbe mai risposto e sperando che non lo facesse, ma sembrava che in qualche modo avesse suscitato il suo interesse. Chiuse gli occhi ed esitò un attimo con le dita sui tasti.

«Mi dispiace» sussurrò all'uomo a cui stava per scrivere, anche se lui non poteva sentirla. «Mi dispiace così tanto trascinarti in questa faccenda... ma non ho altra scelta.» Fece un respiro profondo. «La mia vita fa schifo» disse e iniziò a digitare, rispondendo alla mail di Hollywood, fingendo di essere una ragazza normale che cercava solamente di conoscere un uomo che avrebbe voluto frequentare.

IL REGALO

di Susan Stoker

Nota dell'autrice

Questo racconto descrive la prima volta che Annie (da Salvare Emily) e Frankie (da Proteggere Kiera) si sono incontrati. È una storiella carina che ha ispirato Salvare Annie, il libro di Annie e Frankie.

Il regalo

Annie si agitava impaziente tra i suoi genitori, fissando concentrata l'ingresso. Strinse la mano di sua madre e la guardò. «Quanto manca ancora?»

«Non lo so, piccola» rispose Emily alla figlia. «Il loro aereo è atterrato dieci minuti fa, ma a volte ci vuole un po' prima che tutti scendano. Magari dovevano usare il bagno. Saranno qui presto, porta pazienza.»

«Non vedo l'ora di incontrare Frankie» disse la bambina per la milionesima volta.

Suo padre, Cormac "Fletch" Fletcher, si accucciò di fronte a lei e le mise le mani sulle spalle. «Non offenderti se è timido, scricciolo. Dato che è sordo, probabilmente è difficile per lui fare amicizia.»

Annie annuì con foga. «Lo so, ma voglio mostrargli i miei soldati, e la mia stanza, e dove gioco con le macchinine dietro il garage. Pensi che vorrà passare la notte con me? C'è solo un letto nell'appartamento e gli adulti probabilmente vorranno stare lì, e anche se il divano è super comodo magari possiamo fare un pigiama party?»

«Vedremo» le disse rialzandosi. Si avvicinò a sua moglie e si chinò per sussurrarle all'orecchio: «Non so se mi vada bene che mia figlia di sette anni organizzi dei pigiama party con i ragazzi.»

Lei soffocò una risata e sussurrò a sua volta: «Vedremo come si sentirà quando non potrà comunicare con lui.»

Fletch si limitò a scuotere la testa e a sorridere. «Non sottovalutare nostra figlia. Penso che potrebbe fare amicizia con un terrorista se si impegnasse.»

«Èluièluièluièlui?» gridò la piccola, saltellando su e giù eccitata.

Emily sollevò lo sguardo e vide una coppia camminare verso di loro. L'uomo teneva per mano un ragazzino che sembrava avere all'incirca la stessa età di Annie. Quando fece un cenno con il mento a Fletch, ne fu certa. «Sì, sono loro.»

Sua figlia si precipitò verso il trio prima ancora che lei finisse di parlare. Si avvicinò al bambino e gli gettò le braccia al collo, come se fossero fratello e sorella che non si vedevano da tempo.

Quando raggiunsero il gruppo, Annie si era tirata indietro e stava sorridendo al ragazzo.

«Coop» disse Fletch, tendendogli la mano. «Com'è stato il volo?»

«Tranquillo. Grazie per essere venuti a prenderci.»

«Figurati. Quando il nostro comandante ha detto che saresti venuto a insegnare ai soldati la lingua dei segni, da usare per comunicare durante le missioni, mi sono ricordato che Tex ci aveva parlato di te. Non ho resistito alla possibilità di approfittarne per avere dei consigli prima di andare alla base.»

Cooper "Coop" Nelson ridacchiò. «Sono sempre sorpreso quando incontro persone che conoscono Tex, anche se non dovrei. Questa è la mia fidanzata, Kiera Hamilton.»

Fletch e la moglie strinsero la mano alla donna.

«Piacere di conoscerti» disse Emily. «Mio marito mi ha detto che sei un'insegnante.»

«Esatto» rispose, segnando allo stesso tempo le parole con le mani. «Lavoro in una scuola per bambini sordi. Frankie è uno dei miei studenti. Ho incontrato Cooper quando faceva volontariato lì.»

«E suo padre vi ha lasciato portarlo in viaggio con voi dall'altra parte del Paese?» chiese sorpresa.

«Sì. Abbiamo affrontato insieme una... situazione» Kiera guardò il fidanzato e scrollò le spalle, poi continuò: «Ci ha chiesto di essere i padrini di Frankie e siamo molto legati.»

Fletch avrebbe voluto saperne di più sulla "situazione", ma pensò che lo avrebbe chiesto a Cooper più tardi. Sentì uno strattone sulla maglia e guardò Annie. Le avevano insegnato che era scortese interrompere, ma a volte il suo entusiasmo aveva la meglio su di lei. «Voglio dire a Frankie il mio nome con le dita. Ma non so come fare.»

Kiera si accovacciò accanto ai bambini e le mostrò con pazienza come segnare il suo nome. Lo imparò subito. Si voltò verso il ragazzino che era rimasto incollato al fianco di Cooper, agitò la manina in saluto e si indicò, poi segnò scrupolosamente A-N-N-I-E.

Sul volto del bambino apparve per la prima volta un sorriso. Ricambiò il cenno di saluto, si indicò poi segnò il proprio nome.

Senza dire nulla Annie cercò di copiarlo, e quando dimenticò una lettera, Frankie la aiutò a muovere le dita e la mano per formarla.

Kiera si alzò e sorrise a Cooper. «Sembra che andranno molto d'accordo.»

Presero la scala mobile per andare verso l'area ritiro bagagli continuando a chiacchierare; gli uomini parlarono di lavoro, le donne dell'appartamento sopra il garage dove i tre avrebbero alloggiato e di cosa Kiera avrebbe potuto fare mentre Cooper lavorava alla base. Nel frattempo Annie e Frankie gesticolavano, ridacchiavano e consolidavano la loro amicizia.

———

Dopo cena, Emily e Kiera si sedettero nel patio sul retro mentre gli uomini erano scomparsi per parlare di lavoro. Le due donne guardarono i bambini giocare insieme nell'erba; Annie aveva tirato fuori i preziosi soldati che Fletch le aveva regalato poco dopo averla conosciuta.

Erano ancora nelle loro scatole, anche se il cartone era un po' rovinato sui bordi. Tutt'intorno ai GI Joe c'erano soldatini verdi di plastica, macchinine e piccoli carri armati di metallo che aveva ricevuto per Natale l'anno prima.

I due bambini stavano giocando allegramente, comunicando a gesti.

«Qual è la storia di Frankie?» chiese Emily.

«Si è ammalato da piccolo e ha perso l'udito. Suo padre si è trasferito nella nostra zona e lo ha iscritto nella mia scuola. Era riservato e scontroso a causa del suo problema, del trasloco e della situazione familiare. Non ha aiutato che sua madre abbia messo bene in chiaro che non le piaceva molto suo figlio e il fatto che non potesse sentire.»

Emily inspirò inorridita. «Mio Dio. Povero Frankie.»

«Già, sto per semplificare molto, ma suo padre ha divorziato da quella donna, in parte perché era una stronza ma soprattutto perché era una tossicodipendente. Frankie ha incontrato Cooper e ha avuto subito una sorta di venerazione nei suoi confronti... non che possa biasimarlo.»

«Be', grazie a Dio» ribatté, rilassandosi sulla sedia.

«Oh, ma poi la madre è venuta a scuola e ha cercato di rapirlo.»

Emily spalancò così tanto gli occhi che sembrava le stessero per uscire dalla testa.

Kiera rise. «Non preoccuparti. Sono saltata anch'io dentro la sua macchina, e Cooper e uno dei suoi amici sono venuti in nostro soccorso, ma quel giorno Frankie ha imparato in prima persona quanto fosse bello poter parlare con un codice segreto.» Alzò le dita per mettere tra virgolette le ultime due parole.

«E tu? Come hai imparato la lingua dei segni?» le chiese sorridendo.

«Mia madre è sorda.»

«Ah. Ha senso. Quindi il padre di Frankie era d'accordo che lo portaste con voi in Texas?»

«Sì. Dopo il tentativo di rapimento, con il fatto che Cooper ha salvato suo figlio e io mi sono messa in pericolo per lui, ci ha ufficialmente nominati padrini di Frankie. Suo padre aveva una riunione fuori città e ci siamo offerti di portarlo con noi.»

«È stupefacente. Anch'io non avrei problemi ad affidare Annie a uno qualsiasi degli amici di Fletch» sostenne Emily.

La bambina rise proprio in quel momento facendole voltare per scoprire cosa la divertisse; stava ridendo così tanto che era caduta indietro sull'erba e stava rotolando felice.

«Cosa c'è di così divertente?» le chiese la madre.

La piccola si girò su un fianco e sostenne la testa con una mano guardandola. «Frankie. È spassoso.»

Emily sembrò confusa. «Ma non potete parlarvi.»

La bambina si mise a sedere e si spostò vicino a lui mettendogli un braccio intorno alle spalle, prima di dire: «Sì che possiamo. Mi ha appena raccontato una barzelletta.»

«Davvero?» le domandò, inclinando la testa sempre più perplessa.

«Sì» confermò. «Ha detto: "Perché il soldato ha attraversato la strada?"»

Quando non continuò, Emily chiese: «Perché?»

«Perché stava proteggendo il pollo» rispose Annie, poi scoppiò di nuovo a ridere.

Le due donne si guardarono a lungo e poi si sorrisero. Non faceva per niente ridere, ma avevano imparato che ciò che era divertente per un bambino di sette anni non lo era necessariamente per tutti gli altri.

I bambini tornarono a giocare e ogni tanto le risatine di Annie risuonavano nel prato. Un'ora dopo, Cooper e Fletch uscirono nel patio e Kiera segnò a Frankie che era ora di andare a letto.

«Posso fare un pigiama party con Frankie per favore?» chiese la piccola prima che se ne andassero.

«Non stasera» le rispose Emily. «È probabile che sia stanco per il viaggio e l'ultima cosa di cui ha bisogno è essere tenuto sveglio da una bambina eccitata.»

«Ma maaammaaa» mormorò imbronciata.

«Tua madre ha detto di no» disse Fletch in tono severo. «Se fai la brava, e se lui ne avrà voglia, ne discuteremo con Cooper e Kiera per domani sera.»

Come se suo padre avesse già detto di sì, il suo viso si illuminò e salutò il ragazzino con la mano.

Lui segnò qualcosa e prima che qualcuno potesse tradurre, Annie aveva già copiato.

Il bambino sorrise e lo ripeté ancora una volta, poi la salutò anche lui con la mano.

Dopo che i tre se ne andarono, attraversando il cortile fino all'appartamento sopra il garage dove avrebbero alloggiato, Emily chiese a sua figlia: «Come facevi a sapere cosa ti stava dicendo Frankie?»

Scrollò le spalle. «L'ho capito.»

«Ma come?»

«Non lo so mamma, aveva senso. L'ho salutato con la mano e mi sono ricordata che aveva detto alla signorina Kiera che la cena era buona, e lei ce lo aveva tradotto, ricordi? Comunque, la prima cosa che ha detto è stata "buona" e ho pensato che l'altra fosse "notte".»

Emily fissò la figlia. Aveva ragione, non si era ricordata della conversazione avuta a cena, ma Annie non si perdeva mai nulla, era sempre attenta.

«Ti voglio bene» le disse.

«Ti voglio bene anch'io, mamma» rispose. Poi si voltò e si precipitò verso il tavolo della sala da pranzo, dove aveva posato i suoi preziosi soldati. Li raccolse e corse verso la sua stanza.

«Quindici minuti, scricciolo» le gridò dietro Fletch.

«Va bene, papà!» gridò a sua volta, ma non rallentò.

Emily scosse la testa e si appoggiò al marito. «Siamo sicuri di volere un'altra Annie da queste parti?»

Le mise le mani sul sedere e la attirò a sé. «Assolutamente. Non c'è niente che mi farebbe più piacere che avere altre piccole te in giro.»

Gli sorrise, sentendo l'erezione di suo marito contro la pancia. «Forse è meglio se vado a farmi un bagno mentre tu metti a letto nostra figlia.»

Fletch gemette. «Immaginarti nuda nella nostra vasca non mi aiuterà a sgonfiare in fretta questa erezione.»

«Dopo che l'avrai messa a letto, me ne occuperò io» gli disse con un guizzo delle labbra. «Sai che questo è il mio periodo fertile del mese.»

«Sei diabolica» ribatté, socchiudendo gli occhi. «Sai che quando è eccitata le ci vuole il doppio del tempo per sistemarsi.»

«Allora dovrò iniziare senza di te.»

Lui la strinse e la baciò con tutta la passione repressa causata dalle sue provocazioni. Qualche istante dopo si scostò, voltò Emily e la spinse verso il corridoio. «Vai. Ho bisogno di un paio di minuti per riprendere il controllo prima di andare da Annie.»

Lei si allontanò ondeggiando i fianchi in modo esagerato. Guardandosi alle spalle gli sorrise. «Ci vediamo a letto, tesoro.»

———

Uno dei momenti della giornata preferiti da Fletch era il rito della buonanotte con Annie. Non poteva farlo tutte le sere perché non sempre era a casa, ma quando succedeva, faceva tesoro delle loro conversazioni. A volte non parlavano di niente di importante, altre la piccola condivideva le sue paure con lui, ma non si sorprese che quella sera fosse interessata a parlare di Frankie.

«Come ha perso l'udito?»

«Da piccolo ha avuto un'infezione che gli ha colpito le orecchie.»

«Come ha imparato a segnare?»

«Suppongo nello stesso modo in cui tu hai imparato a parlare.»

«Posso imparare anch'io a segnare?»

«Sì, scricciolo, sono sicuro che puoi. Oggi l'hai già fatto.»

«Ma voglio parlare di più con lui. Frankie mi piace.»

«Penso che anche tu gli piaccia. Sono sicuro che sarebbe felice di poter parlare con te.»

«Ma come posso parlargli se non mi sente al telefono?»

«Lo puoi fare, Annie. C'è un telefono speciale; quando parli, scrive quello che dici.»

«Ma lui come fa a rispondermi se non parla?»

Fletch si bloccò. «Non lo so.» Aveva sempre cercato di

essere onesto con lei.

Sua figlia sembrò angosciata e il suo labbro inferiore iniziò a tremare. «Ma tornerà a casa tra un paio di giorni e non potrò parlare con luuuiii.» L'ultima parola uscì come un lamento quando iniziò a piangere.

«Shhh, piccola. Parleremo con Cooper e Kiera e vedremo se possono aiutarci. Sono sicuro che ne sanno più di me.»

Annie continuò a tirare su col naso mentre le lacrime rigavano le sue piccole guance.

«Vieni qui, piccola» disse, e la sistemò sotto le coperte, poi si sdraiò sul fianco e appoggiò la testa sul cuscino accanto a lei. «Oggi sono stato orgoglioso di te.»

«P-p-perché?»

«Perché, a causa della sua sordità, sono sicuro che alcuni bambini non sono gentili con Frankie.»

«È una cosa stupida. Lui è divertente.»

Fletch sorrise. «È vero. Ma certa gente non si prende il tempo per cercare di conoscere le persone diverse da loro.»

«Gli piacciono i miei soldati» gli rivelò.

Continuò a sorridere. L'amore per i suoi preziosi soldati era il metro di giudizio di Annie per decidere se qualcuno meritasse la sua amicizia. Sembrava che Frankie avesse superato il test. «Ho visto.»

«Se potessi li venderei per comprare qualcosa che ci aiuti a parlarci quando è a un milione di chilometri di distanza.»

Fletch sbatté le palpebre. Riusciva a ricordare solo un'altra volta in cui si era offerta di vendere i suoi amati giocattoli, quando la madre aveva avuto un disperato bisogno di soldi e si rifiutava di mangiare per lasciarlo alla figlia. Portava con sé quei soldati di plastica ovunque. Si era rifiutata di aprire le scatole, dicendo che li avrebbe resi "vecchi". Il fatto che avesse espresso ad alta voce il desiderio di venderli per un bambino che conosceva da poche ore, ma con cui voleva restare in contatto, era sorprendente. E classico di Annie.

«Non credo sarà necessario, scricciolo. Parlerò con Kiera e Cooper e vedrò cosa ne pensano, ok?»

«Domani?»

«Sì, domani.»

«Va bene. Possiamo andare su Mazon e ordinare un libro che mi insegni a parlare con le mani?»

«Amazon?»

«Sì, è quello che ho detto.»

Lui annuì. «Sì, penso che possiamo farlo.»

Annie si girò su un fianco e mise una mano sotto la testa, rispecchiando la posizione del padre. Le sue piccole guance erano ancora arrossate, tirò su col naso e disse: «Lo sposerò, papà.»

«Ah sì, eh?»

«Sì. Devo imparare a segnare il prima possibile. Non sarebbe bello se non potessi parlare o capire mio marito, vero?»

Fletch avrebbe voluto protestare, ma aveva imparato da Emily e da Annie stessa, che più discuteva contro qualcosa, più lei sembrava volerlo. Col tempo avrebbe cambiato idea, aveva solo sette anni. «No, hai ragione. Non sarebbe bello se non potessi parlare con tuo marito.»

La piccola annuì. «Ok. Non dimenticherai di parlarne con la signorina Kiera, vero?»

«No, non lo dimenticherò.»

«Bene. Adesso vai, papà.»

«Devo andarmene? Non vuoi che ti legga qualcosa

stasera?»

Scosse la testa. «No. Sono stanca e voglio che la mia mente si riposi così domani potrò imparare il più possibile a parlare con le mani. Voglio imparare l'alfabeto.»

«Ok, scricciolo. Dormi bene.» Si alzò, poi si chinò per baciarla sulla fronte.

Lei lo guardò e segnò "buonanotte", come aveva appreso poco prima da Frankie.

Fletch sorrise e rispose allo stesso modo.

Sorridendo felice, la piccola chiuse gli occhi e si rannicchiò.

Più tardi, quella notte, molto più tardi, dopo che Fletch aveva fatto l'amore con sua moglie con molta foga, la informò delle imminenti nozze della figlia.

«Non le hai detto che non eri d'accordo con lei o che avrebbe cambiato idea in seguito, vero?» gli chiese assonnata, per nulla preoccupata della dichiarazione di Annie.

«Diavolo, no. Ho imparato quella lezione.»

«Probabilmente si stancherà di lui entro la fine del weekend» predisse Emily. «Sai com'è.»

Fletch sapeva com'era sua figlia. Non espresse la sua opinione, ma aveva la sensazione che un fine settimana con il bambino non avrebbe smorzato minimamente il suo entusiasmo.

«Sono sicuro che sarà così. Ora dormi, tesoro» le ordinò.

«Sei così prepotente» mormorò, ma prese la mano di suo marito, che era avvolta intorno al suo petto, per portarsela alle labbra e baciarne il palmo. «Mi piace tutta questa faccenda del provare a rimanere incinta» gli disse.

Lui sorrise. «Anche a me. Ma anche se non dovesse succedere mai o dovessero volerci cinque anni, non smetterò mai di amarti. In realtà, ogni giorno che passa ti amo di più.»

«Il sentimento è decisamente reciproco, ma ho la sensazione che non ci vorranno anni. Se il tuo sperma è prepotente la metà di te, è solo questione di tempo.»

Fletch sorrise. Dare al suo sperma qualità antropomorfe era classico di Emily.

«Buonanotte.»

«Notte.»

———

«Ti sei divertito con Annie oggi?» chiese Kiera a Frankie con la lingua dei segni.

«Sì!» segnò il ragazzino con entusiasmo. «È gentile.»

«Sembravi andare d'accordo con lei come con Jenny e le altre ragazze della nostra classe, anche di più» gli disse.

Frankie scrollò le spalle. «Con lei è diverso.»

«Diverso come? Perché non conosce la lingua dei segni?»

«No. Perché la amo.»

Kiera lo guardò. Cooper aveva già dato la buonanotte al ragazzino ed era andato in camera a prepararsi per andare a letto. Lei aveva voluto assicurarsi che Frankie stesse bene; non viaggiava molto e stare con persone che potevano sentire, rischiava di essere estenuante e sconcertante. L'ultima cosa che si aspettava era che dichiarasse il suo amore per la bambina che viveva nella casa dall'altra parte del cortile.

«Ah sì, eh?»

Lui annuì. «Pensa che io sia divertente e ha condiviso con me i suoi giocattoli speciali. Non le importa che sembri strano quando rido o provo a parlare, e ha cercato di imparare alcuni segni. La amo.»

Kiera sorrise e fece del suo meglio per non mostrarsi scettica o mettersi a ridere. La mente di un bambino era una cosa meravigliosa e strana. «Be', domani potrai conoscerla meglio. Sei contento? Ti va di passare la giornata con lei e sua madre mentre Cooper e suo padre lavorano alla base dell'esercito?»

Il bambino mosse la testa su e giù con entusiasmo. «Voglio farle un regalo» disse.

«Un regalo?»

«Sì. Qualcosa che le faccia ricordare di me, in modo che non decida di amare qualcun altro e mi dimentichi prima che io possa diventare grande e tornare da lei.»

Kiera sentì il cuore sciogliersi. «Che tipo di regalo vorresti farle?» Sapeva che non aveva soldi con sé, ma non importava, avrebbe pagato qualunque oggetto avesse voluto comprare alla ragazzina per cui aveva una cotta.

«Non lo so ancora, ma sono sicuro che quando domani la conoscerò meglio lo capirò. Quanti giorni rimaniamo qui?»

«Due giorni interi, poi torniamo a casa il terzo.»

Fece un'espressione imbronciata mentre segnava: «Non è abbastanza.»

«Sono sicura che potrete tenervi in contatto dopo che sarai tornato a casa» cercò di rassicurarlo.

Scrollò le spalle. «Penserò a qualcosa da darle in modo che non mi dimentichi. Qualcosa che le ricorderà di me ogni volta che la guarderà.»

«So che lo farai, ma ora è arrivato il momento di dormire. Chiudi gli occhi, domani ci divertiremo ancora di più.»

«Grazie per aver convinto mio padre a farmi venire con te, signorina Kiera. Questa è la cosa migliore che abbia mai fatto in vita mia.»

Si chinò e lo baciò sulla testa prima di segnare: «Prego. Buonanotte.»

«Buonanotte. Hai visto quanto velocemente ha imparato a dire buonanotte? L'ho segnato solo una volta e lei ha capito cosa significava.»

«Ho visto. Ora basta. Mettiti a dormire» gli ordinò.

Frankie annuì e si girò su un fianco sul divano.

Lei spense le luci e andò nella piccola camera da letto dove Cooper la stava aspettando. Salì sul letto e si rannicchiò contro il suo grande corpo; con lui si sentiva a casa a prescindere da dove fossero coricati.

«Ti ha detto che è innamorato di Annie?» le chiese.

Kiera alzò la testa e fissò il suo fidanzato. «Come fai a saperlo?»

«Perché la prima cosa che mi ha chiesto quando sei uscita dalla stanza è stata quando ho capito che eri la donna giusta per me.»

«E cosa gli hai risposto?» gli chiese.

«Che nel momento in cui ti ho vista, ho capito che mi avresti cambiato la vita.»

«E?» incalzò.

«E Frankie ha annuito e ha detto che era stato lo stesso per lui. Che nell'istante in cui Annie l'ha abbracciato in aeroporto, ha capito di amarla.»

Fissò Cooper per un lungo momento prima di chiedere: «Non gli crederai davvero, eh?»

«Sono successe cose più strane» rispose.

Posò di nuovo la testa sul cuscino. «Ha solo sette anni e vive dall'altra parte del Paese. Si dimenticherà di lei non appena tornerà a casa e la piccola Jenny continuerà a fargli gli occhi dolci.»

«Mmm.»

Frequentandolo Kiera aveva capito che quel verso significava che non era né d'accordo né in disaccordo. Decise di lasciar perdere. In ogni caso non aveva importanza, entro due giorni se ne sarebbero andati. Annie sarebbe uscita dalla sua vita e la storia sarebbe finita lì.

———

La sera successiva, dopo cena, mentre erano in salotto a guardare un film, Frankie chiamò da parte Kiera.

«Tutto bene?» segnò, lanciando un'occhiata ai Fletcher. Emily e il marito erano seduti sul divano e Annie sul pavimento. Aveva appoggiato i suoi soldati alle gambe del tavolino e lei e Frankie stavano facendo una sorta di gioco intricato che Kiera non era stata proprio in grado di comprendere, ma non importava perché i due bambini sembravano essere felicissimi.

La giornata era iniziata con la colazione nella grande casa. In seguito, Cooper e Fletch erano andati alla base per il corso che lui avrebbe tenuto riguardo all'importanza di un programma universale di segni manuali per comunicare tra soldati.

Emily e Kiera avevano portato Annie e Frankie al Mayborn Museum; c'erano più di una dozzina di sale con giochi e attività per bambini e i piccoli avevano trascorso diverse ore a divertirsi. C'erano stati dei momenti imbarazzanti quando alcuni ragazzini lo avevano indicato sparlando alle sue spalle, ma Annie lo aveva difeso dicendo loro che erano maleducati e che se pensavano che lui avesse qualcosa che non andava semplicemente perché non poteva sentire, erano *loro* gli stupidi.

Emily aveva rimproverato la figlia per le sue parole dure, ma alla fine erano servite a rompere il ghiaccio e i ragazzi avevano giocato tutti insieme.

In seguito, erano andati in un centro commerciale a Temple, solo per ammazzare un po' il tempo. Si erano fermati a parlare con una donna di nome Kassie che lavorava al JCPenney e che era la fidanzata di uno dei compagni di squadra di Fletch. Avevano fatto uno spuntino nell'area ristoro e gironzolato un po'.

A un certo punto Kiera aveva guardato i bambini e dato un colpetto con il gomito a Emily per mostrarglieli; stavano camminando tenendosi per mano e Frankie stava segnando con la mano destra, mentre Annie tentava di sillabare le parole con la sinistra.

Era la cosa più carina che avesse mai visto. Mentre li stavano osservando, un uomo era andato addosso ad Annie che era inciampata, e sarebbe caduta se non fosse stato per Frankie che l'aveva tenuta ben salda. Poi le aveva lasciato la mano mettendosi davanti a lei. Kiera si era stupita vedendo i movimenti frenetici delle sue mani, mentre rimproverava con furia l'uomo per non aver guardato dove stava andando e per averla quasi fatta cadere.

Il tizio aveva guardato Kiera e scrollato le spalle.

«Dice che avrebbe potuto fare male alla bambina» gli aveva spiegato lei, prendendosi la libertà di parafrasare per non litigare proprio nel mezzo del centro commerciale. Frankie era arrabbiato e si vedeva chiaramente.

«Scusa, piccolo» aveva borbottato l'uomo, poi si era voltato e se n'era andato, anche se il bambino gli stava ancora "parlando".

Le ci era voluto un po' per riuscire a calmarlo abbastanza da permettere loro di continuare la passeggiata, ma si era tranquillizzato del tutto solo quando Annie gli aveva preso di nuovo la mano sorridendogli, per fargli sapere che stava bene.

Ora erano a casa, con la pancia piena e rilassati... o almeno Kiera aveva pensato che fosse così.

«So cosa voglio regalare ad Annie» segnò il bambino.

«Cosa?»

«Le custodie per i suoi soldati» le disse. «Le scatole in cui sono adesso si stanno rompendo e mi ha detto che era preoccupata perché se si fossero rotte del tutto, i suoi soldati si sarebbero rovinati. Ne ho viste alcune oggi quando stavamo passeggiando.»

Kiera si acciglió per un momento. «Probabilmente sono molto costose.» Da quello che poteva dire, i soldati di Annie probabilmente costavano al massimo una decina di dollari. Spenderne cinquanta o più a custodia per tenere al sicuro dei giocattoli di quel valore le sembrava sciocco.

«E allora?» segnò lui con impazienza.

«E se le prendessi dei nuovi soldati?» gli suggerì.

Frankie scosse la testa ostinato. «No. Lei ama quelli perché glieli ha regalati Fletch. Voglio proteggerli per lei.»

«Non so se tuo padre approverà il fatto che tu voglia spendere così tanti soldi per qualcuno che hai appena incontrato. Magari potresti pensare a qualcosa di meno costoso.»

«Li pagherò io» disse il bambino, stringendo le labbra.

«Hai così tanti soldi?» gli chiese.

«Non adesso, ma posso guadagnarli. Farò lavoretti in casa. Posso chiedere a papà se c'è qualcosa che posso fare per guadagnarli. Non mi interessa quanto tempo ci vorrà, anche se starò senza paghetta fino a quando non sarò davvero vecchio, tipo a tredici anni, lo farò.»

Kiera cercò di non sorridere. Davvero vecchio a tredici anni. Stare con i bambini a volte la faceva sentire anziana. «E se tuo padre non avesse così tanti soldi da prestarti?»

Frankie curvò le spalle. Era ovvio che non ci avesse pensato. Si guardò intorno nella stanza mentre cercava di trovare una soluzione. Lo vide fissare Annie per un lungo momento prima di voltarsi e dire: «Di' a mio padre che venderò l'iPad che ho ricevuto per Natale, così potrò comprarle.»

Lo fissò scioccata. Lui *amava* quell'iPad. Ne aveva parlato senza sosta in classe. Aveva detto che c'era un'app con cui poteva effettivamente "parlare" con le persone che ci sentivano. Gli dava un senso di libertà e di maggiore sicurezza in se stesso il fatto di poter interagire da solo nel mondo degli udenti. Sentirgli dire che avrebbe voluto venderlo per comprare qualcosa per Annie era stato scioccante.

«Sono sicura che non vorrebbe che lo facessi, che ne dici di...»

Frankie la interruppe e scosse la testa, facendo svolazzare i capelli castano chiaro. «No. Basterà a comprare le custodie, giusto? Quelle belle, non quelle economiche.»

Kiera annuì lentamente. «Sono sicura di sì.»

«Lo chiamerai stasera per dirglielo?»

«Potresti chiamarlo tu stesso e usare la fotocamera integrata e l'app per dirglielo» gli suggerì.

Lui scosse di nuovo la testa. «No. Sarò impegnato con Annie. Ha detto che potevo passare la notte qui e faremo una tendopoli e un percorso a ostacoli nella sua stanza. Non avrò tempo.»

«Va bene. Se sei sicuro che è ciò che vuoi.»

«Sono sicuro» segnò. Guardò ancora una volta la ragazzina e poi incontrò lo sguardo di Kiera. «Per lei ne vale la pena. Anche se non potrò vederla tramite la mia app speciale, ma solo inviarle delle mail finché non avrò abbastanza soldi per permettermi di comprare un nuovo iPad, ne vale la pena.»

Detto quello, tornò al fianco della bambina e iniziarono a giocare come se non avessero mai smesso.

Kiera andò a sedersi di nuovo accanto a Cooper e lui le chiese: «Tutto bene?»

«Sì. Ti spiego dopo.»

Annuì un po' preoccupato ma comunque sicuro che non fosse un'emergenza, e tornarono a guardare il film.

———

Un'ora dopo, Emily stava aiutando Annie a prepararsi per andare a letto mentre Fletch aiutava Frankie in un'altra stanza.

«So che volete giocare ancora, ma avete solo un'altra ora. Dico sul serio Annie, verrò a controllarvi. Dovete dormire, domani vi aspetta un'altra giornata divertente.»

«Va bene. Mamma?»

«Sì, piccola?»

«Puoi parlare con papà e dirgli di andare al negozio domani a comprare il regalo per Frankie di cui abbiamo parlato?»

Emily sospirò. Aveva sperato che sua figlia se ne fosse dimenticata grazie all'eccitazione della giornata e al fatto che il ragazzino avrebbe dormito lì. «Vedremo.»

Il viso di Annie si corrugò nell'espressione che di solito

preannunciava una mostruosa discussione. «Oggi ho parlato con Kiera e mi ha detto che di recente hanno messo in vendita una fotocamera speciale, da agganciare a un computer o a un iPad, che non solo mostra l'immagine di qualcuno e lascia che l'altro senta ciò che dice, ma ha una piccola persona in una finestrella nell'angolo che mostra nella lingua dei segni ciò che viene detto. È come FaceTime, ma traduce.»

Emily la fissò scioccata. Sapeva che sua figlia avrebbe voluto parlare con Frankie quando fosse tornato a casa, ma pensava che volesse una webcam o qualcosa di simile. Era più economico... e semplice. «Se è una cosa speciale, non credo che basti entrare in un negozio e comprarla, tesoro.»

«È vero» ribatté, non meno determinata o scoraggiata. «Ma Kiera ha detto che si trova in negozi speciali in California. Potremmo ordinarla e Frankie potrebbe andare a ritirarla quando torna a casa.»

«Perché non inizi scrivendogli delle lettere, poi se vuole continuare, possiamo prendere in considerazione una webcam.»

«No. Imparerò la lingua dei segni e Frankie mi aiuterà. Non può farlo se non possiamo vederci e parlarci.»

Sospirò e si sedette sul lato del letto. «Mi sembra una cosa costosa, tesoro.»

«Lo so» replicò arricciando il naso. «Ho chiesto alla signorina Kiera quanto e non lo sapeva. Ma, mamma, ho qualcosa che vale un sacco di soldi.»

«Cosa?»

«I miei soldati.»

Emily ansimò. Sua figlia la sera prima aveva accennato di vendere i suoi preziosi soldati; aveva pensato stesse solo parlando in generale, ma dato che insisteva, si rese conto che qualunque sentimento Annie provasse nei confronti di Frankie fosse una cosa seria.

«So che valgono un *sacco* di soldi. Sono ancora nuovi di zecca e nelle loro scatole. Ricordi quando ti ho detto di venderli perché eravamo povere e papà Fletch non era ancora insieme a noi? Hai detto che valevano molto e che avrei dovuto tenerli fino al momento in cui avessi trovato qualcosa che desideravo davvero. Be', questo lo desidero *davvero*.»

Salì sulle ginocchia della madre sollevando gli occhioni verso di lei e avvolgendole le braccia intorno al collo. «Non voglio che Frankie torni in California e si dimentichi di me. Voglio potergli chiedere com'è andata la sua giornata. Voglio festeggiare il suo compleanno con lui e se qualche altra ragazza pensa che sia suo, voglio dirgli che non è così. Per favore, mamma? So che se papà li porterà al banco dei pegni riceverà un sacco di soldi, così potrò permettermi di comprare a Frankie quella fotocamera speciale.»

Emily sospirò. Annie non era una bambina che chiedeva molto. Non lo era mai stata. Non poteva negarle quella richiesta, soprattutto dato che non era qualcosa che voleva per se stessa. Se era disposta a vendere i suoi beni più preziosi, chi era lei per ostacolarla? Sapeva che i giocattoli avrebbero fruttato solo una decina di dollari, ma tra lei e Fletch, avrebbero potuto permettersi di colmare la differenza e acquistare quell'aggeggio speciale.

«Ok, piccola. Domani dirò a tuo padre di portare i tuoi giocattoli al banco dei pegni, di chiamare quello di Frankie e di prendere accordi per la fotocamera. Ne sei sicura? Una volta venduti i tuoi soldati, non potremo più riprenderli.»

«Ne sono sicura» rispose subito, con un sorriso che andava da un orecchio all'altro. «Mi mancheranno, ma in cambio potrò parlare con Frankie ogni giorno. Ne varrà la pena. Puoi convincere suo padre a mandare per e-mail una foto della fotocamera speciale? Voglio stamparla e dargliela come regalo domani prima che se ne vada.»

«Sì, credo che si possa fare.»

«Sarà così sorpreso! Non vedo l'ora di vedere la faccia che farà» disse Annie.

Proprio in quel momento Fletch bussò alla porta. «Possiamo entrare?» chiese. Frankie era al suo fianco e sorrise ad Annie.

In un lampo, lei balzò giù dalle ginocchia della madre e andò di fronte a lui. Gli fece cenno di seguirla, non che avesse scelta dato che gli aveva preso la mano e lo stava trascinando verso una pila di coperte e asciugamani che avevano portato in precedenza, in vista della costruzione della loro "tendopoli".

«Credo che ci abbiano dimenticati» disse Fletch, circondando la vita di Emily con un braccio. «Avete fatto una bella chiacchierata?»

«Aspetta solo che ti dica cosa dovrai fare domani» gli rispose, scuotendo la testa.

«È così brutto?» le chiese, conducendola fuori dalla stanza della figlia.

«Non brutto, ma di sicuro sorprendente.»

———

La sera successiva, l'ultima in cui Annie e Frankie sarebbero stati insieme prima di doversi separare per chissà quanto tempo, i bambini dissero che sarebbero andati in salotto mentre gli adulti erano seduti al tavolo della sala da pranzo; Annie voleva un po' di privacy per poter "parlare" con Frankie.

«Sei sicura di non volermi lì a tradurre?» chiese Kiera alla bambina.

Lei scosse la testa. «Riesco a capirlo benissimo.»

Gli adulti accettarono di buon grado la sua risposta. Non sapevano se fosse stata sincera al cento per cento, ma amavano il suo atteggiamento.

Quando scomparvero nell'altra stanza, Kiera si sporse sul tavolo e chiese a Emily: «Cos'ha preso Annie per Frankie? Penso che sia una cosa davvero carina che entrambi abbiano voluto regalare qualcosa all'altro.»

«Infatti!» ribatté Emily con una risatina. «Grazie alla tua chiacchierata con lei, ha deciso che doveva comprare quella fotocamera speciale. Sai, quella che ha la piccola figura umana nell'angolo che traduce nella lingua dei segni. Il papà di Frankie andrà a ritirarla oggi così da dargliela domani all'aeroporto quando tornerete a casa.»

«Cosa?» chiese, chiaramente colta di sorpresa.

«Lo so, lo so, è costosa, ma Annie ha insistito. Ha addirittura mandato Fletch a vendere i suoi soldati per pagarla.» Ridacchiò. «Come se avessero potuto coprire il costo, ma a essere sincera non è costata quanto pensavo. Frankie potrà collegarla al suo iPad e scaricare l'app mentre Annie potrà usare la stessa app ma con la sua normale fotocamera. Potranno parlare quanto vogliono e so che la aiuterà a imparare la lingua dei segni.»

«Ha venduto i suoi soldati?» domandò Kiera.

«Sì.»

«Porca vacca. Chiedimi cosa le ha preso Frankie» le disse.

«Ho quasi paura di farlo» ribatté.

«Un paio di costose custodie per i suoi soldati» continuò in tono piatto.

Emily spalancò gli occhi. «No, dai.»

«Ora chiedimi dove ha preso i soldi per pagarle.»

«No... per favore non dire il suo iPad» sussurrò.

«Sì. Il suo prezioso iPad, a cui di solito è incollato. Ha voluto le custodie di plastica migliori e più costose, così Annie non avrebbe dovuto preoccuparsi che i suoi soldati si sporcassero o "consumassero".»

«Porca miseria. Siamo nel bel mezzo della storia *Il dono dei Magi*» mormorò Emily.

Nessuna delle due disse nulla per un attimo, fino a quando Kiera sussurrò: «Devo assolutamente vedere come andranno le cose.»

Trovandosi d'accordo, Emily la seguì e andarono silenziosamente verso la porta del salotto. Fletch e Cooper le seguirono e si misero a osservare dalla soglia i due bambini che si scambiavano i regali.

————

Annie era così entusiasta di dare a Frankie il suo regalo. Sembrava davvero piccolo accanto alle due grandi scatole che lui aveva impacchettato per lei, ma non importava. Era sicura che l'avrebbe amato.

Sorridendogli, gli porse la busta con l'immagine della speciale fotocamera che avrebbe tradotto per lui le sue parole. Il primo giorno che si erano incontrati le aveva detto quanto amasse il suo iPad e quanto lo usasse, quindi il regalo era perfetto.

Continuò a sorridergli mentre lo scartava e quando lui tirò fuori la foto dalla busta la fissò a lungo.

Troppo eccitata per aspettare, gliela prese e la indicò; poi indicò se stessa e lui, si portò la mano all'orecchio mimando un telefono, fece dei segni inventati con le dita e indicò di nuovo lui, la foto e ancora se stessa.

Gliela restituì con un enorme sorriso, estremamente soddisfatta di sé.

Frankie invece non sorrise. In realtà, si mosse a malapena, continuava a fissare l'immagine della fantastica fotocamera per non udenti.

Alla fine, le rivolse un piccolo sorriso, posò la foto e spinse le due grandi scatole verso di lei.

Confusa e un po' preoccupata che non fosse così entusiasta di parlare con lei una volta tornato a casa, Annie strappò la carta del primo pacchetto. Vide l'immagine sulla scatola e il suo sorriso svanì. Si voltò verso l'altro regalo e lo aprì altrettanto velocemente; era un duplicato del primo. Sollevò lo sguardo su Frankie, le stava sorridendo e le segnò "uomo" e poi "soldato"; glieli aveva insegnati la prima volta che gli aveva mostrato i suoi soldati, poi indicò le scatole. Annuì e sollevò le sopracciglia come per dire: *forti, vero?*

La indicò, poi fece un gesto come per chiedere: *dove sono?*

Annie fissò le bellissime custodie. Frankie aveva fatto del suo meglio per regalarle qualcosa che sapeva le sarebbe piaciuto. Provò una fitta di dolore per i giocattoli che non avrebbe mai più rivisto, ma sorrise con coraggio.

Frankie doveva davvero tenerci a lei. Non le avrebbe preso qualcosa di tanto costoso se non fosse stato così. Però non avrebbe mai dovuto sapere che aveva venduto i soldati per far sì che potessero parlare tra loro.

Annie indicò l'iPad di suo padre appoggiato sul tavolo

e poi Frankie, facendo un gesto verso la porta, sperando che capisse che voleva che andasse a prendere il suo dispositivo in modo da poter scaricare e familiarizzare con l'app, così sarebbero stati in grado di parlare quando fosse tornato a casa.

Quando però lui restò immobile, Annie si dimenò nervosamente. Rimasero semplicemente a fissarsi, come se entrambi aspettassero che l'altro si muovesse per primo.

———

«Posso interrompere?» chiese Kiera dalla soglia.

Annie sobbalzò sorpresa ma annuì, poi toccò Frankie sul braccio per attirare la sua attenzione e fece un gesto verso la porta.

Kiera ed Emily entrarono nella stanza, mentre Fletch e Cooper rimasero sulla soglia.

«Ti piace il tuo regalo?» chiese ad Annie con la lingua dei segni.

Lei annuì e segnò: «Sì.» Poi si rivolse a Frankie. «Le adoro, Frankie. Sono perfette.»

Il bambino a quel punto iniziò a segnare velocemente, come se fosse eccitato per qualcosa, e Kiera tradusse. «Sapevo che le avresti amate. Sono perfette per i tuoi soldati. Rimarranno nuovi e intatti per sempre e non dovrai più preoccuparti che le scatole si rompano. Vai a prenderli. Voglio assicurarmi che ci stiano.»

«E tu che mi dici, Frankie?» chiese Kiera. «Ti piace il regalo che ti ha fatto Annie?»

«Sì, è fantastico» segnò con meno entusiasmo.

«Così possiamo parlare quando torni a casa» disse con dolcezza la piccola. «Mi piaci davvero e vorrei imparare la

lingua dei segni in modo da poter usare le normali video-
camere per parlare ma, fino ad allora, questa tradurrà ciò
che ci diremo. La piccola figura nell'angolo mostrerà i
segni mentre parliamo. Basta che colleghi la fotocamera al
tuo iPad e io metterò l'app sul mio. Sono sicura che papà
Fletch o Cooper ci aiuteranno a configurarla se vai a
prenderlo.»

I bambini si fissarono a lungo prima che Emily
mettesse la mano sulla spalla di sua figlia e dicesse:
«Tesoro, Frankie ha venduto l'iPad per comprare le
custodie per i tuoi soldati.»

Annie lo fissò a occhi spalancati. «Davvero?»

«Sì.»

«Ma io ho venduto i soldati per comprare la fotocamera
speciale» disse, senza distogliere gli occhi dal viso del
ragazzino.

Nel momento in cui Kiera finì di tradurre per lei, lo
sguardo di Frankie tornò su quello di Annie. Inclinò la
testa e segnò lentamente: «Davvero?»

Lei annuì.

Gli adulti trattennero il fiato, aspettando la reazione
dei bambini. Si sarebbero arrabbiati sicuramente. Ognuno
di loro aveva venduto uno dei beni più importanti che
possedevano per comprare qualcosa all'altro, e ora
entrambi i regali erano sostanzialmente inutili.

Fu Annie la prima a reagire.

Le sfuggì dalle labbra una risatina e si coprì la bocca
con la mano per cercare di soffocarla, ma fu inutile. Gliene
scappò un'altra e poi un'altra ancora, e dopo un attimo la
bambina stava ridendo come una matta. Sorprendentemente Frankie si unì a lei. Caddero entrambi all'indietro

rotolandosi sul pavimento e ridendo come se non riuscissero a smettere.

«Oh» disse Cooper sopra il frastuono. «Non mi aspettavo *questa* reazione.» Si voltò verso Fletch. «Pensi che dovremmo tirare fuori i *nostri* regali adesso?»

Lui annuì e i due uomini entrarono a grandi passi nella stanza, ciascuno con un pacchetto in mano. Cooper consegnò una piccola scatola a Frankie e Fletch diede quella più grande a sua figlia.

Cooper segnò a Frankie mentre Fletch parlava.

«So che probabilmente siete un po' delusi dai vostri regali, ma...»

«Papà» lo interruppe Annie. «Amo il mio regalo. Sì, mi dispiace di non avere i miei soldati da metterci dentro, ma me le ha regalate Frankie, lo ha fatto perché gli piaccio e voleva che fossi felice, quindi non posso essere troppo triste.»

«Anch'io» segnò il ragazzino. «Sono felice che Annie voglia parlarmi dopo che me ne sarò andato, perché lo voglio anch'io. Farò dei lavoretti extra e guadagnerò abbastanza soldi per comprare un nuovo iPad, poi potremo parlare.»

«Be'» disse Fletch «sono contento che non vi siate arrabbiati l'uno con l'altra. Forza, ora aprite i nostri regali.»

I bambini strapparono la carta dai pacchetti e i loro piccoli versi increduli risuonarono nella stanza.

Annie sollevò i suoi due soldati dalla scatola mentre Frankie tirò fuori il suo amato iPad. Due paia di occhi fissarono gli uomini.

«Ma come?» chiese la bambina, nello stesso momento in cui Frankie segnò: «Come l'hai avuto?»

Fletch sorrise. «Emily mi ha detto ciò che voleva fare Annie, e Kiera ha detto a Cooper cosa volevi fare tu, poi molto semplicemente io e lui ne abbiamo parlato. Non avete idea di quanto siamo orgogliosi di voi. Il fatto che vi piacciate abbastanza da volervi fare un regalo è fantastico, ma la cosa ancora più sorprendente è che eravate disposti a vendere ciò che amavate per regalarvi a vicenda qualcosa che pensavate sarebbe piaciuto all'altro. *Voi due* siete straordinari. Non potevamo proprio venderli; ora potete godervi i vostri regali.»

Annie balzò in piedi e abbracciò suo padre e poi Cooper. Non volendo che le donne si sentissero escluse, lo fece anche con sua madre e Kiera, poi si voltò verso Frankie e gli gettò le braccia al collo.

Mentre i due bambini erano abbracciati in mezzo alla camera, Emily guardò suo marito.

«Ricorda questo momento» gli disse con dolcezza. «Ho la sensazione che a un certo punto della nostra vita, li vedremo abbracciarsi proprio così al loro matrimonio.»

Fletch attraversò la stanza e si sedette sul divano accanto a sua moglie, e mentre Annie e Frankie erano intenti ad aprire le custodie protettive per inserire le scatole malconce dei soldati, disse: «Se quando saranno adulti, Frankie farà il possibile per renderla felice come in questo momento, non ci saranno problemi per quanto mi riguarda.»

———

Il giorno dopo, Frankie si sedette al suo posto sull'aereo con una grande custodia di plastica sulle ginocchia. Annie gli aveva regalato uno dei suoi preziosi soldati, dicendogli di tenerlo al sicuro per lei e che avrebbero potuto giocarci di nuovo insieme quando si sarebbero rivisti.

«Sei felice, Frankie?» segnò Kiera una volta sistemati.

Lui annuì. Poi si voltò dall'altra parte e chiese a Cooper: «Quanti anni devo avere per sposarmi?»

«Diciotto, amico.»

«Manca ancora tanto» rifletté il ragazzino.

«Sì e no» gli disse. «Non ha importanza se succederà quando lei avrà diciotto anni o quarantotto, aspetta che sia il momento giusto. Potrebbe voler andare al college o volare sulla luna, e tu devi permetterglielo. Falle solo sapere che sei proprio lì accanto a lei, che la sostieni, che tu sia letteralmente proprio lì vicino o a migliaia di chilometri di distanza. Quando arriverà il momento giusto per reclamare la tua donna, lo saprai.»

Frankie guardò l'uomo che ammirava più di chiunque altro... a parte suo padre, ovviamente. «E se lei non mi volesse?»

Cooper diede un colpetto alla custodia. «Ti vuole, amico. Sii un uomo su cui può contare. Che può chiamare quando è triste o felice. Supportala. Amala. E alla fine verrà da te.»

«Prometti?»

«Prometto.»

«Non puoi prometterli una cosa del genere» disse Kiera. «Non metterlo nelle condizioni di ritrovarsi ad avere il cuore spezzato.»

Quando Frankie annuì e abbassò lo sguardo sulla foto della speciale fotocamera che Annie gli aveva regalato, Cooper guardò l'amore della sua vita.

«Se ti avessi incontrata quando ero bambino avrei fatto tutto il necessario per farti mia, ma ho dovuto aspettare fino alla soglia dei trent'anni. Ho la massima fiducia che Frankie sappia cosa deve fare.»

Kiera si morse il labbro e poi sorrise. «Credo che tu abbia ragione. Se era disposto a rinunciare al suo amato iPad, un dispositivo che gli permette di parlare con il mondo, per una ragazza che aveva appena conosciuto, dev'esserci qualcosa di più di una semplice cotta.»

«Esatto.»

«Non vedo l'ora di vedere gli sviluppi» commentò.

«Anch'io, e speriamo di avere un posto in prima fila per i prossimi dieci anni.»

«O più. Gli hai detto che potrebbe voler andare al college o fare qualcos'altro quando avrà diciotto anni.»

«Già.» Cooper si chinò su Frankie mise una mano dietro al collo di Kiera e la attirò a sé. Le diede un rapido bacio e si risistemò.

«Cosa diremo a suo padre?» gli chiese.

Lui sorrise. «Niente. Lasciamo che lo scopra da solo.»

«Scopra cosa?»

«Che suo figlio di sette anni ha appena incontrato la ragazza che vuole sposare.»

Kiera sorrise e scosse la testa. «Tanto se glielo dicessimo non ci crederebbe.»

«Vero. Verissimo.»

Molte ore più tardi, una volta atterrato l'aereo, il padre di Frankie andò ad accoglierli e diede al figlio la fotocamera acquistata per conto di Annie. Mentre tornavano a casa, dopo aver salutato Cooper e Kiera, l'uomo segnò: «Allora, hai fatto un buon viaggio?»

«Sì, papà» ripose Frankie. «Mi ha cambiato la vita.» Si avvicinò al petto la custodia di plastica che conteneva il soldato e fece un enorme sorriso.

IL PRIMO BACIO

di Susan Stoker

Annie Fletcher è un maschiaccio; Frankie Sanders ha una disabilità che la maggior parte dei ragazzi non deve affrontare, ma entrambi sono perfetti agli occhi dell'altro.

I due fidanzatini hanno aspettato quasi un decennio per scambiarsi il loro primo bacio e se riusciranno a trovare più di qualche minuto per restare da soli durante la visita di Frankie per le festività, il loro Natale promette di essere il più magico di sempre.

NOTA DELL'AUTRICE

Annie (da Salvare Emily) e Frankie (da Proteggere Kiera) stanno crescendo! E sono ancora determinati a sposarsi una volta adulti. Di tanto in tanto riescono a incontrarsi e questa è la storia del loro primo bacio! Godetevi il racconto!

Capitolo Uno

«Papà!» urlò Annie nel momento in cui la porta d'ingresso di casa sbatté dietro di lei. «Sei pronto?» Quella era stata la giornata più lunga di sempre, e non solo perché era l'ultimo giorno di scuola prima della pausa natalizia, ma perché Frankie quel giorno sarebbe andato a trovarla.

I suoi amici pensavano che fosse pazza perché prendeva troppo seriamente il rapporto con un ragazzo che viveva in California, praticamente dall'altra parte del Paese, per non essere mai stata tentata di uscire con nessun altro e perché affermava di amarlo, anche se non avevano mai trascorso più di una settimana alla volta insieme.

Ma Annie *amava* Frankie... aveva deciso che lo avrebbe sposato quando aveva sette anni e non aveva cambiato idea in quelli successivi. Gli parlava al telefono tutte le volte che i suoi genitori glielo permettevano e si scrivevano mail e messaggi tutto il tempo.

I suoi avevano parlato con il padre di Frankie e si erano accordati per farlo andare da loro per una settimana prima di Natale. Il suo aereo sarebbe atterrato entro un'ora e mezza e ci sarebbe voluto quasi altrettanto per andare all'aeroporto di Austin. L'ultima cosa che voleva era arrivare in ritardo.

Aveva le farfalle nella pancia per la trepidazione di rivederlo; si chiamavano regolarmente su FaceTime, ma non era la stessa cosa che vederlo di persona.

«Papà!» urlò di nuovo, lasciando cadere lo zaino sul pavimento. Normalmente si premurava di appenderlo o portarlo in camera sua, ma in quel momento voleva solo salire in macchina e partire.

«Non c'è bisogno di urlare» disse sua madre con calma, mentre Annie entrava nel grande soggiorno annesso alla cucina. Emily Fletcher era al lavandino a sciacquare i piatti e a riporli nella lavastoviglie.

«Mamma!» disse esasperata. «Faremo tardi! Per favore, dimmi che papà è tornato dal lavoro» la supplicò.

«È tornato.»

Sospirò di sollievo.

Ma poi sua madre continuò: «È arrivato da poco, è sotto la doccia e scenderà tra una decina di minuti.»

Annie gemette.

Le labbra di Emily si contrassero. «Che drammatica» disse a sua figlia. «Rayne e Harley sono già venute a prendere i tuoi fratelli, quindi non dovremo aspettarle.»

Alzò gli occhi al cielo e andò verso le scale, ma era molto grata che i suoi fratellini non fossero lì a rallentarli. John aveva due anni, Doug sei ed Ethan dieci. Persino loro erano super entusiasti di vedere Frankie, anche se John era ancora troppo piccolo per conoscerlo bene; li amava, ma era sollevata che le amiche di sua madre li avessero già portati via.

Dato che suo padre non era ancora pronto, si sarebbe presa del tempo per cambiarsi e darsi una rinfrescata. Normalmente non le importava molto dei vestiti e dei capelli, ma voleva apparire al meglio per Frankie.

Si tolse la maglietta non appena chiusa la porta e rimase in piedi davanti all'armadio per un minuto, cercando di decidere cosa indossare. Sospirò. Non le erano mai piaciuti troppo i vestiti, la maggior parte della sua roba era nera, verde militare o kaki. Non c'erano fronzoli o pizzi su nulla. Si guardò il seno e strinse le labbra. Di solito non le importava di non avere le tette grandi, le avrebbero creato difficoltà sul percorso a ostacoli, ma voleva disperatamente che Frankie fosse attratto da lei, e da quello che aveva visto dei ragazzi a scuola, a loro piacevano le tette. Quelle enormi.

Scuotendo la testa e rifiutandosi di sminuirsi, Annie afferrò una camicetta nera a maniche corte. Almeno non era una delle magliette che indossava normalmente, ma sperava che non facesse pensare che stava provando un po' troppo a fare impressione su Frankie.

La infilò dalla testa e decise all'ultimo momento di togliersi i jeans e mettersi una minigonna nera che sua madre le aveva regalato un anno prima, e che non aveva mai indossato. Annie non era affatto un tipo da gonne, ma quel giorno era un'occasione speciale.

Ultimamente le conversazioni serali tra lei e Frankie erano diventate più intime. Niente di esagerato, ma le aveva detto quanto la trovasse carina e che non vedeva l'ora di abbracciarla. Lei, a sua volta, aveva ammesso di aver sognato di baciarlo.

I suoi amici la prendevano in giro perché non aveva mai baciato un ragazzo, ma l'unica persona con cui voleva entrare in intimità era Frankie, e dato che lui non viveva lì, si era rifiutata di cedere alle pressioni e baciarne uno qualsiasi.

Annie si infilò gli anfibi che indossava praticamente con tutto e si guardò allo specchio. I suoi lunghi capelli biondi erano tirati indietro in uno chignon disordinato basso e i suoi occhi azzurri brillavano di eccitazione. Aveva lavorato per rinforzare i muscoli delle braccia facendo trazioni e flessioni, e di conseguenza i suoi bicipiti erano notevoli, anche se suo padre e il resto del suo team cercavano spesso di ricordarle che era bella esattamente così com'era, dandole fiducia riguardo al suo aspetto.

Inclinando la testa, decise che forse la camicia nera, la gonna *e* gli anfibi erano un po' troppo.

Si voltò verso l'armadio e vide una maglia rossa sul ripiano in fondo. La prese, la sollevò davanti a lei chiedendosi se avrebbe avuto il coraggio di indossarla. Era girocollo, con maniche ad aletta chiuse da un laccetto all'estremità che le davano un aspetto più femminile.

Fece un respiro profondo e la posò sul letto. Si tolse la camicetta nera che aveva appena indossato e si infilò la maglia rossa.

Quando si guardò allo specchio, sorrise. Il rosso sul nero era audace e comunque il suo stile, ma la femminilità della blusa la faceva sentire... bella.

Si tolse l'elastico dai capelli e si passò rapidamente la spazzola tra le lunghe ciocche. Annuendo soddisfatta si allontanò dallo specchio e uscì in corridoio, andò alla porta della camera dei suoi genitori e bussò.

«Papà? Non sei ancora pronto?»

«Quasi, folletto» urlò.

«*Non* chiamarmi così quando c'è Frankie» gli ordinò. Il soprannome la faceva sentire speciale, ma non voleva che lui lo sentisse e la considerasse una bambina.

La porta si aprì e Annie guardò suo padre. Fletch l'aveva adottata quando aveva sposato sua madre ed era stata la cosa migliore che potesse capitare a entrambe. Amava quell'uomo più di quanto avrebbe potuto mai esprimere a parole.

«Sei bellissima» le disse con un cipiglio.

Annie non poté fare a meno di ridere. «Non mostrarti troppo felice» scherzò.

Fletch ridacchiò e la attirò nel suo abbraccio.

Glielo lasciò fare, dato che amava sentirsi stringere da suo padre; la faceva sempre sentire al sicuro.

«Non so se sono pronto ad accettare che tu sia diventata così grande» mormorò tra i suoi capelli.

«Papà» si lamentò. «Non ho più otto anni, ne ho sedici.»

«Lo so.» Si tirò indietro e le mise le mani sulle spalle. «Potrai anche avere sedici anni, ma questo non significa che sei un'adulta, e anche se Frankie mi piace e ho acconsentito che venisse a trovarti, devo ricordarti che non ti è permesso, in nessun momento, di stare da sola con lui in una stanza chiusa.»

Annie alzò gli occhi al cielo. «Lo so, papà. Me l'hai già detto.»

«Voglio solo assicurarmi che te lo ricordi. Ho avuto anch'io la sua età e credimi, ti darà un'occhiata e i suoi ormoni andranno fuori controllo.»

Lei ridacchiò e scosse la testa. «Frankie non è così. Rispetta me e i miei limiti. Non mi farebbe mai pressione per fare sesso, soprattutto mentre sta in casa tua.»

«Gli conviene» mormorò suo padre.

Non era affatto preoccupata. Cavoli, non ci pensava nemmeno al sesso al momento. «Smettila di preoccuparti, papà» disse, facendo del suo meglio per tranquillizzarlo. «Andrà tutto bene. Sei pronto? Possiamo andare adesso?»

Fletch si chinò e la baciò sulla fronte prima di annuire. «Sono pronto. Tua madre ha messo il brasato a cuocere nella Crock-Pot prima che tu tornassi a casa.»

«Ha un profumino fantastico. Stava finendo i piatti quindi dovrebbe essere pronta anche lei.» Controllò l'orologio e spalancò gli occhi vedendo quanto tempo era passato da quando era scesa dall'autobus. «Cavoli, guarda che ore sono! Dobbiamo andare, papà! Frankie penserà che ci siamo dimenticati di lui!»

«Non lo penserà» ribatté, per niente turbato dall'angoscia di sua figlia. «Quante volte gli hai scritto oggi?»

«Qualcuna» sussurrò Annie, pensando ai venti messaggi che gli aveva inviato nelle ultime due ore. Sapeva che lui non avrebbe potuto leggerli durante il volo, ma non era riuscita a impedirsi di fargli sapere quanto fosse entusiasta del suo arrivo.

«Va bene, folletto... ehm... Annie. Scusa, ci sto provando» borbottò quando lei lo guardò male. «Raggiungiamo tua madre e andiamo.»

Si voltò e si avviò lungo il corridoio verso le scale, ma le parole di suo padre la fermarono.

«Frankie è un ragazzo fortunato» le disse con dolcezza.

Lei lo guardò e scosse la testa. «Sono *io* la fortunata, papà. Non molte ragazze trovano a sette anni il ragazzo che sposeranno.»

Poi si voltò e corse giù per le scale, urlando alla madre che il papà era finalmente pronto e di darsi una mossa.

CAPITOLO DUE

Frankie, nel retro dell'aereo, aspettava con impazienza che tutti quelli davanti a lui si sbrigassero a raccogliere le valigie e a proseguire. Quando erano atterrati aveva acceso il telefono che aveva vibrato come un pazzo per tutti i messaggi di Annie, e non aveva potuto fare a meno di sorridere.

Gliene aveva mandati durante l'ultima ora di lezione, quando era sull'autobus, una volta arrivata a casa, quando era uscita per andare all'aeroporto, appena arrivata. Ce n'era anche uno riguardo a suo padre che la stava facendo impazzire perché cercava di trovare un parcheggio il più vicino possibile... e infine quello in cui lo informava che lo stava aspettando ai piedi della scala mobile nell'area bagagli.

Si era scattata un selfie proprio lì, con un sorriso enorme e la didascalia: *Non vedo l'ora di abbracciarti!*

Frankie aveva avuto difficoltà a credere di *piacere* a quella ragazza bella, estroversa, popolare e straordinaria. Quando al mattino si osservava allo specchio doveva chiedersi cosa diavolo vedesse lei quando lo guardava. Suo padre continuava a dirgli che crescendo il suo corpo si sarebbe sviluppato insieme a lui, ma in quel momento era terribilmente allampanato. Si allenava il più possibile per mettere un po' di massa muscolare sul petto e sulle braccia, ma non aveva ancora visto molti miglioramenti.

Per non parlare del fatto che era disabile. A suo padre non piaceva quella parola e gli diceva di continuo che era abile come chiunque altro, che la mancanza di udito non lo definiva e non sarebbe stato un ostacolo a meno che non glielo avesse permesso.

In prima media gli avevano applicato un impianto cocleare che gli aveva permesso di interagire più facilmente nel mondo degli udenti, ma il dispositivo sulla testa, appena sopra l'orecchio, evidenziava che era diverso dagli altri. Per non parlare del modo in cui suonava la sua voce. Frankie aveva lavorato molto duramente negli ultimi anni per parlare in modo normale, ma aveva comunque un suono diverso dalle persone che ci sentivano da tutta la vita.

Annie, però, non lo aveva mai fatto sentire strano o diverso. Sin dalla prima volta in cui si erano incontrati, lo aveva trattato come se la sua sordità lo rendesse speciale. Unico. Aveva iniziato a imparare la lingua dei segni il giorno stesso e Frankie si era innamorato di lei all'istante.

Odiava che vivessero così lontani, ma ciò non aveva impedito alla loro relazione di sbocciare e crescere. Quel viaggio era il regalo di Natale di suo padre; avrebbe passato un'intera settimana con Annie e la sua famiglia, motivo per cui Frankie non riusciva a cancellare l'enorme sorriso dal volto.

Alla fine fu il suo turno di sbarcare e le mandò un breve messaggio per farle sapere che stava arrivando.

Sentiva un rimescolamento nello stomaco mentre percorreva il corridoio affollato dell'aeroporto verso l'area bagagli. Si chiese se avrebbero avuto ancora lo stesso pazzesco affiatamento dell'ultima volta che si erano visti di persona. Avrebbe cambiato idea riguardo al fatto di frequentarlo? Una relazione a distanza non era facile e Frankie aveva giurato molto tempo prima di far sentire Annie sempre speciale e amata, anche se non poteva essere lì con lei.

Sapeva che aveva intenzione di andare al college, di entrare nel programma di addestramento ufficiali e alla fine di arruolarsi nell'esercito. Non avrebbe avuto alcun problema a seguirla ovunque la sua carriera l'avesse portata. Si sarebbe trasferito sulla luna se fosse stato ciò che lei desiderava. Avrebbe fatto tutto il necessario per assicurarsi che sapesse che la sosteneva incondizionatamente.

Fece un respiro profondo mentre prendeva la scala mobile tenendo gli occhi puntati verso il basso in cerca di Annie.

All'inizio la oltrepassò con lo sguardo; la sua Annie non avrebbe mai indossato una gonna, ma lo riportò subito sulla ragazza raggiante vestita di rosso e nero. Dio, era stupenda.

Lei lo salutò con la mano e corse verso la scala mobile; ridendo cercò di risalirla per andargli incontro, ma non faceva molti progressi. Frankie si precipitò giù per i gradini e la prese tra le braccia.

Aveva un profumo così buono. Era una cosa che gli mancava nelle loro chiacchierate a distanza. Le fragole e le pesche gliela ricordavano sempre. Gliel'aveva detto una volta e lei aveva semplicemente riso dicendo che era solo la sua lozione.

Sentire il suo corpo forte contro il proprio gli fece desiderare di fare di più che scambiarsi un semplice abbraccio. Ultimamente aveva pensato a lei in modo più intimo, ed era preoccupato di fare o dire qualcosa che avrebbe potuto metterla in imbarazzo. Si scostò e le sorrise. I suoi lunghi capelli sembravano avere vita propria, gli si aggrapparono alle braccia come se non volessero lasciarlo andare.

«Ciao» la salutò.

«Ciao» rispose lei un po' timidamente.

Si domandò quale potesse essere il motivo, dato che non era mai stata timida con lui.

«È bello vederti.» La voce profonda di Fletch risuonò dietro alla figlia.

Frankie a malincuore lasciò andare Annie e si rivolse all'uomo. «Anche per me» gli disse.

«Hai proprio un bell'aspetto» aggiunse Emily, mentre si chinava per abbracciarlo.

Amava la famiglia di Annie. I suoi genitori erano fantastici e i fratellini erano dei bambini felici e pieni di energia. Lo avevano accolto tutti a braccia aperte... anche se aveva la sensazione che Fletch non sarebbe stato entusiasta se avesse saputo che pensava alla sua bambina in modo non proprio innocente. Non che Frankie volesse fare sesso con Annie proprio in quel momento – voleva che la loro prima volta fosse speciale – ma di sicuro voleva assicurarsi che lei sapesse che desiderava qualcosa di più dell'amicizia.

Il regalo che le aveva comprato con i propri soldi

sembrava bruciargli in tasca. Non si era fidato di metterlo nel bagaglio da stiva e lo aveva preoccupato anche l'idea di tenerlo in quello a mano; qualcuno avrebbe potuto rubargli lo zaino. Invece no, era sano e salvo nella sua tasca.

«Il volo è andato bene?» gli chiese Fletch.

Frankie annuì. Sentì la mano di Annie scivolare nella sua e le sorrise. Dio, quella ragazza era perfetta. Era chiaro che non la imbarazzasse tenergli la mano davanti ai suoi genitori e ciò lo rassicurò e confortò.

«Bene, cerchiamo la tua valigia e andiamo a casa. Ho preparato un brasato per cena. Spero che ti piaccia» disse Emily.

Frankie annuì subito. «Non vedo l'ora di mangiarlo.» Ed era vero. Suo padre ci provava ma non era il miglior cuoco del mondo. Sapeva che avrebbe mangiato benissimo durante quella piccola vacanza in Texas.

Fletch ed Emily camminarono dietro di lui e Annie mentre si dirigevano verso l'area bagagli. Lei parlava senza sosta, come se nei cinque minuti successivi avesse dovuto raccontargli tutto ciò che aveva fatto dall'ultima volta che si erano visti.

Frankie si limitò a sorridere e ad annuire, mentre lei chiacchierava integrando le sue parole con la lingua dei segni, usando solo la mano libera. Avrebbe dovuto usarle entrambe per segnare in modo corretto, ma non gli dispiaceva che lei sembrasse non voler lasciare andare la sua mano.

La sua Annie era adorabile... e magari non vedeva gli sguardi che altri ragazzi le lanciavano mentre camminavano tra la folla, ma lui sì.

Quando era con lei si sentiva più forte e coraggioso, ed era merito *suo*. Sembrava che le persone non lo fissassero molto quando erano insieme, forse perché i loro sguardi erano attratti da lei. Gli andava bene così. Era felice di lasciarle la scena. Sarebbe rimasto dietro e sarebbe stato il suo sostegno. La sua Annie era nata per fare grandi cose e si sentiva fortunato di essere l'uomo al suo fianco.

La cena quella sera fu pazzesca e caotica, e Frankie non era mai stato più felice. Adorava guardare i Fletcher interagire. A casa erano solo lui e suo padre, e le cose erano sempre calme e tranquille. Ma non lì. John aveva solo due anni ed era una piccola peste, e gli altri due fratelli cercavano costantemente di parlarsi sopra a vicenda.

Emily e Fletch facevano del loro meglio per mantenere una sorta di controllo, ma erano sicuramente super impegnati con quei ragazzi esuberanti. Lui e Annie si erano seduti vicini e continuavano a lanciarsi degli sguardi.

Non era mai stato così sollevato di vedere l'interesse negli occhi della sua ragazza. Lei aveva avvicinato la sedia alla sua così le loro cosce quasi si toccavano, e anche se tenevano entrambi le mani a posto, per Frankie era più che ovvio che Annie provasse la sua stessa intensa attrazione.

Ad un certo punto, mentre mangiavano, gli aveva preso di nuovo la mano; gliel'aveva lasciata solo quando erano tornati a casa ed era andata a mettersi un paio di jeans per poter giocare in giardino con i suoi fratelli. Sentiva ancora il calore della sua pelle sul palmo quando lei si appoggiò le loro mani intrecciate sulla coscia.

Dopo cena lessero una storia a John e Doug, poi uscirono sulla terrazza sul retro per rilassarsi e parlare, mentre i suoi genitori rimasero dentro a guardare la TV. Le luci dell'albero di Natale scintillavano dietro la finestra mentre si godevano il clima mite di dicembre nel Texas.

«Non posso credere che tu sia qui» gli disse Annie. Erano seduti sul dondolo e ancora una volta si tenevano per mano.

«Anch'io. Ma mi sembra di non essermene mai andato, tranne per il fatto che Doug è parecchio cresciuto rispetto all'ultima volta che l'ho visto. Giuro che anche Ethan è più alto di almeno trenta centimetri.»

«Sì, crescono a vista d'occhio. La mamma si lamenta di quanto mangiano, ma so che non le importa davvero.»

«Non ho avuto modo di dirtelo prima, ma eri stupenda all'aeroporto» le disse.

La vide arrossire anche nella luce fioca che proveniva dall'interno. «Era per la gonna.»

Scosse la testa. «No, non era per quello. Per quanto mi sia piaciuto vedertela addosso, eri tu. Avresti potuto indossare una vecchia maglietta logora e dei pantaloni della tuta e avrei pensato comunque che fossi bellissima.»

Annie si leccò le labbra e lui non poté fare a meno di fissarle. Tuttavia, era consapevole che i suoi genitori erano lì vicino e l'ultima cosa che voleva era fare qualcosa che li portasse a non fidarsi di lasciarlo da solo con la loro figlia. Non avrebbe mai mancato di rispetto in quel modo a lei o ai suoi.

Ciò non significava che non desiderasse assaporare le sue labbra. Baciarla come ultimamente sognava sempre.

«Allora... sei andato al ballo di Natale con quella ragazza?» gli chiese Annie.

Frankie sbatté le palpebre sorpreso. «Intendi Jenny?»

«Sì. Lei.»

«No, certo che no. Sono andato con alcuni amici, ma ce

ne siamo andati presto perché era noioso. Non ho alcun desiderio di uscire con nessun'altra, Annie. E tu?»

«Nemmeno io» rispose senza esitazione, facendolo sentire molto meglio.

«Quindi abbiamo una relazione esclusiva. Fidanzato e fidanzata?» le domandò, sentendo il bisogno di una conferma. Frankie non era stupido, la sua Annie avrebbe potuto avere qualsiasi ragazzo avesse voluto. Probabilmente si sarebbero messi in fila fuori dalla sua porta pur di uscire con lei, se fosse stata disposta a farlo.

«Sì.»

«Bene.»

«Frank?»

«Sì?»

«Sono contenta che tu sia qui. Mi sei mancato.»

Le sue parole gli provocarono una bellissima sensazione. «Anche tu mi sei mancata.»

«Questa settimana volerà.»

Già, Frankie non aveva dubbi.

Le mise un braccio intorno alle spalle quando Annie si appoggiò contro di lui e rimasero seduti così a lungo, senza parlare, godendosi semplicemente la vicinanza.

Alla fine, Emily fece capolino dalla porta e disse: «Si sta facendo tardi.»

Non gli sarebbe dispiaciuto stare seduto fuori con Annie tutta la notte, ma le parole di sua madre erano una chiara indicazione che fosse ora di rientrare.

Quaranta minuti dopo, Frankie era sdraiato sul letto nella stanza degli ospiti dei Fletcher a fissare il soffitto. Il regalo che le aveva comprato era sul comodino. Non sapeva quando glielo avrebbe dato perché voleva aspettare il momento perfetto.

CAPITOLO TRE

«Divertitevi ragazzi» disse Emily, mentre Annie scendeva dall'auto con Frankie. «Torno a prendervi alle quattro. Fatevi trovare pronti, mi raccomando.»

«Certo, mamma.» Erano al centro commerciale e avevano tre ore da passare da soli così che Annie potesse finire i suoi acquisti di Natale. I suoi fratelli erano occupati altrove quel pomeriggio: Doug era al parco di trampolini elastici con i suoi amici ed Ethan era a una festa di compleanno. Suo padre era alla base a lavorare con il team, e sua madre avrebbe cucinato i biscotti mentre John dormiva.

Le giornate dei Fletcher erano sempre piene di impegni, soprattutto durante le vacanze quando tutti erano a casa da scuola. Annie era grata di avere qualche ora per stare con Frankie senza la famiglia intorno. Li amava, ma a volte erano estenuanti.

Camminarono lentamente per il centro commerciale; Annie entrò in quasi tutti i negozi di cianfrusaglie ma lui non si lamentò nemmeno una volta. Non le importava molto comprare vestiti, ma adorava curiosare nei negozi di giocattoli, in quello dei biglietti di auguri... anche nel negozio stravagante che vendeva scialli con effetto tie dye e in cui c'era un odore un po' strano proveniente dagli incensi che bruciavano.

Trovò i regali per i fratelli e i genitori, e persino quello perfetto per Truck, uno dei compagni di squadra di suo padre. Ma la cosa migliore di quel pomeriggio era poterlo trascorrere con Frankie a ridere e parlare, sapendo che avevano ancora qualche giorno da passare insieme. Rifiutandosi di pensare che sarebbe ripartito per la California molto prima che lei fosse pronta a salutarlo, Annie si concentrò sul presente.

Mentre giravano per negozi, lui le teneva la mano, le portava le borse anche se era più che capace di farlo da sola, e faceva battute divertenti. Con Frankie non si sentiva mai a disagio, non le faceva temere di essere troppo maschiaccio o non abbastanza femminile per lui; le piaceva molto l'ammirazione che vedeva nei suoi occhi quando pensava che non lo stesse guardando.

Non incontrarono nessuno degli studenti della sua scuola fino a quando non arrivarono all'area ristoro. Erano in fila per prendere un gelato quando Annie notò avvicinarsi Silas e Mikey. Erano due ragazzi della sua classe che la infastidivano da anni. Ricordava ancora che qualche anno prima, a un Organizational Day alla base militare, le avevano detto senza mezzi termini che le femmine avrebbero dovuto attenersi a cose come la cucina e le attività manuali, che erano più lente e più deboli dei maschi.

Quel giorno aveva incontrato Aspen Mesmer che ora era sposata con un operatore della Delta Force, ma all'epoca era un soccorritore militare assegnato a un'unità

Ranger. Annie era rimasta affascinata da lei e aveva deciso in quel momento di voler diventare un medico.

Da allora Mikey e Silas si erano divertiti a tormentarla. Non erano altro che bulli e le ultime due persone che avrebbe voluto vedere quel giorno, non quando era così felice con Frankie.

«Che problema c'è?» le chiese.

Annie fece un piccolo sorriso; sembrava sempre riuscire a leggere le sue emozioni. «Niente. Sono solo due ragazzi della scuola che non sopporto.»

Frankie aprì la bocca per rispondere, ma Mikey li aveva individuati e si era avvicinato a loro con un sorrisetto.

«Guarda un po' se non è la piccola Annie. E insieme a un ragazzo. Merda, pensavamo tutti che fossi lesbica.»

Ogni volta che Mikey o Silas l'avevano tartassata perché non andava alle feste o ai balli della scuola, aveva detto loro di avere un fidanzato che viveva in California e che non voleva uscire con nessun altro.

Annie alzò gli occhi al cielo. Sul serio, erano tutti troppo vecchi per quel genere di stronzate. «Non c'è niente di sbagliato nell'essere lesbica, ma ti ho detto più e più volte che ho un fidanzato, quindi non dovresti essere sorpreso. È lui.»

Capì di aver fatto una stupidaggine non appena finì di parlare. Aveva puntato i riflettori proprio su Frankie, quando invece avrebbe dovuto allontanarli. Ma ormai era troppo tardi.

«Ceeerto.» Silas sogghignò mentre si voltava verso di lui. «Il fidanzato inesistente. Quanto ti ha pagato per farti venire al centro commerciale con lei e fingere di frequentarla?»

«Sono Frankie e *sono* il suo ragazzo» rispose con calma.

Pensò che gli occhi di Mikey sarebbero usciti dalle orbite quando lo sentì. Aveva fatto molta strada da quando gli era stato applicato l'impianto cocleare, ma il suo modo di parlare sarebbe sempre stato diverso da quello delle persone udenti.

«Oh mio Dio, è un ritardato!» esclamò, e poi scoppiò a ridere.

Annie lasciò andare la mano di Frankie e fece un passo verso i due che stavano ridendo, ma lui l'afferrò per la vita e la attirò di nuovo al suo fianco, prima che potesse stendere con un pugno uno o entrambi gli idioti.

«Vaffanculo» sibilò. Non era mai stata una che imprecava molto – i suoi genitori non approvavano che lo facesse – ma in quel caso non cercò nemmeno di trattenersi. «Siete degli idioti. Quella è una parola veramente ripugnante e offensiva, ma non v'importa, vero? Ovvio che no. Frankie è *sordo*, non ha problemi mentali.»

«E guarda, ha una specie di antenna sulla testa. Stai parlando con gli alieni o qualcosa del genere?» chiese Silas, ignorando la sua spiegazione.

«Sì. E ho appena dato loro i vostri nomi. Sarete le prime due persone che verranno a prelevare e su cui infileranno delle sonde anali» rispose lui senza perdere un colpo.

Per un secondo l'idiota sembrò sorpreso da quella risposta, poi alzò gli occhi al cielo. «Non mi stupisce che non sia riuscita a trovare qualcosa di meglio di uno scherzo della natura come te.»

Annie ne ebbe abbastanza, lasciò cadere la borsa che aveva in mano, si voltò verso Frankie e segnò rapidamente. *Per favore, permettimi di farlo fuori. Posso riuscirci tranquillamente.*

No, le rispose, non servì nemmeno che posasse le borse per parlare. *Ti sta solo provocando. Inoltre, non me ne frega un cazzo di cosa pensa di me o di noi uno stronzo come lui.*

«Soffrite di spasmi, ragazzi? Dobbiamo chiamare il 9-1-1?» li schernì Mikey.

Annie si voltò verso di lui e segnò lentamente e chiaramente: *Sei uno stronzo. Spero che tu cada in un nido di formiche di fuoco e muoia di una morte lenta e straziante.*

Era bello dirgli esattamente quanto lo odiava, anche se non riusciva a capirla. Frankie ridacchiò e lei lo guardò sorridendo.

«Cosa mi hai detto?» chiese Mikey.

«Oh, stavo solo avendo uno spasmo» gli rispose in tono condiscendente.

La signora in fila davanti a loro ridacchiò, facendola sorridere ancora di più.

Però, ovviamente, fece incazzare lo stronzetto. Odiava non avere la meglio, e anche se era un idiota e non era proprio sveglio, aveva sicuramente capito che la donna stava ridendo di lui.

Quando fece un passo verso Annie, Frankie si trasformò subito da ragazzo rilassato e accomodante che era stato fino a pochi secondi prima a incazzato e protettivo.

Lasciò cadere le borse e la spinse dietro di sé. Alzò il palmo della mano come per bloccare Mikey, e disse: «Non credo che tu ci voglia sfidare. Annie potrebbe prenderti a calci in culo con una mano legata dietro la schiena, e penso che tu lo sappia. Forse tu e il tuo amico potreste sopraffarla provandoci insieme, ma a scuola tutti verrebbero a sapere che l'unico modo in cui siete riusciti a battere una ragazza è stato coalizzandovi in modo sleale.

Ma, soprattutto, sai chi è suo padre e chi sono i suoi amici. Fidati quando ti dico che non vorresti trovarti contro Cormac Fletcher e i suoi compagni, per non parlare del fatto che voler picchiare una ragazza ti rende ripugnante e rivela molte più cose su di *te* che su di lei. Vattene. Stronzo.»

Annie lo fissò incredula. Sapeva che non avrebbe dovuto distogliere lo sguardo dai due bulli, ma non poté fare a meno di vedere Frankie sotto una nuova luce. Non aveva mai conosciuto quel suo lato... e doveva ammettere che le piaceva. Molto. Aveva ragione, poteva sottomettere Mikey. Probabilmente entrambi. Suo padre le aveva dato lezioni di autodifesa e aveva passato anni a imparare da lui e dai suoi amici come combattere, anche quando le persone che affrontava non lo facevano lealmente.

Ma vedere Frankie che la difendeva glielo fece amare ancora di più.

«Se lo dici tu» mormorò Silas. «Dai, Mikey. Lasciamo perdere la stronza e il suo ragazzo ritardato.»

Annie strinse i denti. *Odiava* quella parola.

Mikey la guardò socchiudendo gli occhi e disse: «Guardati le spalle, Annie. Aspettati una bella ripassata e sarò io a rimetterti al tuo posto.»

Non aveva paura di lui. «Fatti sotto» gli disse con aria di sfida.

Quando i due ragazzi si allontanarono, sospirò voltandosi verso Frankie. «Mi dispiace.»

«Non hai niente di cui dispiacerti. Ma *devi* stare attenta.»

«Lo farò. Sembra che il fatto che io sia forte e sappia difendermi mi renda un bersaglio per loro e per tutti i ragazzi che pensano che le donne dovrebbero essere docili e sottomesse.»

«Io invece amo che tu sia una dura.»

Gli sorrise. «Grazie.»

Frankie si chinò e raccolse le borse. «Dai, la fila si sta muovendo, devo prendere un gelato alla mia ragazza.»

«Con gli zuccherini sopra?» gli chiese, allontanando dalla mente i due bulli. Non meritavano i suoi pensieri.

«Certo» rispose. Poi la sconvolse chinandosi e baciandole la tempia, come aveva visto suo padre fare a sua madre un milione di volte. «Solo il meglio per la mia ragazza.»

Magari lui non era il tipo da cui molte ragazze si sarebbero sentite attratte; alto e magro, con il dispositivo dell'impianto cocleare su un lato della testa e il suo insolito modo di parlare. A prima vista poteva non sembrare interessante, ma Annie era sicura che crescendo sarebbe solo migliorato, e non le importava affatto che fosse sordo. Sapeva che aveva un cuore d'oro e se fosse vissuta fino a quattrocentotrentuno anni, non avrebbe mai incontrato un'altra persona che avrebbe amato quanto amava lui.

Venti minuti dopo, erano seduti a un tavolo nell'area ristoro. Avevano finito il gelato e stavano ammazzando il tempo prima che la mamma di Annie andasse a prenderli entro quindici minuti circa. Tralasciando gli idioti di Mikey e Silas, il pomeriggio era stato perfetto.

Non stavano parlando di niente in particolare quando sentì uno strano rumore dietro di lei.

Si voltò e vide che Mikey si era alzato così in fretta da far cadere la sedia. Roteò subito gli occhi e si girò di nuovo, determinata a ignorare qualunque bravata stesse facendo per cercare di attirare l'attenzione.

Ma lo sguardo di Frankie era incollato dietro alla sua spalla.

«Ignorali» lo supplicò. «Stanno solo cercando di fare scena, come al solito.»

Lui non le rispose, si alzò invece di scatto e andò verso i due ragazzi.

Scioccata, Annie si voltò a fissarlo, chiedendosi cosa diavolo stesse facendo. Era stato lui a incoraggiarla a ignorarli e non era sembrato nemmeno colpito dalle loro parole scortesi. Aveva cambiato idea e voleva litigare?

Confusa da ciò che stava accadendo, si alzò pronta a difenderlo e a combattere al suo fianco se necessario.

Ma Frankie non stava andando da loro per litigare. Al contrario.

Mikey era in piedi accanto a un tavolino con le mani strette intorno alla gola. I suoi occhi erano enormi e riuscì persino a vedere il panico sul suo viso.

«Sta soffocando! Qualcuno faccia qualcosa!» esclamò Silas.

Frankie fu lì in pochi secondi. Girò Mikey in modo che gli desse la schiena, poi avvolse le braccia intorno al suo corpo, eseguendo in modo rapido ed efficiente la manovra di Heimlich. Dopo diverse spinte, un pezzo di cibo volò fuori dalla bocca di Mikey, atterrando sul pavimento con un tonfo disgustoso.

Frankie tenne le braccia intorno al ragazzo ancora per un attimo, assicurandosi che non cadesse a terra e si facesse male, poi lo lasciò andare lentamente. Gli mise una mano sulla spalla e si spostò davanti a lui in modo da poterlo guardare in viso. «Stai bene?» gli chiese.

L'altro annuì mentre inspirava grandi boccate d'aria. Le

sue labbra avevano cominciato a diventare blu, ma lentamente stavano tornando al loro colore normale.

«Siediti» gli ordinò, tirando fuori un'altra sedia dal tavolo.

Lo fece senza esitazione. Poi guardò Frankie e disse: «Mi hai salvato la vita. Non riuscivo a respirare.»

Lui si limitò ad annuire.

«Devo chiamare un'ambulanza?» chiese un uomo lì vicino.

Mikey scosse la testa. «No, sto bene ora.»

«Sei sicuro?» insistette. «Stavi diventando blu.»

«Sono sicuro.»

«Va bene.»

Poi le cose intorno a loro tornarono alla normalità. Le conversazioni ricominciarono e le persone ripresero a mangiare, come se non fossero state interrotte da qualcuno che stava quasi per morire proprio davanti ai loro occhi.

Frankie gli strinse la spalla, poi si voltò per tornare da lei.

«Ehi!» lo chiamò Mikey.

Lui esitò, poi girò la testa per guardarlo.

«Grazie. Mi dispiace per la cosa del ritardato.»

Annie trattenne il respiro. Per quanto ne sapeva, non si era mai scusato di nulla in vita sua. Era un bullo in tutto e per tutto, ma ovviamente aver rischiato di morire lo aveva spaventato a morte, tanto da riuscire a comportarsi da persona decente il tempo necessario a ringraziare Frankie.

«Prego» replicò, voltò le spalle ai ragazzi e tornò da lei.

«Sei pronta ad andare fuori ad aspettare tua madre?» le chiese, come se non avesse letteralmente appena salvato una vita.

Annie annuì. Si sentiva un po' scombussolata. Era lei

quella che voleva diventare un soccorritore militare e aveva voltato le spalle a qualcuno che aveva avuto bisogno di cure mediche. Aveva lasciato che i suoi sentimenti personali le impedissero di prestare attenzione a ciò che la circondava. Di fare ciò che era giusto.

Ma Frankie no. Anche se Mikey lo aveva preso in giro e aveva persino minacciato lei, non aveva esitato ad andare in suo aiuto.

Solo quando arrivarono all'esterno Annie riuscì a raccogliere i propri pensieri e a parlare. Non appena Frankie posò le borse che aveva in mano si rannicchiò contro di lui, stringendolo forte mentre diceva: «Sono così orgogliosa di te. Hai agito senza pregiudizi. Probabilmente avrei lasciato che i miei sentimenti verso di lui mi ostacolassero e avrebbe potuto morire.»

Frankie scosse subito la testa. «Non ci credo nemmeno per un secondo. Era di fronte a me e ho capito cosa stava succedendo prima che tu ne avessi la possibilità. Non l'avresti lasciato morire, Annie. Ne sono certo.»

Lo guardò leccandosi le labbra. Lo amava così tanto. Solo *lui* avrebbe potuto far sì che la sua nemesi si scusasse per le cose cattive che aveva detto. Era sicura che l'indomani Mikey sarebbe tornato a essere il solito stronzo, ma almeno quel giorno aveva mostrato un po' di decenza.

Quando gli occhi di Frankie scesero sulle sue labbra, si alzò in punta di piedi, desiderando il suo bacio più di qualsiasi altra cosa al mondo, ma prima che potessero farlo, un clacson risuonò alle loro spalle. Voltandosi, vide sua madre accostare al marciapiede.

«Il suo tempismo fa schifo» si lamentò Annie mentre si allontanava un po' da lui.

Non la lasciò andare subito, ma la strinse di più a sé.

«Non lascerò il Texas finché non riuscirò a baciarti» le disse.

Lei sorrise. «Bene, ma forse possiamo aspettare che mia madre non guardi.»

Frankie annuì e con riluttanza abbassò le braccia, chinandosi per afferrare le borse. Poi allungò una mano e lei la prese, più felice di quanto ricordasse di essere stata da molto tempo.

CAPITOLO QUATTRO

Tre giorni dopo, Frankie era estremamente frustrato. Amava la famiglia Fletcher. Erano caotici e divertenti e c'era sempre qualcosa da fare in casa loro. I tre fratelli di Annie avevano più energia di quanto ricordasse di avere avuto alla loro età e coinvolgevano nei loro giochi lui e la sorella; a volte con giochi da tavolo, altre con il nascondino in cortile, e quando si sedevano per un momento lo facevano con un libro in mano, chiedendo a qualcuno di leggere.

Di conseguenza, a parte i pochi attimi rubati qua e là, Frankie non aveva trovato il tempo per dare ad Annie il regalo che le aveva portato. Né aveva avuto il coraggio di baciarla. E cavoli se voleva farlo. Non aveva pensato ad altro da quando, fuori dal centro commerciale, si era alzata in punta di piedi facendogli capire che avrebbe voluto le sue labbra sulle proprie.

L'indomani sarebbe partito per tornare in California, e quella sera era la sua ultima occasione per baciarla e darle il regalo. Temeva il momento della partenza, non perché pensasse che ciò avrebbe cambiato la natura della loro relazione, ma perché gli sarebbe mancata. Tantissimo. Annie era quella giusta per lui. Punto. Ed era abbastanza certo che lei provasse i suoi stessi sentimenti.

Il tempo in quella parte del Texas era solitamente piuttosto mite, anche a dicembre, ma quella sera stava passando un fronte di aria fredda e il vento soffiava piuttosto forte. Sarebbero gelati se si fossero seduti fuori sul terrazzo come avevano fatto durante l'ultima settimana; Frankie era un po' agitato perché quello era praticamente l'unico momento in cui riuscivano a restare da soli.

Dopo cena, a sorpresa, Emily disse a Doug ed Ethan che dovevano lasciare in pace la sorella e il suo ragazzo per il resto della serata, e li trascinò al piano di sopra a guardare un film prima di andare a dormire. Aveva portato con sé anche Fletch, lasciandoli soli in soggiorno.

Sapendo che quella era la sua occasione, e ringraziando mentalmente Emily per quella concessione, Frankie spense le luci facendo sì che il bagliore scintillante dell'albero di Natale desse alla stanza un'atmosfera romantica e tranquilla.

Si sedette sul divano e lei si accoccolò subito al suo fianco. Le mise un braccio intorno alle spalle, non potendo fare a meno di avere una visione del futuro, quando sarebbero stati a casa loro a fare esattamente la stessa cosa. Magari avrebbero avuto dei figli che sarebbero stati a letto al piano superiore, mentre lui e Annie si sarebbero goduti il loro momento da soli.

Sorrise alla sua sfrenata fantasia. Erano due sedicenni e avevano tutto il tempo per sistemarsi e avere figli. Annie avrebbe avuto una vita molto impegnata tra il college e la carriera nell'esercito. Avrebbe fatto cose incredibili, ne era certo.

«Non voglio che te ne vada» gli sussurrò.

«Lo so. Mi è piaciuto molto stare qui con te e la tua famiglia.»

Lei sospirò e gli strinse il braccio intorno alla pancia.

Frankie fece un respiro profondo ed espresse le parole che gli ronzavano in testa da tutta la settimana. «Ti amo, Annie Fletcher. Non mi interessa se gli altri pensano che sia troppo presto o che siamo troppo giovani. So ciò che provo. Mi hai accettato così come sono sin dal momento in cui ci siamo conosciuti; uno strano ragazzo sordo che non riusciva nemmeno a comunicare con te. C'è stata subito sintonia tra noi quel giorno ed è continuata negli anni. Aspetterò tutto il tempo necessario per farti mia. Ti sosterrò sempre, qualunque cosa vorrai fare nella vita.»

«Frankie» sussurrò lei, raddrizzandosi a sedere e fissandolo a occhi spalancati.

«Dico sul serio. Sei la cosa migliore che mi sia mai capitata. Vivo per le tue telefonate e la mia giornata non è completa se non ricevo almeno una decina di messaggi da te. Odio che viviamo ai lati opposti del Paese, ma questo non ha cambiato, e mai cambierà, ciò che provo per te. Sei l'altra metà della mia anima... è sdolcinato, ma non mi interessa.»

«Oh, Frankie. Ti amo anch'io» disse Annie.

Sospirò di sollievo nel sentire quelle parole e si inclinò un po' di lato per tirare fuori dalla tasca il regalo che portava in giro da una settimana. Ora che era arrivato il momento di darglielo aveva qualche timore, ma inghiottì il suo nervosismo e glielo porse tenendolo sul palmo della mano.

«Non l'ho avvolto con carta fantasiosa, ma proviene dal cuore. Un giorno ti sposerò. Voglio che tu diventi la signora Sanders, oppure puoi mantenere il tuo cognome, non mi interessa. M'importa solo di farti mia ed essere a mia volta ufficialmente tuo. Non importa se accadrà quando avremo diciotto o ottantadue anni, ti amerò a prescindere.»

Annie fissò l'anello nel palmo della sua mano, mentre Frankie continuava a parlare nervosamente. «Questo non è un anello di fidanzamento. A tuo padre verrebbe un colpo se ci fidanzassimo adesso che abbiamo solo sedici anni. Inoltre, so che si aspetta che gli chieda il permesso di sposarti. Mi spaventa a morte, ma farò qualsiasi cosa per te. Comunque, questo è un anello di promessa; un impegno da parte mia. La promessa che non alzerò mai una mano su di te con rabbia − probabilmente mi metteresti a tappeto se ci provassi.» Frankie sapeva che stava blaterando, ma non poteva smettere ora.

«La promessa che ti sosterrò, qualunque cosa vorrai fare nella vita. Quando entrerai nell'esercito, sarò al tuo fianco anche se dovessimo trasferirci ogni anno in un posto diverso; la promessa che ti amerò a prescindere da tutto; la promessa che potrai contare sempre su di me. Ti amo, Annie, e non mi spaventa nemmeno perché sento che è giusto.»

Lei non si era mossa di un centimetro. Fissava semplicemente il suo palmo.

All'improvviso, Frankie ebbe dei ripensamenti. Si era fatto il culo per racimolare soldi sufficienti per comprare l'anello. L'aveva visto nella vetrina di un gioielliere in California decidendo subito di volerlo acquistare per lei. Era una fedina di platino, con incastonati due opali ovali. Non sporgevano quindi non c'era rischio che si impigliassero in qualcosa. Ne aveva parlato con suo padre, che aveva parlato con Cooper, il suo padrino, che aveva parlato con sua moglie, che aveva parlato con Emily per avere le dimensioni del dito medio della mano destra di Annie.

Magari non le piaceva? Non era molto interessata al trucco o ai gioielli in generale. Forse avrebbe dovuto regalarle qualcos'altro. La sua sicurezza vacillò mentre lei continuava a fissare l'anello.

«Se non ti piace, non c'è problema» le disse esitante.

«Non mi piace? È la cosa più bella che abbia mai visto in vita mia.»

Fece un sospiro di sollievo. Grazie a Dio. Le prese la mano destra e fece scivolare lentamente l'anello sul dito medio, poi se la portò alle labbra e baciò la fedina.

«Si adatta perfettamente» sussurrò Annie. «E guarda» continuò, mentre mostrava il dito medio. «Quando in futuro manderò al diavolo qualcuno, penserò sempre a te.»

Frankie scoppiò a ridere. Era tipico della sua Annie dire una cosa del genere.

Ma poi la vide intristirsi.

«Che c'è? Cosa c'è che non va?» le chiese ansioso.

«Ora il regalo che ho preso per te sembra davvero stupido in confronto.»

«Niente di ciò che mi regalerai potrà mai essere stupido» la rassicurò.

«Aspetta di vederlo» mormorò alzandosi e avvicinandosi all'albero di Natale. Prese un piccolo pacchetto, lo portò sul divano e glielo porse.

Lui le sorrise e strappò via la carta.

«Dopo ciò che hai fatto al centro commerciale, ho chiesto a mia madre se poteva tornare a prendere una cosa che avevo visto mentre gironzolavamo. Mi aveva fatto pensare a te, ma non è minimamente paragonabile all'anello.»

Frankie fissò il regalo e gli si formò un groppo in gola.

«È un bobblehead» disse Annie un po' imbarazzata.

Era un personaggio stile cartone animato, con la testa enorme che dondolava su e giù sulla molla all'interno, le mani sui fianchi e indossava un grande mantello rosso. Sulla base c'era scritto "Il Mio Eroe".

Lui non era mai stato l'eroe di nessuno, era il povero ragazzo sordo. Quello che la madre aveva cercato di rapire, che parlava in modo strano ed era magro e allampanato. Sapere che Annie lo considerava il suo eroe lo toccò nel profondo.

«Te l'avevo detto che era stupido» mormorò.

«Lo adoro» la rassicurò.

Lei scrollò le spalle e non incontrò i suoi occhi.

Frankie sapeva che avrebbe pensato a lei ogni volta che avesse guardato quel personaggio. Voleva essere il suo eroe. Voleva che lei lo ammirasse. Il fatto che avesse pensato a *lui* quando aveva visto quel giocattolo lo aveva piacevolmente sconvolto.

Posò con cura il regalo sul tavolino accanto al divano, poi le prese il viso tra le mani, aspettando che finalmente alzasse lo sguardo per incontrare il suo. «Ti amo» le disse con dolcezza. «Potresti regalarmi un sasso e penserei comunque che sia il più bel sasso del mondo. Sapere che mi consideri in quel modo, il tuo eroe, mi lascia senza parole.»

Si fissarono per un lungo momento, poi le accarezzò avanti e indietro la guancia con il pollice. «Vorrei baciarti.»

«Sì. Ti prego.»

«Il nostro primo bacio» sussurrò, volendo prolungare il momento, farlo durare. Renderlo un ricordo a cui avrebbero pensato per il resto della vita.

Annie si leccò le labbra.

Lui si sporse lentamente in avanti, senza lasciarle andare il viso. Le sfiorò leggermente le labbra con le sue, lasciandosi avvolgere dal suo profumo di pesche e fragole.

La baciò di nuovo, indugiando più a lungo questa volta. Annie aveva chiuso gli occhi e si era aggrappata alle sue spalle.

Frankie decise all'improvviso di volerla più vicina e la esortò a mettersi a cavalcioni sulle sue cosce. Probabilmente suo padre avrebbe avuto un attacco di cuore se fosse entrato e li avesse visti in quella posizione, ma non gli importava. Aveva bisogno di sentirla contro di lui. Aveva bisogno di poterla baciare senza dover allungare il collo e, cosa più importante, senza che Annie si sentisse minimamente a disagio.

«Va bene così?» le chiese.

«Perfetto» lo rassicurò, avvicinandosi fino a sentire la sua erezione sotto i pantaloni, ma per la prima volta nella vita non era imbarazzato dalla reazione del suo corpo. Quella era Annie, non aveva motivo di esserlo con lei. Non era ancora il momento giusto di fare l'amore... oh, lo desiderava, ma non voleva metterle fretta in alcun modo. Per ora, gli sarebbe bastato baciarla.

Annie abbassò la testa e lo baciò. Frankie fece scorrere la lingua sulle sue labbra e lei le aprì subito. Con il cuore che gli martellava nel petto, inclinò la testa per avere un'angolazione migliore e toccò un po' esitante la sua lingua con la propria. Per un attimo furono un po' impacciati, ma dimostrando di essere in sintonia, quel disagio si trasformò per entrambi in qualcosa di giusto.

Gemettero all'unisono e poi si baciarono con passione, come se l'avessero già fatto centinaia di volte. Le loro lingue si intrecciarono mentre imparavano ad assaporarsi a vicenda.

Frankie non sapeva per quanto rimasero seduti lì con le labbra incollate, ma quando si separarono, respiravano come se avessero corso un centinaio di metri.

Le accarezzò la testa lisciandole i capelli all'indietro mentre la fissava. «Sei così bella» le disse con tenerezza, leccandosi le labbra per sentire ancora il suo sapore.

«Mi fai sentire bella» replicò lei. Poi si chinò in avanti, piegò le braccia tra i loro corpi e appoggiò la testa sulla sua spalla. Frankie sentì i suoi respiri caldi contro il collo e chiuse gli occhi soddisfatto.

Sì, era ciò che voleva. Chi voleva. Annie. Tra le sue braccia, morbida, calda e felice. Frankie non era un idiota, ci sarebbero stati tempi duri per entrambi, le relazioni a distanza non erano facili, ma la amava con tutto il cuore. Lo avrebbe fatto funzionare. Non importava cosa ci sarebbe voluto.

«Buon Natale, Annie» disse sommessamente, stringendola contro il suo petto.

«Buon Natale, Frankie.»

———

Emily percorse il corridoio dopo aver finalmente fatto addormentare John. Il piccolo era stato particolarmente cocciuto quella sera e aveva dovuto usare tutti gli stratagemmi possibili per farlo finalmente sdraiare e chiudere gli occhi. Aveva controllato Doug ed Ethan e li aveva trovati assorti nel film che aveva scelto per loro.

Stava per andare in camera da letto per vedere cosa stesse combinando suo marito, quando qualcosa attirò la sua attenzione in fondo alle scale.

Fletch era lì, a fissare il soggiorno.

Attenta a non far rumore, Emily lo raggiunse silenziosamente per vedere cosa stesse guardando con tanta attenzione. Le luci dell'albero di Natale davano un bagliore intimo alla stanza... e alla loro figlia con il suo ragazzo.

Si avvicinò e gli mise un braccio intorno alla vita, appoggiandosi a lui mentre guardavano Frankie aprire il regalo di Annie. Fu evidente quanto fosse rimasto colpito dalla sua scelta.

«Te l'avevo detto che era stupido» la sentirono dire.

«Lo adoro» replicò lui.

Emily si irrigidì mentre guardava sua figlia alzare le spalle come se non le importasse ciò che pensava del suo regalo, ma sapeva che non era così, e Frankie non deluse nessuna delle due. Posò il personaggio sul tavolino accanto al divano e prese il viso di Annie tra le mani.

«Ti amo. Potresti regalarmi un sasso e penserei comunque che sia il più bel sasso del mondo. Sapere che mi consideri in quel modo, il tuo eroe, mi lascia senza parole.»

Emily sospirò. Frankie le era sempre piaciuto, era davvero un bravo ragazzo senza grilli per la testa, e osservandolo con sua figlia lo apprezzò ancora di più. La trattava come faceva suo marito con *lei*, con rispetto, e non aveva mai paura di mostrarle quanto l'amava. Cosa avrebbe potuto chiedere di più una madre per la figlia?

«Vorrei baciarti» lo sentì dire.

«Sì. Ti prego» fu la risposta di Annie.

«Il nostro primo bacio» le disse con tenerezza, facendo sorridere Emily. Sua figlia non aveva oltrepassato alcun limite con il suo ragazzo nella settimana in cui era stato lì, e si era fidata di Frankie; era l'unico motivo per cui gli avevano permesso di rimanere a casa loro. Se avesse pensato per un secondo che sarebbero andati oltre a ciò che riteneva appropriato, lei e Fletch non avrebbero invitato l'adolescente in Texas.

Quando Frankie si sporse verso Annie, Emily percepì suo marito ringhiare accanto a lei. La ragazza poteva essere una sedicenne matura, ma era comunque la bambina di Fletch, il suo folletto.

Così si chinò per passare sotto il suo braccio e mettersi di fronte a lui. Gli posò le mani sul petto e gli diede una piccola spinta all'indietro, indicando con il mento le scale dietro di loro.

Fletch si accigliò e scosse la testa.

Gli rivolse un'occhiataccia e indicò le scale, questa volta con la mano.

Con un sospiro, lui finalmente si voltò e si avviò in silenzio verso la loro camera.

Emily si guardò indietro ancora una volta prima di seguire il marito. Vide che Annie si era messa a cavalcioni sulle gambe di Frankie e si stavano baciando. Sorrise, felice che sua figlia stesse imparando cosa fosse l'amore con qualcuno come lui, e salì le scale.

Quando chiuse la porta della loro stanza, Fletch le disse subito: «È troppo giovane per baciare.»

Non poté fare a meno di ridere. «Quando hai dato il tuo primo bacio?»

Si accigliò. «Stiamo parlando di Annie, non di me.»

«Giusto. Fammi indovinare, avevi più o meno dieci anni?»

«Undici» borbottò.

Sorrise e si avvicinò al marito. Non si fermò finché non fu appiccicata al suo corpo. Alzò lo sguardo, amando come torreggiava su di lei e disse: «Frankie è un bravo ragazzo. Si prenderà cura di lei.»

Fletch sospirò. «È che... è difficile vederla crescere.»

«Lo so.»

«Ed è la mia unica figlia. Vorrei proteggerla da tutte le cose brutte del mondo. Se potessi tenerla dentro una bolla per sempre, lo farei.»

«Annie è una ragazza incredibile. È intelligente, cauta e ha la testa sulle spalle. Siamo stati fortunati e non abbiamo dovuto affrontare gran parte dei normali drammi adolescenziali che hanno dovuto passare altri genitori.»

«Non dimenticherò mai il panico che ho provato quando ho capito che Jacks vi aveva rapite» disse Fletch sommessamente. «La vedo ancora come quella piccola bambina di sei anni che seppur spaventata, mi ha informato che sua madre le aveva detto che aver paura voleva dire che stavi per fare qualcosa di veramente coraggioso.»

Emily sorrise. Odiava che suo marito pensasse ancora a quello stronzo di Jacks, l'uomo che aveva rapito lei e Annie tanti anni prima. «L'hai cresciuta insegnandole a essere una ragazza tosta, tesoro. Prima o poi devi lasciarla andare.»

«Ma non ancora» borbottò.

«Non ancora» concordò lei. Aveva la sensazione di dover distrarre suo marito prima che si precipitasse giù per le scale e mettesse un grande cuscino tra la figlia e il suo ragazzo. Fece scorrere le mani su e giù sul suo petto. «John sta dormendo e Doug ed Ethan saranno impegnati con il film per almeno un'altra ora» gli disse nel modo più seducente possibile.

«Ah, sì?» le chiese, con evidente interesse.

«Già.»

«Mmm, penso che sia passato troppo tempo dall'ultima volta che sono stato dentro mia moglie» ribatté nel tono basso e profondo che usava quando era eccitato, cosa che Emily adorava.

Lei rise. «Ehm... perdonami, sto diventando vecchia e rimbambita, ma non è stata la scorsa notte che hai fatto l'amore con me con così tanta foga che sono quasi svenuta?»

«Come ho detto, è passato troppo tempo» ribadì.

Emily sospirò. Fletch era tutto ciò che lei un tempo pensava non esistesse nella specie maschile. L'aveva smentita, dimostrandole di continuo di essere il tipo d'uomo di cui le donne scrivevano nei romanzi d'amore. La supportava, era leale e protettivo... e ogni altro aggettivo positivo che in quel momento non riusciva a ricordare. Non quando lui la eccitava così tanto.

La girò verso di sé e le tolse in fretta la camicetta e il reggiseno, poi spinse giù dai fianchi i leggings prima di gettarla indietro sul materasso. Ridendo, Emily si dimenò per calciare via leggings e mutandine mentre Fletch incombeva su di lei. Si slacciò i bottoni dei jeans, senza preoccuparsi di togliersi la maglietta e nemmeno di abbassarsi completamente i pantaloni.

Emily fece il broncio. «Ti voglio nudo.»

«Vorrei anch'io *essere* nudo» replicò «ma mia figlia di sedici anni è al piano di sotto a pomiciare con il suo ragazzo, e da un momento all'altro i nostri bambini potrebbero annoiarsi davanti al film, il piccolo potrebbe svegliarsi e piangere disperato perché vuole la mamma. Qualcuno deve rimanere vestito a sufficienza per occuparsi dei nostri figli e di eventuali interruzioni che potrebbero verificarsi.»

Emily si sentì travolgere dal desiderio. «Giusto. Allora dovresti iniziare a fare l'amore con tua moglie, no?»

Fletch non ebbe bisogno di nessun altro incoraggiamento e abbassò la testa tra le sue gambe. Si assicurava sempre che fosse più che eccitata e bagnata prima di entrare in lei; era un'altra cosa che amava del suo uomo.

Quando fu pronta, lui si sollevò sulle ginocchia e la penetrò con una spinta decisa che fece gemere entrambi. Poi fece l'amore con lei veloce e con forza. Emily venne troppo in fretta, tremando e dimenandosi per l'intensità dell'orgasmo. Ci vollero solo altre tre spinte per Fletch prima che la seguisse, esplodendo di piacere nel profondo del suo corpo.

Venti secondi dopo, sentirono una voce forte e lagnosa provenire dal corridoio. «Maaammaaa! Ethan sta monopolizzando la poltrona a sacco! È il mio turno!»

Fletch sospirò e sollevò la testa che aveva lasciato cadere contro la spalla di Emily dopo essere venuto. Le sorrise e le scostò una ciocca di capelli dalla fronte leggermente sudata. «Vado a occuparmi di loro. Tu rimani qui, nuda e assonnata. Voglio farlo di nuovo una volta sistemati i ragazzi ed essermi assicurato che mia figlia e il suo ragazzo non abbiano sconfinato.»

Emily sapeva che avrebbe dovuto alzarsi, rivestirsi e aiutare suo marito con i figli, ma in quel momento era troppo rilassata. Inoltre, bastava una parola severa di papà a far calmare Doug ed Ethan. Era anche sicura che Frankie non avrebbe, nel modo più assoluto, mancato di rispetto ad Annie o a lei e Fletch, seducendo la loro figlia sul divano. Nonostante tutto voleva dargli qualche incentivo per farlo tornare in fretta da lei.

«Ok» disse, facendo scorrere una mano sul suo corpo nudo in modo sensuale. «Mi troverai qui.»

«Dannazione, donna» si lamentò riallacciandosi i pantaloni. Si chinò e la baciò a lungo e profondamente prima di sollevare la testa. «Ti amo.»

«Ti amo anch'io.»

«Ricordi il nostro primo bacio?» le chiese all'improvviso.

«Sì. E tu?»

«Eravamo sul mio divano e stavamo facendo quel gioco che avevo chiamato "Conosciamoci". Ti avevo appena convinta a vivere con me e avevi accettato di uscire per un appuntamento. Ti stavo tenendo le mani e mi sono chinato, e nel momento in cui le mie labbra hanno toccato le tue, ho capito che la mia vita era cambiata... in meglio.»

«Wow, te lo *ricordi*.»

«È impresso a fuoco nel mio cervello» ammise. «Mi piace Frankie. Da adulto sarà un brav'uomo e spero dannatamente che apprezzi ciò che ha in nostra figlia.»

«Lo apprezza» replicò lei senza esitazione.

«E spero che Annie ricordi il suo primo bacio con lo stesso sentimento con cui io ricordo quello che ho dato a te» finì. Poi si voltò e andò alla porta.

Nell'istante in cui la chiuse, Emily si infilò sotto le coperte, si girò su un fianco e sospirò contenta. La sua vita era caotica con quattro figli e un marito che a volte la faceva impazzire, ma non avrebbe cambiato nulla.

Era così felice che sua figlia avesse trovato qualcuno che sembrava amarla tanto quanto suo marito amava lei.

«Tienitelo stretto, Annie» sussurrò. «Un ragazzo che apprezza di ricevere un bobblehead come regalo è una cosa preziosa.»

Chiudendo gli occhi, non poté fare a meno di chiedersi come sarebbe stato il futuro di sua figlia. Si sarebbe arruolata nell'esercito? Lei e Frankie sarebbero rimasti insieme? Avrebbe avuto dei figli?

Qualunque cosa fosse successa, sapeva che Annie avrebbe avuto una bella vita.

E ora aveva anche il ricordo di un primo bacio perfetto.

Si addormentò prima che Fletch tornasse. Non lo sentì infilarsi sotto le coperte, né baciarle la fronte e stringerla a sé. Tutto ciò che aveva sentito prima di addormentarsi era stata sicurezza, amore e la certezza che tutti i suoi figli in quel momento erano felici e in salute. Tutto andava in modo perfetto nel loro mondo.

di Susan Stoker

NOTA DELL'AUTRICE

Questa è un'altra storia su Annie, un personaggio davvero divertente di cui scrivere; complesso, e ovviamente molto amato e prezioso. Godetevi il racconto!

——

La bulla

Emily sentì aprire la porta d'ingresso e la guardò, aspettando di vedere il viso felice di sua figlia appena tornata da scuola. Era difficile credere che Annie avesse già dodici anni e fosse in seconda media. Sarebbe sempre stata la sua piccola, ma stava crescendo in fretta.

Però, invece di entrare in cucina e sedersi al tavolo a

chiacchierare allegramente della sua giornata scolastica, la vide proseguire silenziosamente lungo il corridoio.

«Annie?» la chiamò, ma in risposta sentì sbattere la porta della camera da letto.

Emily, sorpresa, fissò con la fronte corrugata il punto dov'era sparita Annie. Decidendo di darle un po' di tempo, tornò a dedicarsi alle lasagne che stava preparando per cena. Fletch sarebbe tornato dalla base entro un'ora e doveva mettere la teglia in forno in modo che fosse pronta al suo arrivo.

Ethan, il loro bambino di due anni, stava guardando la TV. Emily era doppiamente preoccupata per Annie perché non aveva salutato il fratellino che era una delle sue persone preferite al mondo; lo adorava ed era come una seconda madre per lui.

Ricordava quando si erano resi conto per la prima volta di quanto fosse profondo l'amore che provava per il fratello. Il bambino aveva circa quattro mesi e lei aveva cominciato a mangiare poco a cena. C'erano volute un paio di settimane per capire quale fosse il problema. La piccola aveva pensato che Ethan non mangiasse abbastanza, quindi nascondeva il cibo per portarglielo di notte dopo che tutti erano andati a dormire; si era ricordata che Emily in passato aveva saltato i pasti in modo che lei potesse mangiare, così si era comportata allo stesso modo.

Fletch le aveva fatto un bel discorso, spiegando che avevano un sacco di soldi per comprare cibo per tutti e che Ethan poteva prendere solo il latte artificiale.

Aveva comunque continuato a preoccuparsi per lui anche in seguito. Una volta, mentre lavorava in giardino, Fletch aveva trovato un centinaio di soldatini di plastica di

Annie per terra, sotto la finestra di Ethan. Quando le aveva chiesto spiegazioni, gli aveva risposto che erano lì per proteggerlo da chiunque avesse provato ad entrare nella sua camera.

Aveva anche la tendenza di andare nel suo letto nel cuore della notte. Ancora adesso, quando Emily o Fletch entravano nella stanza di Ethan la mattina, a volte la trovavano che dormiva rannicchiata contro il fratello. Inoltre, leggeva per lui regolarmente; stava seduta per ore con lo stesso libro senza mai stancarsi.

Quindi, il fatto che avesse completamente ignorato il fratellino la diceva lunga sul suo stato d'animo.

Dopo aver messo le lasagne nel forno, Emily si lavò le mani, si assicurò che Ethan fosse ancora concentrato sul programma che stava guardando e andò verso la stanza di sua figlia. Quando arrivò alla porta, bussò piano.

«Annie?»

«Vai via!» le rispose, la sua voce era attutita.

Aggrottò la fronte. «Sto preparando le lasagne per cena» le disse, sapendo quanto le piacevano.

«Non ho fame!» fu la sua risposta.

«Ti va di parlare di ciò che ti turba? Sono una buona ascoltatrice.»

«No! Voglio solo stare da sola!»

Sospirò e si allontanò dalla porta. Annie di solito era una ragazzina molto spensierata. Non c'erano molte cose che la scoraggiavano. Emily era stata avvertita dei problemi della preadolescenza e in particolare delle ragazze di seconda media, ma aveva sperato che sua figlia, dato che era un maschiaccio, avrebbe evitato le turbolenze emotive che ne derivavano. Sembrava che non fosse così.

Trascorse l'ora successiva sperando che uscisse dalla sua stanza e tornasse a essere la solita ragazzina felice, ma non accadde. Così inviò un messaggio a Mary, sapendo quanto sua figlia fosse legata alla donna, e le chiese se lei e Truck avrebbero potuto andare a cena da loro.

Per fortuna accettò subito, facendole tirare un sospiro di sollievo. Le sue amiche erano tutte fantastiche, non esitavano mai a fare da babysitter quando voleva passare un po' di tempo da sola con suo marito e lei, ovviamente, ricambiava il favore. Rayne e Ghost avevano appena avuto il loro primo figlio, lo avevano chiamato Billy. Kate, la figlia di Kassie e Hollywood, aveva un anno in meno di Ethan e guardare i due bambini giocare insieme era adorabile ed emozionante.

Anche i loro mariti erano di grande aiuto, ora più che mai; stavano tutti passando a ruoli amministrativi all'interno dell'organizzazione della Delta Force, e poteva affermare di non esserne dispiaciuta. Suo marito amava servire il suo Paese, ma Emily e le altre donne si preoccupavano in modo ossessivo quando venivano inviati in missioni pericolose.

Quando Fletch arrivò a casa, lei non aveva ancora visto sua figlia e aveva i nervi a fior di pelle. Quella non era affatto la sua Annie e odiava che non le parlasse. Per i primi sei anni circa della sua vita erano state solo loro due; erano migliori amiche. Anche dopo aver incontrato Fletch, che sua figlia adorava profondamente, il loro legame era rimasto forte. Quindi, il fatto che si fosse chiusa in se stessa la turbava terribilmente.

«Cosa c'è che non va?» le chiese lui non appena la vide.

Non fu sorpresa che avesse capito che c'era un problema.

La attirò a sé, circondandole la vita con un braccio e posandole una mano sulla guancia. «Ethan sta bene?»

Emily annuì. «Sì. È Annie.»

«Annie?» chiese sorpreso. «Che problema c'è?»

«Non lo so, non vuole parlarmi. È tornata da scuola di pessimo umore ed è andata dritta nella sua stanza senza nemmeno salutare Ethan.»

Fletch si acciglò. Sapeva anche lui quanto fosse legata al fratello. «È per questo che hai invitato Mary e Truck a cena?»

Non poté fare a meno di sorridere. Mary doveva aver mandato un messaggio a Truck, che molto probabilmente aveva chiesto a Fletch a che ora sarebbero dovuti andare lì. «Sì. È sempre stata molto legata a loro, ho pensato che se non vuole parlare con me magari dirà a uno dei due cosa la turba.»

«Non sono pronto» disse con un sospiro.

Emily aggrottò la fronte confusa. «Per cosa?» gli chiese.

«Che Annie cresca. Voglio che rimanga per sempre il mio folletto.»

«Lo sarà sempre» lo rassicurò.

Lui scosse la testa. «No. Già non mi cerca più per ogni cosa, e lo odio. Non sono più papà Fletch, sono papà e basta. Andrà al liceo e stare con i suoi amici sarà più importante che passare il tempo con noi. Non sarà fico uscire con suo padre e arrampicarsi su tutti i carri armati del parco mezzi alla base. Sposerà Frankie, se ne andrà e dovremo pregarla di tornare a casa ogni tanto per vederci.»

Emily non riuscì a trattenere una risata. «Sei drammatico come la nostra preadolescente» lo rimproverò.

«Lo so» ribatté imbronciato. «Le voglio un mondo di bene e odio pensare al giorno in cui partirà per andare al college. Non ho dubbi che farà cose incredibili, ma comunque...» La sua voce si affievolì.

«Che ne dici di affrontare una crisi alla volta prima di pensare al fatto che se ne andrà da casa e si sposerà?» gli suggerì.

«Oggi ti ho detto quanto ti amo?» le chiese.

Gli sorrise. «Sì. Stamattina prima che uscissi per andare al lavoro. Ma non questo pomeriggio.»

«Ti amo» le disse subito. «Così tanto che mi fa quasi paura.»

«Ti amo anch'io.»

«Voglio un altro bambino.»

Emily sbatté le palpebre, sorpresa. «Che cosa? Tipo, ora?»

Fletch ridacchiò. «Non credo sia possibile, ma prima o poi sì. Almeno un altro. Magari due.»

Ethan era un bambino tranquillo ed Emily non poteva negare di volere altri figli, ma non era sicura di essere pronta. «Lo voglio anch'io, però penso sia meglio mettere una certa distanza tra loro. Prima vediamo di far imparare a Ethan a usare il vasino, di mandarlo all'asilo, poi parleremo di averne un altro.»

«Quattro anni» rifletté Fletch annuendo. «Perfetto. Così quando uno si diplomerà, l'altro inizierà il liceo. Non saranno uno nell'ombra dell'altro e non avrai troppi bambini in casa contemporaneamente.»

Lo amava così tanto. Anche mentre facevano piani per aumentare la famiglia, il suo primo pensiero era per lei.

«Ma niente più femmine» disse serio. «Solo maschi.»

Emily alzò gli occhi al cielo. «È il tuo sperma che decide, non i miei organi riproduttivi.».

«Maschi sia allora» replicò con decisione.

Lei scosse la testa esasperata. Non poteva negare che in un certo senso i maschi fossero più facili da crescere, ma non riuscì a fare a meno di pensare a quanto fosse fantastico Fletch con Annie. Era protettivo – iperprotettivo a volte – ma comprensivo e gentile. Inoltre, non aveva problemi a lasciarla essere se stessa. Se voleva giocare nella terra, glielo lasciava fare. Se voleva indossare pantaloni invece di un vestito, non insisteva. Tutto ciò che la sua Annie desiderava, la otteneva.

«Ethan ha due anni. Se vogliamo distanziarli di quattro, abbiamo poco più di un anno prima di iniziare a provare, quindi dovresti smettere di prendere la pillola tra più o meno tredici mesi.»

Emily ridacchiò. «Hai già pianificato tutto, eh?» Non poté fare a meno di dimenarsi tra le sue braccia al pensiero del sesso che ne sarebbe derivato. Quando Fletch si metteva in testa di fare qualcosa, si impegnava al cento per cento. Prima che Ethan venisse concepito, suo marito era stato insaziabile a letto, facendo tutto il possibile per metterla incinta.

«Già» rispose con un luccichio negli occhi.

«Penso che avremo bisogno di fare molta pratica» lo stuzzicò. «Voglio dire, non vogliamo rovinare i tuoi piani e tutto il resto, no?»

Gli occhi di Fletch si dilatarono e portò anche l'altra mano sul suo viso, inclinandole la testa indietro. «Mi piace vederti con il pancione, risplendi. E sapere che sono stato io, che il nostro amore ha creato un bambino... è straordinario. Inoltre, tutto il processo è dannatamente eccitante; ogni volta che vengo dentro di te, non posso fare a meno di pensare che potresti rimanere incinta. È... non riesco a descrivere come mi fa sentire sapere che il nostro amore potrebbe dar vita a un altro figlio. Sei il *mio* miracolo, Miracle Emily Grant Fletcher, e farò tutto ciò che è in mio potere per mostrarti ogni giorno quanto ti amo.»

«Lo fai già» sussurrò lei. Non riusciva ancora a credere di avere avuto la fortuna di finire insieme a lui. Ripensò a quando si erano incontrati, quando era alla disperata ricerca di un posto economico in cui vivere, a tutto quello che era successo con l'uomo che la stava ricattando e a quanto fosse stata spaventata. Non appena Fletch aveva scoperto cosa stava succedendo, era entrato in azione, assicurandosi che lei e Annie fossero al sicuro. Aveva dimostrato continuamente che avrebbe fatto tutto il necessario per offrirle una vita sicura e felice. Anche davanti agli ostacoli che si erano presentati nel loro percorso, aveva sempre potuto contare su di lui

Fletch abbassò la testa e la baciò. Non fu un bacio casto, si prese le sue labbra con una passione che di solito riservava alla camera da letto. Continuò a tenerle il viso ed Emily lo afferrò per la vita con entrambe le mani per tenersi in piedi, anche se lui non l'avrebbe mai lasciata cadere. Era la sua roccia.

Sussultò sorpresa quando suonò il campanello.

«Dannazione a Truck e al suo tempismo di merda» brontolò Fletch, mentre si allontanava da lei.

Non poté impedirsi di sorridere. Il sesso impulsivo era qualcosa che non avevano avuto il lusso di concedersi. Non con Annie in giro. E ora, con due figli, il loro amore era confinato alla camera da letto, dopo che i piccoli si erano addormentati.

L'attesa la faceva sempre fremere di trepidazione fino a

quando non sarebbero stati finalmente soli, ma in qualche modo rendeva il sesso ancora migliore.

«Stanotte» le sussurrò prima di baciarla sulla fronte. «Dopo che Truck e Mary saranno riusciti a parlare con Annie e a farla tornare a sorridere, ed Ethan sarà sazio e felice nella sua culla, ho intenzione di esercitarmi a concepire bambini. Devo assicurarmi di essere pronto per quando inizieremo veramente.»

Emily si limitò a scuotere la testa. Fletch non aveva bisogno di esercitarsi, era già un esperto in materia. Era una fortuna che non vivessero in un'epoca in cui non c'era il controllo delle nascite, aveva la sensazione che altrimenti avrebbe finito per avere un bambino all'anno.

«Vai ad aprire ai nostri amici» gli disse.

«Vuoi che parlino con Annie prima o dopo cena?» le chiese.

«Prima» rispose senza esitazione. «L'ultima cosa che voglio è una figlia imbronciata a tavola.»

«Hai ragione.» Fletch si chinò e le diede un bacio rapido e deciso, prima di passarle il pollice sulla guancia e voltarsi per andare ad aprire la porta.

Emily lo guardò allontanarsi e sospirò soddisfatta. Suo marito era fantastico e non si sarebbe mai stancata di come si prendeva cura di lei e dei loro figli.

Andò in soggiorno e prese in braccio Ethan. Lui si lamentò un po' finché sentì delle voci provenire dall'entrata. Suo figlio amava quando c'erano ospiti, probabilmente perché riceveva un sacco di attenzioni, che era la sua seconda cosa preferita; la prima era sua sorella.

Truck e Mary entrarono nel soggiorno e lei andò subito da Ethan. Emily sorrise mentre lo passava alla sua amica, che lo fece rimbalzare sul fianco mentre il piccolo chiacchierava allegramente.

«Ciao. Grazie per essere venuti.»

«Figurati. Quando mi hai scritto ero seduta lì a chiedermi cosa preparare per cena. Da piccola nessuno ti dice che passerai metà della tua vita a decidere cosa cucinare; è una rottura, e non dover prendere quella decisione per una sera è stato paradisiaco.»

Emily rise. Era vero, ma non aveva il coraggio di dirle che le cose peggioravano una volta che avevi dei figli dato che poi, qualunque cosa decidessi di preparare, qualcuno inevitabilmente storceva il naso e non voleva mangiarla. Truck e Mary stavano cercando di adottare una coppia di fratelli dall'India; sarebbe stato ancora più difficile per la sua amica pensare alle pietanze, considerando che i loro futuri figli venivano da una cultura diversa, ma non disse niente, era solo grata che fossero lì per cercare di aiutare Annie a uscire dalla crisi.

«È nella sua stanza?» chiese Truck.

Emily annuì.

«Vado a parlarle» disse. Molte persone si sentivano intimidite da lui; era davvero un gigante, alto e muscoloso, e aveva una brutta cicatrice sulla guancia, ma per Emily e Annie era solo Truck, un tenerone che non avrebbe mai fatto loro del male.

«Grazie.»

«Non devi ringraziarmi, le voglio bene come se fosse mia. Farei qualsiasi cosa per lei. *Qualsiasi*.» Si voltò e si avviò verso il corridoio che conduceva alla sua camera.

«Maledizione» mormorò Mary, asciugandosi la guancia con la spalla. «Non posso credere di aver aspettato così a lungo per procedere con l'adozione. Truck sarà un padre fantastico.»

«È vero» concordò Emily. «Dai, penso che abbiamo entrambe bisogno di un bel bicchiere di vino. Annie non è ancora un'adolescente e già non sono sicura se riuscirò a sopravvivere.»

«Ce la farai, perché è una brava ragazza. Il suo turbamento probabilmente riguarda più qualcun altro che lei. Truck lo scoprirà e lei tornerà a essere la nostra Annie. Forse dopo cena la sfiderò a fare un giro in pista sul suo carro armato.»

Emily ridacchiò. «Perderai» la avvertì. «Più cresce e più diventa competitiva, nessuno la batte sulla pista del suo cortile.»

«Lo so» replicò Mary per niente preoccupata. «Mi piace solo sfidarla. Se è seriamente intenzionata a diventare un soldato delle forze speciali come suo padre, dovrà essere più che brava. Dovrà avere la pelle dura e la voglia di essere la migliore, a prescindere da ciò che le diranno gli altri. Sono pronta a pungolarla, a farla incazzare e a mostrarle che non importa ciò che pensa la gente ma conta solo ciò che lei vuole profondamente.»

Emily si commosse. Ecco, quello era uno dei milioni di motivi per cui amava i suoi amici. Tutti sapevano che Annie voleva diventare un soldato delle forze speciali e anche quanto fosse difficile raggiungere quell'obiettivo, specialmente nell'attuale ambiente militare. Ma nessuno le avrebbe detto che non poteva farlo, anzi, l'avrebbero incoraggiata a ogni passo.

«Andiamo» disse, facendo un profondo respiro. «Se Fletch mi vede piangere, vorrà sapere il motivo e non voglio che si arrabbi con te.»

«Figurati» ribatté Mary alzando gli occhi al cielo. «Non ho paura di tuo marito.»

Le sorrise. «No, ma potrebbe portarti via Ethan e non permetterti di tenerlo per il resto della serata» scherzò.

«Che non osi farlo» ringhiò, stringendo più a sé il piccolo.

Emily scoppiò a ridere. «Forza, sento il vino che ci chiama. Spero che nel frattempo Truck riesca a convincere Annie ad aprirsi.»

«Ci riuscirà» replicò con sicurezza.

———

Annie era seduta dentro all'armadio, nel piccolo spazio che suo padre l'aveva aiutata a creare quando si erano trasferiti nella nuova casa. Aveva voluto un "bunker" come quelli in cui si nascondeva lui quando era in missione, pensando che sarebbe stato bello avere un forte in camera in cui poter fingere di essere un militare proprio come suo padre e i suoi amici.

Voleva diventare un soldato da che aveva memoria, per tenere le persone al sicuro e salvarle dai cattivi. Ricordava di aver visto *Wonder Woman* in TV con sua madre prima che incontrassero Fletch. Quello con l'attrice dalla vita sottile e i capelli lunghi e castani. Il telefilm era vecchio e un po' banale, ma Annie ne era rimasta comunque affascinata. Aveva giocato da sola per ore dopo aver visto un episodio, interpretando prima Wonder Woman che girava in tondo e fingeva di salvare le persone dai cattivi, poi invertiva il ruolo e impersonava quella che doveva essere salvata.

In seguito, aveva conosciuto Fletch e i suoi amici... dei

supereroi proprio come Wonder Woman, ma reali. Andavano in altri paesi e si accovacciavano dietro le trincee, spiando i nemici fino a quando non scoprivano le loro debolezze, poi si lanciavano a salvare la situazione.

Ovviamente, Annie non aveva idea di cosa facesse *davvero* suo padre quando era in missione; non l'aveva mai detto e lei sapeva che era meglio non chiedere, ma dopo che lui e la sua squadra l'avevano salvata da una brutta situazione, li aveva adorati ancora di più, e la sua determinazione di essere proprio come loro era aumentata.

Però c'erano delle volte, come quel giorno, in cui tutto ciò che aveva sempre sognato di fare nella vita le sembrava stupido. Si *sentiva* stupida.

Annie odiava che Carrie, una delle ragazze più popolari della scuola e che era stata una bulla fin dal momento in cui l'aveva conosciuta, avesse il potere di farla vergognare di se stessa.

Sentì bussare così gridò: «Non ho fame!» senza nemmeno aspettare di sentire cos'avrebbe detto sua madre. Doveva essere ora di cena, ma non era dell'umore giusto per mangiare.

«Ehi, folletto» disse una voce profonda mentre Truck faceva capolino dalla porta. «Posso entrare?»

Provò un impeto di gioia. Truck era lì! Voleva bene a tutti gli amici di suo padre, ma lui aveva un posto speciale nel suo cuore. Poi si ricordò di essere di cattivo umore. «Come vuoi» mormorò.

Fu contenta quando entrò, ignorando la sua risposta poco accogliente. Truck chiuse la porta e si avvicinò all'anta aperta dell'armadio. Si sedette, poi si inclinò indietro e fissò il soffitto. «Ho sentito che hai avuto una brutta giornata.»

Annie sospirò. Perché non potevano semplicemente lasciarla in pace? Però doveva ammettere che era più facile parlargli quando non la guardava; stava fissando il soffitto come se fosse la cosa più interessante che avesse mai visto in vita sua. Lei non riusciva a vederlo da dove si trovava, ma a meno che qualcuno non fosse entrato nella sua stanza mentre era a scuola e ci avesse dipinto delle stelle o altro, era solo un semplice soffitto bianco.

«Odio la scuola» gli disse con foga. «È stupida.»

«È a causa di quella bulla che continua a infastidirti?» le domandò.

Annie non avrebbe dovuto essere sorpresa che lo ricordasse. A parte quella volta che aveva avuto l'amnesia che gli aveva fatto dimenticare temporaneamente tutto ciò che era successo negli ultimi anni della sua vita, sembrava ricordare ogni singola parola che gli aveva detto.

Sospirò. «Perché le persone sono così cattive?»

Truck si girò e appoggiò la testa sulla mano. «Non lo so. Immagino che ignorarla non funzioni, eh?»

Lei scrollò le spalle. «Non me ne frega cosa dice di me, è una stronza. Tutto ciò che le interessa è assicurarsi che i suoi capelli siano perfetti e dovresti vedere quanto si trucca. È disgustoso. Va sempre dietro ai ragazzi e ridacchia ogni volta che dicono qualcosa. È stupida.»

«Oggi ti ha detto qualcosa?» le chiese.

Annie si guardò le mani. «Mi dice sempre qualcosa» rispose. Poi sollevò la testa e incontrò il suo sguardo. «Sono abituata a ignorarla, ma oggi ha iniziato a prendersela con un nuovo arrivato, un ragazzo che frequenta le classi speciali ma che pranza alla nostra stessa ora. L'unica persona che si siede con lui è la sua accompagnatrice, ma oggi non c'era. Sembrava solo, quindi io e Amy siamo andate a mangiare al suo tavolo.

Quella stupida di Carrie è venuta lì con le sue due migliori amiche e hanno iniziato a chiamarlo ritardato, comportandosi in modo particolarmente cattivo. Le ho detto di andarsene e lei ha cominciato a dire ogni sorta di cose su Frankie. Nemmeno lo conosce, quindi perché pensa che sia giusto prenderlo in giro?»

«Cos'ha detto?» le domandò Truck.

Annie sospirò. «Le solite cose. Che era ovvio che mi piacevano i ragazzi ritardati dato che ne frequentavo uno e ora stavo pranzando con un altro. Mi ha chiesto se Frankie sapeva che lo tradivo con Robert. Poi ha riso dicendo che sarei rimasta vergine per il resto della mia vita perché nessuno avrebbe mai osato avvicinarsi a me, dato che sono un maschiaccio e mi piace rotolarmi nella terra.»

Annie fece un respiro profondo e continuò. Ora che aveva iniziato a parlare di ciò che era successo, non riusciva più a fermarsi.

«Ha preso in giro i miei capelli lunghi e arruffati e ha detto che il mio viso è così orribile che non c'era da meravigliarsi se non mi truccavo, perché ci sarebbero voluti due camion di cosmetici per coprire la mia bruttezza. Le altre due ragazze hanno riso un po' e sembravano a disagio, ma non le hanno detto di smettere. Amy aveva paura che Carrie iniziasse a prendersela con lei, quindi è stata zitta.»

«Cos'hai fatto?» le domandò con dolcezza.

«Avrei voluto picchiarla» ammise.

«Ma non l'hai fatto.»

«No» borbottò, «ma ho minacciato di farlo. Le ho detto che avrebbe fatto meglio a sperare di non incontrarmi dopo la scuola perché l'avrei picchiata a sangue.»

Lo guardò quando Truck rimase in silenzio. Si vergognava un po' del suo comportamento, ma non le dispiaceva. Carrie lo meritava e Annie non aveva paura di lei. Affatto. Così gli chiese: «Non hai intenzione di dirmi che ho sbagliato? Che non avrei dovuto dirlo?»

«Da quanto tempo ti tormenta questa ragazza?»

Scrollò le spalle. «Dalla quarta elementare» rispose esitante.

«E quante volte le hai chiesto di lasciarti in pace? Quante volte hai ignorato le sue provocazioni e tutte le cose cattive che ti ha detto?»

«Ehm... tantissime?» replicò con un'alzata di spalle.

«Sembra che abbia bisogno che qualcuno le faccia abbassare la cresta.»

Annie fissò confusa l'amico di suo padre. Le stava dicendo che era *giusto* picchiare Carrie?

«Mi sembra che tu le abbia dato molte più possibilità di quante ne meritasse. Probabilmente tua madre avrebbe un attacco di cuore se sapesse che te lo sto dicendo, ma è ovvio che Carrie pensa di essere migliore di te. È una stronzata... ehm... scusa... cavolata. Nessuno è migliore di te, Annie. Così come tu non sei migliore di nessun altro. Questa Carrie non ti lascerà in pace finché non le darai un *motivo* per farlo.»

Non riusciva a credere a ciò che stava sentendo, ma non poteva negare di essere sollevata. «Mi ha detto che il suo ragazzo mi avrebbe aspettato dopo la scuola. Oggi sono riuscita a evitarlo, ma sono sicura che domani verrà a cercarmi.»

«Vedi? Sa che la prenderai a calci nel sedere, quindi manda qualcun altro a fare il lavoro sporco. Puoi sconfiggere il suo ragazzo?» le chiese.

Annie sorrise. «Sì.» Non aveva alcun dubbio di poter vincere contro Doug Chamberlin; era più alto di lei, ma tutto chiacchiere. Non riusciva nemmeno ad arrampicarsi sulla corda durante la lezione di ginnastica.

«Allora fallo» disse Truck. «Non sto dicendo che ciò farà smettere per sempre la stupida Carrie, perché conoscevo un sacco di ragazze come lei quando avevo la tua età, ma di certo ci penserà due volte prima di prendersela con te in futuro. Darai anche un messaggio forte e chiaro sul fatto che non hai intenzione di tollerare le persone che prendono in giro i più deboli o i diversi. Sono orgoglioso di te per aver pranzato con quel ragazzo oggi.»

«Ho pensato a Frankie. Mi ha detto quanto sia stato difficile adattarsi all'impianto cocleare che gli hanno applicato l'anno scorso e non ho potuto fare a meno di raffigurarmelo mentre cercava di fare amicizia, consapevole del modo in cui suonava la sua voce quando parlava, senza nessuno che si sedesse con lui a pranzo» ammise.

«Ma Frankie sta bene adesso?»

Annie annuì. «Sì. Sta alla grande.»

«Gli hai raccontato ciò che è successo oggi?»

«Non ancora.»

«Ma lo farai?»

Si accigliò. «Certo. Perché non dovrei?»

Non capì il piccolo sorriso che apparve sul viso di Truck. «Non lo so. Vuoi che andiamo in giardino a esercitarti, così sarai pronta per Doug e per qualsiasi cosa subdola pensi di fare per prenderti alla sprovvista?»

«Sì!» esclamò subito, sentendosi molto meglio. Adorava allenarsi nel combattimento con suo padre e i suoi amici. Sapeva che ci andavano piano con lei, ma era comunque divertente. Un giorno, quando sarebbe diventata un soldato delle forze speciali, sarebbe tornata a casa e li avrebbe sconfitti per davvero. Non avrebbero avuto bisogno di trattenersi solo perché era più piccola e meno forte di loro.

«Va bene. Ma prima ho bisogno di un abbraccio» disse Truck, sedendosi e aprendo le braccia.

Annie sapeva cosa stava facendo, non era vero che ne aveva bisogno, ma non aveva dubbi che lui sapesse che a *lei* serviva. Diventare grandi era difficile e non era sicura che le piacesse molto. Le sue tette avevano iniziato a crescere, cosa che odiava. Aveva imparato tutto sulla pubertà nelle lezioni di educazione alla salute e sapeva che presto avrebbe iniziato ad avere le mestruazioni. Faceva fatica a controllare le sue emozioni e si sentiva sempre disorientata; Annie ne disprezzava ogni minuto.

Alcune persone, come Carrie, volevano crescere il più velocemente possibile, ma a lei piaceva essere piccola. Amava essere adorata da suo padre e dai suoi amici e di non dover passare ore a studiare per ottenere buoni voti, ma man mano che cresceva, i compiti scolastici diventavano sempre più difficili. Inoltre, si aspettavano che passasse più tempo a curare il suo aspetto che a giocare all'aperto. Diventare grandi faceva schifo.

Uscì dall'armadio e si rannicchiò sulle ginocchia di Truck; era enorme e la fece sentire di nuovo piccolina.

«Sono orgoglioso della giovane donna che stai diventando» le disse. «Anche se stai crescendo troppo in fretta. Se continui così, presto diventerai più alta di me.»

Lei ridacchiò. «Sì, certo. Sei un gigante, Truck.»

«Hai fatto preoccupare tua madre» le disse con dolcezza.

Annie chiuse gli occhi. Lo sapeva, ma non era riuscita a trattenersi dallo sbattere la porta e dirle di andarsene.

«Ed Ethan si sta chiedendo dove sia la sua sorella preferita, perché non l'abbia salutato quando è tornata a casa.»

Si acciglò. «Farmi sentire in colpa è meschino» gli disse.

Fu il suo turno di ridere, ne sentì il rimbombo sotto la guancia.

«Hai ragione. Scusami.»

«No, sono *io* che devo scusarmi. È solo che... a volte provo così tante emozioni che non riesco a controllarle. Ero talmente *arrabbiata* quando sono tornata a casa che non volevo parlare con nessuno.»

«Lo so» la tranquillizzò. La teneva stretta a sé con una mano e Annie pensò che il suo palmo era così grande da coprirle tutta la schiena. «Credo che faccia parte dell'essere un'adolescente.»

Si spostò in modo da poterlo guardare negli occhi. «Racconterai a mamma e papà ciò che è successo?»

Truck la fissò a lungo, poi scosse la testa. «No, ma penso che dovresti dirglielo.»

Annie sospirò. «La mamma vorrà andare a scuola a parlare con il preside. Sai com'è. E non servirà a nulla, farà solo peggiorare Carrie. E se Fletch pensa che qualcuno voglia affrontarmi, perderà la testa. So badare a me stessa, ma per lui sarò sempre una bambina di sette anni.»

«Sai che è così anche per me, vero?» le chiese con un sorrisetto.

Gliene rivolse uno a sua volta e scosse la testa. «No, non è vero. Se così fosse, non mi avresti detto di fare il culo a Doug.»

Truck rise. «Vero. Ma sono comunque protettivo verso di te.»

Il sorriso di Annie svanì. «Lo so, ma guardando Fletch con mia madre ho imparato che essere protettivi non è poi così brutto; lo è con lei, eppure le lascia comunque la libertà di fare le cose. Non la soffoca. Non prende il sopravvento quando pensa che stia commettendo un errore. Questo è amare. Lasciare che qualcuno faccia ciò che deve, ed esserci nel caso in cui le cose non vadano come pensava.»

«Come hai fatto a diventare così intelligente?»

«Stando intorno a te e al resto degli amici di papà. Vedo come siete con le vostre mogli. Siete protettivi, ma amate che siano indipendenti. Non sareste felici con una donna che non riuscisse a prendere una decisione da sola. Mary è perfetta per te e, anche se ti preoccupi per lei, non la ostacoli quando vuole fare qualcosa. Come quando è andata a fare paracadutismo con Harley il mese scorso. Sembrava che stessi per vomitare, ma ogni volta che ti guardava le sorridevi e la incoraggiavi.»

«*Pensavo* davvero che avrei vomitato. Sai cos'è successo la prima volta che Harley ha fatto paracadutismo?» le chiese.

Annie alzò gli occhi al cielo. «Certo. Ho sentito la storia un milione di volte. Un uccello ha colpito Coach in faccia e lo ha messo fuori combattimento e lei gli ha salvato la vita facendoli atterrare.»

«Appunto. Credi che volessi che accadesse a Mary?»

«No, ma l'hai comunque lasciata andare» insistette.

«Pensi che Frankie sarà così con te?»

Apprezzò che lui non avesse esitato a pensare che lei e Frankie si sarebbero sposati e avrebbero vissuto felici e contenti. Molti adulti davano per scontato che alla fine il desiderio di stare con lui sarebbe scomparso, ma Annie sapeva che lui era il ragazzo giusto. Erano destinati a stare insieme per sempre.

«Sì» disse con fermezza.

«Anch'io» ribatté Truck. «Ora che ne dici se ci alziamo, vai ad abbracciare tua madre, a salutare Mary, a rassicurare Ethan che non ti sei dimenticata di lui e a dire a Fletch che ora stai meglio. Mangiamo le lasagne e dopo cena andremo in cortile e ci assicureremo che tu sia pronta per qualsiasi stupidaggine abbia in serbo Doug.»

«Ti voglio bene, Truck» gli disse. Ed era vero. In passato, quando erano solo lei e la mamma, non si era resa conto di cosa si stesse perdendo. Amava sua madre più di chiunque altro al mondo, ma dal giorno in cui Fletch e i suoi amici erano entrati nella loro vita era stato tutto migliore.

Si alzarono da terra e andarono insieme in cucina. Annie fece come Truck le aveva suggerito, abbracciò sua madre dicendole che le dispiaceva di essersi comportata male, fece lo stesso con suo padre, salutò Mary calorosamente, poi si sedette sul divano con Ethan e prese il libro che le porse. Gliel'aveva già letto mille volte, ma non le dispiaceva rifarlo.

La cena come sempre fu eccezionale, e in seguito Truck non le mostrò alcuna pietà quando si affrontarono nel cortile. Quando lui e Mary se ne andarono, Annie era stanca, sudata e più determinata che mai a mostrare a Carrie e Doug che non era una persona da provocare.

Più tardi Fletch entrò nella sua stanza per rimboccarle le coperte, il che era insolito, dato che era da un bel po' che non voleva più che lo facesse.

«Vuoi parlarne, folletto?» le chiese senza girarci intorno.

Il suo cuore cominciò a battere forte. Aveva capito che probabilmente l'indomani avrebbe fatto a botte? «No» rispose un po' senza fiato.

Suo padre la fissò per un lungo momento. Sembrava sempre vedere dentro di lei. Sapeva sempre quando gli stava mentendo o nascondendo qualcosa. Era fastidioso.

Lui sospirò, sedendosi sul lato del letto. «Va bene. So di essere solo il tuo vecchio, ma qualunque cosa tu faccia, non lasciare che le tue emozioni prevalgano sul tuo buon senso.»

Annie lo guardò sorpresa. Le stava... dando consigli di combattimento?

«E ti affidi troppo al tuo lato dominante; dobbiamo lavorare sui tuoi colpi e rotolamenti a sinistra invece che sempre a destra. Il tuo avversario lo capirà presto e ne trarrà vantaggio. Chiunque ci sappia fare, cercherà di usare le parole per irritarti e farti perdere il controllo. Ignora le provocazioni e concentrati su quello che stai facendo. È sempre meglio colpire forte e veloce e terminare il combattimento prima ancora che inizi. So personalmente che puoi continuare anche se sei ferita – ti ho vista farlo abbastanza spesso sul percorso a ostacoli – ma nel corpo a corpo è più difficile rimanere in forze se qualcuno tira un buon colpo. Concentrati, fallo e vattene. Va bene?»

Poté solo fissare suo padre scioccata per un lungo momento.

«Ehm... ok» alla fine riuscì a dire. Era un buon consiglio, l'ultima cosa che voleva era che qualcuno chiamasse un insegnante e la mettesse nei guai. Carrie aveva causato tutta quella faccenda e lei voleva mettere fine al suo comportamento da bulla, ma interrompere il confronto prima di riuscire a esprimere il suo punto di vista e finire in punizione, non avrebbe fermato quella ragazza popolare. Doveva dimostrare a Carrie – e a chiunque lei avesse usato per combattere le sue battaglie – di essere una persona che non avrebbe mai tollerato il bullismo. Punto.

«Ti voglio bene, folletto. Scommetterei su di *te* contro quella principessa viziata o il ragazzo che sta cercando di impressionarla in qualunque momento.» La baciò sulla fronte e si alzò.

Quando arrivò alla porta, Annie si era ripresa dallo shock. Era chiaro che Truck gli avesse parlato, ma era abbastanza sicura che suo padre non avesse detto nulla a sua madre, perché non sarebbe mai stata d'accordo sul fatto che la figlia si lasciasse coinvolgere in una rissa, che fosse la cosa giusta da fare o meno. «Papà?» disse sommessamente.

«Sì?» Si voltò. La luce del corridoio lo faceva sembrare una gigantesca figura nera, ma sapeva che la stava guardando con uno sguardo colmo d'amore. Lo faceva sempre.

«Grazie per non esserti arrabbiato.»

«Mi sarei arrabbiato se avessi voluto litigare solo perché qualcuno aveva detto qualcosa di male su di te. Ti conosco, non t'interessa di ciò che ti dicono, ma ti importa se prendono in giro qualcun altro. Però, spero che se dovesse succedere ancora ne parlerai con *me*.»

Annie avrebbe voluto piangere. Fletch era fantastico. «Lo farò.»

«Bene. Domani prendi a calci in culo quei bulli, folletto. Ne parleremo insieme con la mamma. Ora dormi.» Chiuse piano la porta, lasciandola al buio a ringraziare la sua buona stella perché sua madre aveva incontrato e sposato un uomo fantastico come lui.

———

Alla fine, il giorno successivo la rissa era terminata praticamente non appena iniziata. Prima della settima ora, Doug, Carrie e tre della sua combriccola l'avevano intrappolata in un angolo del corridoio fuori dalla palestra. Lui l'aveva spinta dicendo un sacco di stronzate riguardo al fatto che suo padre era un soldato e lei spazzatura.

Annie, alzando gli occhi al cielo, invece di indietreggiare aveva fatto un passo verso di lui, cosa che lo aveva sorpreso; Carrie doveva avergli fatto credere che sarebbe stata terrorizzata.

Poi gli aveva tirato un pugno in faccia.

L'idiota aveva spalancato gli occhi, barcollando all'indietro e coprendosi la guancia con una mano. Prima che riuscisse a riprendersi, Annie lo aveva spinto. *Forte.* Doug aveva sbattuto contro il muro alle sue spalle perdendo l'equilibrio, ed era caduto per terra.

Annie lo aveva fissato a occhi socchiusi. «Sì, mio padre è un soldato, ma fa anche parte delle forze speciali e mi ha insegnato a combattere sporco. Vuoi vedere cos'altro mi ha insegnato?» gli aveva chiesto.

In risposta, Doug si era alzato in piedi allontanandosi di corsa.

Carrie lo aveva chiamato ma lui l'aveva ignorata ed Annie, sorridendo compiaciuta, era andata ad affrontarla faccia a faccia. Le aveva detto che se mai si fosse avvicinata a meno di tre metri da lei, o da chiunque considerasse un amico, e avesse provato a insultarli, avrebbe smesso di essere così educata.

La bulletta e la sua combriccola erano praticamente scappate.

Tutto sommato, Annie non si era sentita esattamente bene per ciò che era successo, ma era stato soddisfacente difendersi e ottenere un po' di vendetta per chiunque in passato fosse stato vittima di bullismo da parte di quella ragazza meschina.

Dopo scuola, quando entrò dalla porta di casa, con sua grande sorpresa vide che Fletch era lì ad aspettarla. Il suo sguardo la percorse dalla testa ai piedi. Soddisfatto che fosse tutta intera, annuì con orgoglio.

«Ciao, tesoro» disse sua madre. «Com'è andata a scuola?»

«Tutto bene, mamma» rispose. Invece di andare da Ethan, come faceva di solito, Annie si avvicinò a Fletch e lo abbracciò forte.

«Tutto a posto?»

Annuì, sollevando lo sguardo su di lui.

«E *loro* sono a posto?» le chiese con un piccolo sorriso.

Annie non poté fare a meno di ridacchiare.

«Loro chi?» chiese sua madre.

«Sì» rispose a Fletch. «Non è successo un granché, soprattutto quando ha scoperto che il mio papà è nelle forze speciali e mi ha insegnato tutto ciò che sapeva.»

Fu il turno di suo padre di ridacchiare. «Brava la mia ragazza. Che ne dici di andare a salutare tuo fratello e di darmi un minuto con tua madre.»

Annuì e lo strinse ancora una volta prima di andare in soggiorno.

«Cosa succede?» chiese Emily.

Lo sentì parlare con lei, ma non riuscì a percepire tutte le parole. Non era preoccupata però, Fletch avrebbe sistemato tutto.

Annie era orgogliosa di sé. Non avrebbe voluto fare a botte, ma difendersi dava una sensazione fantastica, così come avere la sicurezza di poter tenere testa a un ragazzo più grande, più alto e più forte di lei.

Quella sera nessuno accennò a ciò che era successo a scuola. Sua madre aveva il suo solito atteggiamento felice, e quando Ethan si arrabbiò a tavola perché voleva le patatine fritte invece dei fagiolini che aveva nel piatto, Annie riuscì a calmarlo dicendogli che quelli lo avrebbero fatto crescere grande e forte come lei.

Dopo essere andata a letto, non si sorprese quando sua madre bussò alla porta della camera.

«Entra pure» gridò Annie.

Emily andò a sedersi sul materasso, proprio come aveva fatto Fletch la sera prima. «Stai bene, piccola?» le chiese.

«Sì.»

«Ti serve del ghiaccio per quella mano?»

Avrebbe dovuto immaginare che sua madre si sarebbe accorta del livido sulle nocche, o che durante la cena si era massaggiata la mano destra. «Guarirà» le rispose.

Emily sospirò. «Per la cronaca, non mi piacciono le risse.»

Annie trattenne il respiro, aspettando la ramanzina che era sicura sarebbe arrivata. Invece le sue parole successive la sorpresero.

«Ma sono davvero orgogliosa di te per esserti difesa. Non sarai mai come le altre bambine, l'ho capito quando avevi due anni e ti sei arrabbiata perché avevo provato a metterti un vestito mentre tu volevi indossare i pantaloni.

Non fai mai ciò che la società si aspetta da una ragazza, eppure hai l'animo più tenero e gentile di chiunque abbia mai incontrato. Tutto ciò che ho sempre voluto è che tu fossi una brava persona e che lottassi per qualunque cosa desideri il tuo cuore.»

«Grazie, mamma» sussurrò.

«Fletch mi ha detto cos'è successo e devo dire che... Carrie è una stronza.»

Annie non riuscì a trattenere uno sbuffo.

«So che non dovrei dirlo, perché io sono un'adulta e lei è una bambina, ma sul serio, ti è stata addosso per anni e per cosa? Perché non ti trucchi e riesci a correre e ad arrampicarti più velocemente di tutti nella tua classe? Ad ogni modo, non mi piace che tu debba ricorrere ai pugni, ma spero che oggi lei abbia ricevuto il messaggio.»

«Lo spero anch'io.»

«Non smetterò mai di preoccuparmi per te. Soprattutto quando sarai nelle forze speciali e in missione per salvare il mondo. Sarò orgogliosa da morire... ma non potrò fare a meno di stare in ansia.»

L'incrollabile convinzione di sua madre sul fatto che un giorno sarebbe diventata un soldato delle forze speciali le dava una bellissima sensazione. «Grazie» sussurrò.

«Ti voglio bene, piccola.»

«Ti voglio bene anch'io, mamma.»

«Ci vediamo domani mattina.» Si chinò, le baciò la fronte e lasciò la stanza.

Sorridendo, Annie prese il telefono. Non vedeva l'ora di raccontare a Frankie tutto ciò che era successo e che sua madre non era andata fuori di testa. Gli aveva mandato un messaggio subito dopo la rissa, se così si poteva chiamare, ma era impaziente di dirgli quanto era stata fantastica.

————

Fletch tenne stretta Emily mentre erano seduti sul terrazzo. In cielo non c'era una nuvola e, anche se non era proprio caldo, non faceva nemmeno freddo, ma con una coperta e il calore del suo corpo era sicuro che sua moglie sarebbe stata bene.

«Tutto ok?» le chiese.

Emily annuì, ma disse: «No. Non mi piace che litighi. E se questa cosa dovesse continuare? E se venisse sospesa? Se si unisse a una banda? Se iniziasse a picchiare le persone per divertimento?»

Fletch non poté fare a meno di ridere. «Non succederà» disse quando riprese il controllo.

«Non puoi esserne sicuro» protestò.

«Sì, invece. Annie oggi non si è comportata così perché Carrie la tormentava, l'ha fatto perché non sopportava più che quella stronzetta se la prendesse con i più deboli. Con i ragazzini come il nuovo arrivato, quello disabile. Nostra figlia sarà un soldato eccezionale. Ce la farà, Em, non ho dubbi.»

Emily sospirò contro di lui. «Non è ciò che volevo per lei.»

«Lo so» ribatté. Ed era davvero così, perché provava lo stesso sentimento. Annie non aveva una strada facile davanti a sé, avrebbe dovuto lavorare il doppio di un uomo per riuscire a entrare in qualsiasi tipo di team delle forze speciali. Sarebbe stata ridicolizzata, insultata, guardata dall'alto in basso e ignorata in continuazione, semplicemente a causa del suo sesso, ma aveva la sensazione che tutto ciò l'avrebbe solo resa più desiderosa di riuscirci. Sentirsi dire che non era abbastanza brava l'avrebbe fatta lavorare di più per dimostrare che le persone si sbagliavano. E proprio come avevano scoperto Carrie e il ragazzo che lei aveva coinvolto, anche gli altri avrebbero presto imparato a non sottovalutarla.

«Non so se riuscirò a sopravvivere alla sua adolescenza» disse Emily.

«Ce la faremo» la rassicurò. «Quando diventerà scontrosa, manderemo avanti Ethan. Lo adora, è impossibile che vicino a lui rimanga di cattivo umore.»

«È vero.»

«Inoltre, sarà impegnata anche con gli altri bambini che avremo.»

«Quattro anni l'uno dall'altro» gli ricordò. «Sul serio, ho bisogno di quella pausa.»

«Non l'ho dimenticato.» Non gli importava quanto tempo sarebbe passato tra un figlio e l'altro. Sarebbe stato comunque contento anche se non ne avessero avuti altri. Emily, Ethan e Annie avevano reso la sua vita molto più completa di quanto avesse mai potuto immaginare.

«Frankie è perfetto per lei» disse all'improvviso Emily.

«Già» concordò Fletch.

«Pensi che ce la faranno?»

«Sì.»

«Anch'io.» Lo guardò. «Se cinque anni fa qualcuno mi avesse chiesto se pensavo che un giorno la mia vita potesse essere così bella, avrei risposto che era impossibile. Stavo lottando per crescere Annie da madre single, e non potevo immaginare che avrei incontrato qualcuno che ci avrebbe amate quanto ci ami tu.»

«Io pensavo che sarei rimasto single per sempre. Poi un piccolo folletto si è intrufolato sotto le mie barriere e mi ha aperto il cuore.»

Emily sorrise.

«Sul serio. Non hai idea di quanto ami te e i nostri figli» le disse. «Non importa cosa ci riserverà il futuro con Annie, Ethan e tutti gli altri bambini che potremmo avere. In salute e in malattia, non amerò mai nessuno come amo te, Em.»

«Non farmi piangere» gli ordinò, abbassando la testa e rannicchiandosi contro di lui.

Fletch sorrise contro i suoi capelli. «Scusa» mormorò.

Rimasero accoccolati per altri quindici minuti, poi Emily si scostò. «Devo finire di mettere via i piatti, preparare la lista della spesa per domani e piegare i vestiti.»

«Ho un'idea migliore» le disse, alzandosi con facilità con lei in braccio.

«Ah sì?» gli chiese.

«Sì. Credo che dobbiamo esercitarci a concepire il nostro prossimo bambino. Anche se ci vorrà un po' di tempo prima che tu smetta di prendere la pillola, non vorrei arrugginirmi. Ricordi quanto è stato divertente quando stavamo cercando di avere Ethan?»

Emily ridacchiò mentre la riportava in casa, assicurandosi di chiudere a chiave la porta dietro di loro prima di avviarsi verso la camera da letto.

«Fletch, sono sicura che mi hai messa incinta lo stesso mese in cui ho smesso di prendere il contraccettivo. Non è servito molto "esercitarsi".»

«Ma non sapevamo che sarebbe successo subito» le disse.

«È vero» concordò con un piccolo sorriso, ricordando quante volte avevano fatto l'amore quando avevano deciso di provare ad avere un bambino.

Fletch l'aveva presa in continuazione, riempiendola

con il suo seme ogni sera e quasi tutte le mattine. Era stato uno dei periodi più erotici della sua vita, non sapendo se e quando il suo sperma avrebbe attecchito nel bellissimo corpo di sua moglie. Amava fare sesso con lei in ogni momento, ma quel periodo, prima che scoprissero che era rimasta incinta, mentre lui faceva del suo meglio per assicurarsi che accadesse, erano stati entrambi insaziabili.

«Non so se riuscirò a sopravvivere di nuovo a tutto quello» mormorò Emily con un sospiro.

«Sì, ce la farai. Hai solo bisogno di un promemoria di quanto sia stato fantastico.» La sentì dimenarsi. Sì, era eccitata quanto lui solo al pensiero di fare un bambino.

«Hai ragione» concordò.

Fletch la mise in piedi vicino al letto, le prese il viso tra le mani e lo avvicinò al suo. «Ti amo, Emily, così tanto che a volte mi spaventa. Sapevo cos'avrebbe fatto Annie oggi, e se avessi avuto anche solo un briciolo di dubbio che non sarebbe stata in grado di prendere a calci in culo quel teppistello, l'avrei fermata. Il pensiero che venga ferita mi fa letteralmente star male, ma entrerà nell'esercito, voglio assicurarmi che abbia la sicurezza di sapere che può cavarsela da sola.»

«Lo so» mormorò Emily.

«E per la cronaca, se avremo un'altra bambina... esagererò con il rosa, le bambole e la roba femminile, così non dovrò affrontare ancora una situazione simile. Non sono riuscito a concentrarmi su *nulla* oggi. Pensavo solo ad Annie e a ciò che sarebbe potuto succedere.»

Emily rise. «Il mio grande e duro soldato della Delta Force, messo in ginocchio dalla figlia.»

«Sì» ribatté lui senza vergogna.

«Fai l'amore con me» gli sussurrò.

Fletch non disse altro, prese semplicemente l'orlo della sua maglietta e gliela sfilò dalla testa. Mentre fissava la donna che gli aveva rubato il cuore, non riuscì a immaginare la sua vita senza di lei al suo fianco.

Qualunque cosa gli avrebbe riservato il futuro, con Annie, Ethan e gli altri eventuali bambini, lei sarebbe stata la sua roccia. Insieme, avrebbero superato qualsiasi cosa.

TEX INCONTRA AKILAH

di Susan Stoker

NOTA DELL'AUTRICE

Tex è un personaggio molto amato della mia serie Armi &
Amori. Ad un certo punto nel corso dei libri, lui e sua
moglie Melody adottano un'adolescente irachena ferita,
ma non ho mai scritto come sia successo. Questo è il
primo incontro tra Akilah e Tex. Potreste voler avere dei
fazzoletti a portata di mano! Buona lettura!

Tex incontra Akilah

«Tex. Sono il dottor Joiner. Ho appena messo una paziente
su un volo diretto a Pittsburgh. Ha bisogno di cure che
non possiamo fornire qui in Iraq.»

John "Tex" Keegan si accigliò confuso. Conosceva un

sacco di persone, aveva contatti in tutto il mondo, ma non si aspettava di ricevere notizie da uno dei chirurghi delle Nazioni Unite conosciuto nel corso degli anni e che era stato fondamentale nel fornirgli informazioni sugli uomini e le donne che teneva sotto la sua ala, quando venivano feriti durante le missioni.

«Chi è?» L'adrenalina era alle stelle. Si stava scervellando chiedendosi a quale soldato si stesse riferendo. Aveva detto "una paziente" e per quanto ne sapeva, nessuna delle donne che teneva d'occhio si trovava a Baghdad.

«Il suo nome è Akilah. Non conosciamo il cognome. Il quartiere in cui viveva è stato bombardato dai fottuti talebani. Ci sono state molte vittime.»

Tex annuì, anche se era ancora confuso sul motivo per cui il dottor Joiner lo avesse chiamato.

«Ha dodici anni. Dalle poche informazioni che sono riusciti a ottenere i ragazzi del team che l'hanno portata qui, entrambi i suoi genitori sono rimasti uccisi nell'attentato. È un miracolo che lei sia viva, ma perderà il braccio, Tex. È orribile. Come ho detto prima, non ho la possibilità di aiutarla nel modo appropriato perché in futuro possa vivere una vita normale, così l'ho mandata negli Stati Uniti. Da te.»

La maggior parte degli uomini probabilmente avrebbe protestato e chiesto a cosa diavolo stesse pensando. Tex non era un medico, era già impegnatissimo a tenere d'occhio i suoi amici, ad assicurarsi che fossero al sicuro, a organizzare l'assistenza quando necessario e facendo tutto il possibile per proteggerli, ma nel momento in cui aveva sentito il nome della ragazza... era scattato qualcosa dentro di lui. Sentire che anche lei sarebbe stata una mutilata, fu decisivo. «Quando arriva?» gli chiese.

Il sollievo nella voce del dottore fu evidente quando rispose: «Stasera, e andrà dritta in sala operatoria. C'è anche il problema della lingua, dato che non parla inglese.»

«Troverò un interprete» disse Tex. «Qualcuno che possa spiegarle tutto ciò che sta succedendo.» Non riusciva a immaginare quanto dovesse essere spaventosa la situazione per quella bambina; stava vivendo la sua vita e all'improvviso l'aveva vista esplodere intorno a lei, uccidendo tutti quelli che conosceva e amava. Poi era stata portata in ospedale in preda a dolori atroci e messa su un aereo diretto chissà dove.

Sì, la prima priorità di Tex era trovare qualcuno che parlasse la sua lingua, per rassicurarla e confortarla quando tutto sarebbe diventato troppo da sopportare.

«Avrà bisogno di un sostenitore» lo avvertì.

Tex rise. «È per questo che mi hai chiamato, vero?»

Il dottore però non rise. «C'è qualcosa in lei...» iniziò. «Nonostante quello che le stava succedendo, ha continuato solamente a fissarmi, come se avesse potuto leggermi nel pensiero. Come se avesse saputo che stavo cercando di aiutarla. Ho dovuto fare parecchie pressioni per farla uscire dal Paese. Qui a Baghdad probabilmente avrebbero potuto amputarle il braccio, ma poi? Dove sarebbe andata? Cosa avrebbe fatto? Sappiamo entrambi quale sarebbe stata la qualità della sua vita. Comunque... ti ho appena mandato una sua foto via email» gli disse il dottore, e subito dopo sentì il suono della notifica di avvenuta ricezione.

Aprì il messaggio e cliccò sull'immagine allegata, mostrava una ragazza sdraiata su una barella che fissava la fotocamera. Aveva gli occhi castano scuro e i capelli della stessa tonalità, tranne per il fatto che erano ricoperti di polvere. Il suo viso era sporco e l'espressione sofferente, ma Tex capì cos'aveva voluto dire il dottore poco prima.

Nel suo sguardo c'era una resilienza che ormai vedeva di rado. Quella ragazza aveva chiaramente visto troppe battaglie e sofferenze, eppure... la speranza risplendeva ancora dal profondo della sua anima. Speranza per un futuro migliore. Speranza che qualcuno potesse aiutarla.

Tex fissò la foto per un minuto intero prima di riuscire a parlare.

«Ci penso io» disse con voce ferma.

«Grazie» replicò il dottor Joiner.

«No, grazie a *te*» ribatté. «Devo andare. Ho molto lavoro da fare per prepararmi al suo arrivo, ma se hai bisogno di qualcosa, *qualsiasi cosa*, fammelo sapere.»

«Il grande Tex che mi offre un favore?» gli chiese ridendo.

Non sentì il bisogno di rispondere. Chiunque avesse lavorato con lui sapeva che avrebbe potuto chiamarlo in caso di necessità, ma era raro che Tex desse carta bianca per qualsiasi tipo di aiuto.

«Non mi dispiacerebbe un aggiornamento sulla sua salute» disse il dottore.

«Quello è scontato. Mi terrò in contatto.»

«Lo apprezzo. Ci sentiamo.»

Tex riattaccò e guardò di nuovo la foto. Non sapeva cosa ci fosse in quella ragazza, ma era impossibile ignorarne il richiamo. Fece un respiro profondo e cliccò sull'icona della stampante. Doveva parlare con Melody, poi assicurarsi che l'app di traduzione sul suo telefono avesse l'arabo tra le lingue fornite. Non era mai stato così felice per la tecnologia come in quel momento. Aveva comunque bisogno di trovare un interprete, ma voleva anche poter parlare a tu per tu con la ragazza e l'app gli avrebbe permesso di farlo.

Si alzò, prese la foto dalla stampante e andò al piano di sopra a cercare sua moglie.

———

La sera successiva, dopo aver assunto e mandato in ospedale una donna irachena affinché stesse con Akilah, Tex prese il cellulare; doveva fare un sacco di telefonate.

«Tex! A cosa devo questo piacere?» rispose l'uomo dall'altra parte della linea.

«Wolf, ho bisogno di un favore.»

Ci fu un momento di silenzio, come se il suo vecchio amico fosse rimasto sorpreso.

«Dimmi tutto. Melody sta bene?»

«Sì.»

«Baby?»

Baby era il loro segugio a tre zampe che era parte della famiglia tanto quanto avrebbe potuto esserlo un bambino. «Sta bene anche lei» lo rassicurò, e spiegò brevemente la situazione per arrivare subito al motivo per cui lo aveva chiamato. «Ho bisogno di una lettera di raccomandazione indirizzata ad Akilah, tenendo presente che ha solo dodici anni. Voglio che si fidi di me, che sappia che farò tutto il necessario per tenerla al sicuro.»

«Per quando ti serve?» gli chiese.

«Per le sette di domani mattina» rispose.

Wolf ridacchiò. «Be', accidenti, proprio un avvertimento tempestivo.»

«Stasera sarà operata e voglio essere al suo fianco domani quando si sveglierà. Inoltre, voglio assicurarmi che sappia che ho a cuore solo i suoi interessi.»

«Non prenderla nel modo sbagliato... ma perché? Hai aiutato innumerevoli persone, bambini inclusi, cosa la rende diversa?»

«Lei è mia» rispose Tex. «Non chiedermi come faccio a saperlo, è così e basta.»

A suo merito, il suo amico SEAL non lo interrogò ulteriormente.

«Sarà nella tua mail prima di mezzanotte.»

«Sono in debito con te.»

«Col cazzo che lo sei» ribatté Wolf. «Ti sei dimenticato cos'hai fatto per me? Per Caroline? Per la mia squadra? Non mi devi un accidente.»

Tex sentì un groppo in gola. Non si faceva in quattro per aiutare gli altri per essere ringraziato. Anzi, odiava quando la gente lo faceva solo perché era stato una persona decente e per aver fatto la sua parte nel combattere il male nel mondo. Sapere che il suo amico gli avrebbe coperto le spalle, senza mettere in discussione i suoi sentimenti per quella bambina che non aveva nemmeno incontrato... significava tutto per lui.

«Voglio conoscerla» continuò Wolf.

«Certo.» Tex voleva che tutto il *mondo* conoscesse sua figlia.

Sua figlia.

Stava correndo troppo, sapeva che la maggior parte delle persone avrebbe pensato che fosse pazzo a voler accogliere Akilah nella sua vita, ma nel momento in cui aveva mostrato la sua foto a Melody e spiegato la situazione, anche lei si era impegnata al cento per cento per portarla a casa. Non che avesse avuto dubbi, erano sempre stati sulla stessa lunghezza d'onda.

«Devo andare. Ho un sacco di telefonate da fare.»

«Se tu e Mel avete bisogno di aiuto, fate un fischio. Sono sicuro che a Caroline piacerebbe fare un viaggetto fin lì per vedervi... e aiutarvi quando porterete Akilah a casa.»

Tex sorrise. «Ok.»

«La lettera è in arrivo. Ci sentiamo.»

Riattaccò e compose subito un altro numero, quello del suo amico Ghost, che era nell'esercito e viveva in Texas. Quindici minuti più tardi, dopo aver ripetuto la conversazione che aveva avuto con Wolf e dopo che Ghost gli aveva assicurato che anche sua moglie Rayne sarebbe andata lì per aiutare se ne avessero avuto bisogno, Tex riattaccò.

Continuò a fare chiamate; a un uomo molto simile a lui che viveva in Colorado; a Mustang, un SEAL nelle Hawaii; a Rocco, un SEAL in California; a Ethan "Chaos" Watson, un ex membro delle forze speciali che ora guidava una squadra di ricerca e soccorso a Fallport, in Virginia; a Drake "Brick" Vandine, un ex SEAL che come lui aveva un cane a tre zampe, che attualmente viveva nel New Mexico e gestiva un ritiro chiamato "Il rifugio", un posto per uomini e donne che avevano bisogno di una pausa dal mondo e dai demoni che li tormentavano.

Tex chiamò tutti quelli che gli vennero in mente. Voleva che Akilah si fidasse di lui. Ne aveva *bisogno*. E aveva pensato che l'unico modo per riuscirci era chiedere alle persone di cui si fidava di rassicurarla che era un brav'uomo. Che aveva solo a cuore i suoi interessi.

Quando riattaccò per l'ultima volta, era esausto. Sapeva che non sarebbe riuscito a dormire, non quando era preoccupato per Akilah e l'intervento chirurgico. Ci era già passato quando gli avevano amputato la gamba ed era stato terrorizzato, preoccupato di cosa ne sarebbe stato della sua vita, chiedendosi cosa diavolo avrebbe fatto.

Ma lui era già un adulto quando era successo, non una bambina che aveva perso tutta la famiglia e che ora si trovava in un paese straniero di cui non conosceva la lingua. Akilah avrebbe avuto bisogno di molta rassicurazione, amore e pazienza. E lui e Melody ne avevano da vendere.

Il giorno peggiore nella breve esistenza della ragazzina avrebbe potuto trasformarsi in un nuovo inizio... se avesse permesso loro di entrare nella sua vita.

Tex si alzò, inarcò la schiena e gemette sentendo le ossa scricchiolare. Stava invecchiando e sebbene gli piacesse avere Melody tutta per sé, era pronto per altro. Per una famiglia.

Sentendo la necessità di vedere sua moglie, si incamminò verso la porta facendo una smorfia. La gamba gli faceva male, aveva tenuto la protesi troppo a lungo. Mentre saliva le scale, gli passò per la mente tutto ciò che avrebbe voluto insegnare ad Akilah riguardo alla protesi che alla fine avrebbe dovuto portare.

Per prima cosa, voleva assicurarsi che lei sapesse che perdere un braccio non significava che avrebbe perso valore come persona. Che poteva superare la disabilità e mostrare al mondo che era forte e capace come chiunque altro.

Era ciò che aveva fatto Melody con lui; non aveva nemmeno battuto ciglio alla vista della sua gamba maciullata o della protesi. Gli aveva fatto capire che ciò che contava era chi era dentro. Tex voleva fare la stessa cosa per Akilah.

Assicurandosi che il cellulare non fosse scarico, per non perdere la chiamata del primario che aveva promesso di mettersi in contatto non appena avesse finito di operarla, Tex aprì la porta in cima alla scala che portava fuori dal seminterrato. Melody era seduta in soggiorno e stava leggendo un libro, Baby era al suo fianco con la testa appoggiata sulle sue gambe e gli occhi chiusi. Un sottofondo musicale proveniva dalla televisione.

Tex non aveva mai pensato di poter amare qualcuno quanto amava sua moglie. Melody era tutto per lui. L'amore che provava per lei era quasi travolgente. Senza di lei non sarebbe stato in grado di fare ciò che faceva. Era la sua ispirazione e la ragione per cui lottava così duramente per tenere al sicuro i suoi amici e le loro famiglie.

«Tutto ok?» gli chiese con dolcezza.

Non si sorprese che si fosse accorta che era lì, nonostante si fosse mosso silenziosamente. Avevano un sesto senso quando si trattava l'uno dell'altra. Tex andò al divano senza cercare di nascondere la sua andatura zoppicante.

«Sì. Tutti hanno acconsentito a scrivere una lettera.»

«Ovvio» ribatté Melody alzandosi. Baby gemette per aver perso il cuscino, ma rotolò subito sulla schiena agitando le tre zampe in aria, mentre richiudeva gli occhi e sospirava.

Tex ridacchiò. Guardando quel cane pigro era difficile credere che potesse aver attaccato ferocemente qualcuno. Invece era stata ferita mentre proteggeva lui e Mel; *meritava* una vita rilassante.

«Dai, devi riposare la gamba» disse Melody. «Prendo la lozione per massaggiartela.»

Cazzo, la amava. Si avvicinò a lei e la abbracciò. «Non ti merito» sussurrò. «Passo troppo tempo nel seminterrato, mi dimentico di mangiare e non faccio abbastanza in casa.»

«Ti amo esattamente come sei. Mi piace che tu lavori così intensamente per aiutare gli altri. Eri lì quando ho avuto bisogno di te, quindi so esattamente come si sentono quelli che si trovano nella mia stessa situazione, o peggio. Posso falciare l'erba e fare i lavori di casa senza il tuo aiuto, e posso telefonare a qualcuno se dovesse servire una riparazione in bagno o per installare un ventilatore a soffitto. Continua a essere te stesso e andremo d'accordo.»

Lei si voltò e, tenendogli un braccio intorno alla vita, lo accompagnò lungo il corridoio che conduceva alla camera da letto.

«Sei sicura per quanto riguarda Akilah?» Non poté fare a meno di chiedere. «Le servirà uno psicologo e avrà altre esigenze mediche costose.»

Non appena entrati in camera Melody si voltò ancora una volta verso di lui. Gli mise le mani sulle guance e si sporse. «Ha bisogno di noi» disse semplicemente. «Ne sono sicura. Risolveremo le cose insieme. Tutti e tre.»

«Potrebbe decidere di non voler rimanere negli Stati Uniti» la avvertì. Ci aveva pensato molto; una volta guarita e messa la protesi, avrebbe potuto scegliere di tornare in Iraq, e lui non l'avrebbe biasimata. Era il suo Paese d'origine, l'unico posto che conosceva.

Melody scrollò le spalle. «Potrebbe, ma ciò non significa che non avrà il nostro sostegno.»

Era vero.

«Ti amo» le disse.

«E io amo te. Ora cambiati mentre prendo la roba dal

bagno. Ti voglio steso a letto e senza protesi quando torno.»

Tex sorrise. «Sì, signora.»

Melody gli diede un bacio lungo, lento e profondo, e all'improvviso non era più stanco.

Gli fece un sorrisetto. «Dopo che ci saremo occupati della tua gamba» gli assicurò, come se sapesse esattamente a cosa stesse pensando. E probabilmente era così. Gli fece l'occhiolino, poi si voltò e andò in bagno, ancheggiando in modo seducente.

Melody era l'unica persona che riusciva a farlo smettere di rimuginare sulle cose. Quando era preoccupato di chi stava rintracciando o di qualunque altro disastro stesse accadendo, era lei che si assicurava che mangiasse e bevesse e che si prendesse cura di sé come faceva lui con tutti gli altri.

Sarebbe stata un'ottima madre.

Avevano già parlato di avere dei bambini, ma non sembrava mai il momento giusto. Con la prospettiva che Akilah si unisse alla loro famiglia... forse era ora di ricominciare a pensarci. Melody era la donna più premurosa e affettuosa che avesse mai conosciuto.

«Non sei sdraiato» lo rimproverò quando tornò nella stanza.

Tex sobbalzò sorpreso. Era stato così immerso nei suoi pensieri, intento ad immaginare Melody madre, che era ancora nello stesso punto in cui lo aveva lasciato.

«Scusa» mormorò, zoppicando rapidamente verso il letto. Si tolse i pantaloni e lei lo aiutò a togliere la protesi. Non riuscì a non farsi venire un'erezione quando lei gli massaggiò il moncherino. Ogni volta che lo toccava, in *qualunque* parte, aveva la stessa reazione.

Melody aveva un piccolo sorriso, ma non fece le cose di fretta. Quando finì, si pulì la lozione dalle mani e lo osservò. «Ti senti meglio?» gli chiese.

«Molto. Vieni qui» le ordinò, tendendo le braccia.

Si rannicchiò contro di lui e Tex la tenne stretta per un lungo momento. Quando lei sollevò la testa, vide il desiderio nei suoi occhi.

Melody si mise a cavalcioni sulla sua vita e lo guardò. «Ti amo.»

«Ti amo anch'io, Mel.»

Passarono i successivi trenta minuti a mostrarsi a vicenda quanto fosse profondo il loro amore. Quando furono entrambi esausti, un po' sudati e soddisfatti dagli orgasmi, Melody si stese di nuovo tra le braccia di Tex.

Lui girò la testa e le baciò la tempia con riverenza.

«Riuscirai a dormire?» gli chiese in un mormorio.

«Sì» rispose. E non stava mentendo. Era preoccupato per Akilah e temeva di perdere la chiamata del dottore. Doveva stampare le mail che gli avrebbero mandato i suoi amici, aggiornarsi con l'interprete ed esaminare tutto ciò che avrebbe potuto essere necessario per portare a casa la ragazzina... ma al momento, era contento di sonnecchiare tra le braccia di sua moglie.

———

La mattina seguente Tex era stupito di essere riuscito a dormire tanto a lungo. Il chirurgo aveva chiamato verso le tre e mezza di notte per informarlo che l'operazione era andata bene, che Akilah aveva subito un'amputazione transomerale, cioè sopra il gomito, che si stava riprendendo e che sarebbe stata sveglia e cosciente quando lui sarebbe andato a trovarla.

Si era alzato circa un'ora e mezza dopo e aveva raccolto le lettere di raccomandazione dei suoi amici in un unico file; erano tantissime. Non erano arrivate solo quelle degli uomini che aveva contattato, ma anche quelle di tutti i loro compagni di squadra e di molti loro familiari; aveva accumulato decine e decine di lettere da condividere con Akilah, nella speranza che l'aiutassero a capire che voleva solo il suo bene.

Ora era diretto all'ospedale. A Melody sarebbe piaciuto accompagnarlo, ma Tex non voleva che la ragazza si sentisse sopraffatta; avrebbe avuto un sacco di tempo per conoscerla, dato che sperava sarebbe diventata una parte permanente della loro vita.

Parcheggiò, si avviò verso l'ingresso e fece un respiro profondo prima di entrare. Quel posto non conservava bei ricordi; non importava che non fosse stato operato in quell'ospedale, avevano tutti lo stesso odore e gli stessi rumori. Scacciando quei brutti pensieri si diresse al quarto piano, dove il dottore gli aveva detto che avrebbe trovato Akilah.

Quando arrivò davanti alla sua stanza bussò piano e udì una voce femminile, che presumeva appartenesse all'interprete, invitarlo a entrare. Aprì lentamente la porta e si bloccò alla vista della ragazza sul letto. Aveva i capelli arruffati, delle cannule che spuntavano dal braccio sano e il moncherino fasciato.

Ma furono gli occhi a far fermare Tex; erano così pieni di dolore, che aveva dovuto trattenersi dal correre da lei e stringerla in un abbraccio.

Obbligandosi a muoversi lentamente per non allarmarla, entrò nella stanza.

«Buongiorno» sussurrò l'interprete.

Lui fece un cenno con il capo. «Sono Tex» le disse.

«È un piacere conoscerla.»

«Tutto ok?» le chiese, non c'era tempo per i convenevoli, voleva parlare con Akilah. Rassicurarla che era al sicuro.

«Sì. Akilah si è svegliata circa due ore fa. Non ha mangiato molto, ma i medici dicono che è normale.»

Annuì, il suo sguardo tornò alla ragazza che non aveva distolto gli occhi da lui, poi si accomodò sulla sedia dal lato opposto del letto rispetto all'interprete. «Ha detto qualcosa?» chiese, fissando Akilah negli occhi.

«No. Ma sembra essere più rilassata ora che sono qui a tradurre per lei.»

«Bene.» Si costrinse a guardare la donna. «Grazie per aver accettato il lavoro con così poco preavviso.»

Lei sbuffò. «Prima di tutto sarei stata stupida a rifiutare, considerando quanto generosamente mi sta pagando. Secondo, questa povera ragazza è sola e non riesco a immaginare cos'abbia passato. Terzo, so che la piccola non mi conosce, ma dev'essere confortante per lei avere qualcuno che proviene dal suo stesso Paese.»

«Può tradurre ciò che dico per favore?» le disse.

«Certo.»

Fece un respiro profondo e guardò Akilah. Non si era mossa di un centimetro, lo stava ancora fissando come se stesse aspettando che le facesse del male o le desse una brutta notizia.

Parlò lentamente, dando all'interprete il tempo di tradurre le sue parole.

«Ciao, Akilah. Mi chiamo John Keegan. La maggior parte della gente mi chiama Tex. Mi dispiace davvero tanto per tutto ciò che hai passato. Sono sicuro che te l'abbiano già detto, ma ti trovi negli Stati Uniti. In Pennsylvania. Io e mia moglie abitiamo vicino a questo ospedale. Come ti senti?»

Lei non distolse lo sguardo dal suo mentre gli rispondeva e la donna traduceva. «Stanca. Triste. Impaurita.»

Tex annuì. «Non ne sono sorpreso. Ne hai passate tante.»

«I miei genitori sono morti.»

Non era sicuro se stesse cercando di scioccarlo o semplicemente affermando un fatto, ma mantenne l'espressione neutra. «Mi dispiace tantissimo.»

«La mia amica è stata violentata; io mi ero nascosta in modo che non potessero trovarmi, ma hanno trovato lei, le hanno fatto del male e poi le hanno sparato. Ero terrorizzata di uscire. Poi sono scoppiate le bombe.»

Il cuore di Tex si spezzò letteralmente per lei. Avrebbe voluto abbracciarla. Tenerle la mano. Ma dopo tutto quello che aveva visto e subito, pensava che non le sarebbe piaciuto essere toccata da un estraneo. «Sei al sicuro qui» le disse con dolcezza.

Akilah chiuse gli occhi per la prima volta e girò la testa dall'altra parte.

La sua reazione lo distrusse. Si pentì di non aver portato Melody; non era bravo in quel genere di cose. Deglutendo a fatica, Tex tirò fuori dalla tasca il telefono e cliccò sul documento che aveva messo insieme quella mattina, poi lo porse all'interprete. «Può leggerle questo, dopo che le avrò spiegato cosa sta per sentire?»

La donna annuì e Tex vide le lacrime anche nei suoi occhi. Akilah era circondata da persone che volevano il suo bene... lui stesso, l'interprete, i medici e le infermiere, ma era troppo spaventata e ferita per rendersene conto. Però sarebbe successo. Avrebbe fatto tutto il necessario perché si sentisse al sicuro.

«Akilah, per favore puoi guardarmi?» le chiese.

Dopo che la donna ebbe tradotto, la ragazza voltò la testa e incontrò il suo sguardo.

«Grazie. Non mi conosci e so che hai paura. Sei in un nuovo Paese, non parli la nostra lingua e stai soffrendo molto, ma sono qui perché ci tengo a te. Un medico delle Nazioni Unite mi ha chiamato e mi ha parlato di te. Ti ha mandata in questo ospedale perché sapeva che abitavo qui vicino. Sappi che farò tutto ciò che è in mio potere per assicurarmi di proteggerti mentre guarisci. Quando il dottore ci darà l'ok, vorrei portarti a casa mia per continuare il tuo recupero.»

Akilah corrugò la fronte e Tex riuscì a capire la domanda contenuta nei suoi occhi.

«Vuoi sapere perché, vero? Perché un completo sconosciuto dovrebbe interessarsi a una ragazza che proviene dall'Iraq, un Paese con cui, non molto tempo fa, gli Stati Uniti erano praticamente in guerra.»

La sua espressione confusa si trasformò in sorpresa.

Tex la ignorò e continuò. «È perché detesto l'ingiustizia, e la violenza contro donne e bambini innocenti è qualcosa che non accetterò mai. Non meritavi ciò che ti è successo e io sono in grado di aiutarti a superarlo.»

Non sembrava convinta.

«Non mi aspetto che ti fidi subito di me» la rassicurò. «In effetti, sono un po' sollevato che tu non lo faccia, dimostra che sei intelligente. Dato che non mi conosci, ho chiesto ai miei amici di scriverti delle lettere che spiegassero perché puoi fidarti. Che se mi lasci entrare nella tua vita, non te ne pentirai. Non ho modificato ciò che hanno scritto, non ho cambiato una parola. Ti va di ascoltarle prima di prendere una decisione?»

Akilah sembrava stanca, ma era importante farlo. Voleva la sua fiducia. Ne aveva bisogno. Non riusciva a spiegarlo, ma quella sensazione non sarebbe andata via.

Dopo uno dei momenti più lunghi della sua vita, la ragazza annuì.

«Grazie» le disse, poi fece un cenno all'interprete.

Lei si schiarì la gola e iniziò a parlare.

«Akilah, mi chiamo Wolf e conosco Tex da molti anni. Ha letteralmente salvato la vita a mia moglie. Più di una volta. Si è rifiutato di arrendersi quando era scomparsa e nessuno riusciva a trovarla. So che probabilmente hai paura in questo momento, ma Tex ti copre le spalle. Devi sapere che gli affiderei la cosa più preziosa della mia vita... mia moglie.

Cara Akilah, mi chiamo Fiona. Sono sposata con un Navy SEAL e viviamo in California. Sei una ragazza fortunata ad avere Tex che si prende cura di te. Quando ancora non lo conoscevo sono stata rapita e nascosta nel profondo della giungla, ma non appena ha saputo di me, ha fatto di tutto per rassicurare quello che ora è diventato mio marito che qualunque cosa fosse successa nessuno mi avrebbe mai più portata via. A volte ho ancora paura, ma sapere che Tex è là fuori e riuscirà a trovarmi se dovesse capitare qualcosa di brutto, mi fa sentire molto meglio.

Akilah. Ciao! Mi chiamo Annie. Ho otto anni. Mio padre è nell'esercito e dice che anche se Tex era in Marina è comunque una delle persone migliori che abbia mai conosciuto. Lo penso anch'io. Una volta mi ha persino permesso di batterlo sul percorso a ostacoli. La sua gamba bionica è fantastica e tu avrai un braccio bionico e sarai proprio come lui. È simpatico e divertente e se mia madre non avesse sposato papà Fletch, non mi dispiacerebbe averlo come papà.

Akilah. Mi chiamo Ethan. Vivo in Virginia, in una piccola città chiamata Fallport. Ero nell'esercito, ma ora il mio lavoro è andare nella foresta e trovare le persone che spariscono. Mi dispiace per quello che ti è successo, ma non potevi trovare persona migliore di Tex da avere al tuo fianco. Una volta ero lontano da casa e sono stato ferito. Mi trovavo in un ospedale e mi sentivo solo e spaventato. Sai cos'è successo? Ho ricevuto un enorme mazzo di fiori. Da Tex. Anche se non ero negli Stati Uniti, lui sapeva comunque cos'era successo e quei fiori mi hanno fatto capire che non ero solo. Che avevo degli amici. Permettigli di esserti amico, Akilah. Giuro che non te ne pentirai.»

L'interprete continuò a leggere le lettere, ma Tex non distolse lo sguardo da Akilah; stava fissando la donna e a ogni breve nota dei suoi amici sembrava rilassarsi un po' di più.

Dopo averle lette tutte, la donna gli restituì il telefono, mentre la ragazzina le chiedeva qualcosa. Lei le sorrise e rispose, poi guardò Tex. «Voleva sapere cosa ne pensavo. Se mi fidavo di lei. Le ho detto assolutamente sì.»

«Grazie.»

Akilah parlò di nuovo e Tex la guardò. Sembrava preoccupata.

«Vuole che lei sappia che le manca il braccio.»

«Lo so» replicò lui con calma.

«Dice che è... inutile... mi dispiace, non c'è una traduzione precisa per la parola che ha usato.»

«*Non* sei inutile» le disse con fermezza.

La ragazza sussultò e lui fece il possibile per calmarsi. L'ultima cosa che voleva era spaventarla. «Non avere un braccio non ti sminuisce. È solo un braccio.»

Akilah replicò e Tex guardò la donna quando non tradusse subito. «Cos'ha detto?»

«Deve capire» iniziò «che la vostra cultura è molto diversa dalla nostra. L'imperfezione è disprezzata. Veniamo da una società dominata da uomini e se una donna ha un difetto, viene vista come indesiderabile. Il che significa che nessuno vorrà sposarla e la sua vita diventerà molto più difficile perché sarà alla mercé di tutti, dato che non avrà un marito. È solo un dato di fatto.»

«Grazie per la spiegazione. Adesso può prendersi una pausa» le disse.

Sembrò sorpresa. «Oh, ma non vuole che traduca?»

«Non in questo momento. Vorrei stare un po' da solo con Akilah.»

Sembrò molto scettica, ma non protestò. Disse qualcosa alla ragazza, probabilmente che sarebbe tornata più tardi, poi si voltò e lasciò la stanza. Tex se ne pentì subito; non sarebbe stato in grado di dirle ciò che desiderava dato che non parlava arabo, ma aveva fatto passi enormi da quando era stato ferito... e quella era una cosa che riguardava solo lui e Akilah.

Si alzò e cominciò ad arrotolare lentamente la gamba dei pantaloni, esponendo la protesi. «Un tempo la pensavo anch'io come te. Quando ho perso la gamba, ho pensato che la mia vita fosse finita. Ero un ex SEAL inutile che non poteva camminare, che non poteva combattere come faceva prima. Non avrei mai pensato di incontrare qualcuno che avrebbe visto oltre la mia disabilità. Ci saranno sempre persone che mi disprezzeranno a causa di questo» disse, picchiettando la gamba di metallo. «Ma vaffanculo a loro. Il mio cervello funziona bene e negli anni ho fatto del mio meglio per dimostrare di essere capace quanto chiunque altro.

Non sei inutile, Akilah. Proprio per niente. Imparerai a fare le cose con una mano sola. Compenserai la perdita del braccio. Potrai usare la mente e dimostrare a tutti gli scettici che sei una ragazza eccezionale. Alla fine, incontrerai qualcuno che ti amerà per ciò che sei; non per il tuo aspetto o per quanti arti hai. Qualcuno come la mia Melody. Come i miei amici. Qualcuno leale, amorevole, protettivo e che ti amerà incondizionatamente.»

Sapeva che stava blaterando e che Akilah non lo capiva, ma non poteva farci niente. C'erano così tante cose che voleva che lei sapesse. Non poteva andare in Iraq e trovare i terroristi che avevano sconvolto la vita di quella ragazza, ma *poteva* assicurarsi che superasse ciò che le era successo e di conseguenza diventasse più forte.

Stava per richiamare l'interprete in modo che potesse tradurre, ma la ragazza sollevò la mano e gli toccò la protesi, poi lo guardò e disse qualcosa. Tex la fissò per un momento, poi si rese conto di essere un idiota. Aveva l'app che avrebbe tradotto per loro. Probabilmente non sarebbe stata molto precisa, ma doveva bastare.

Armeggiò con il telefono e la aprì, poi disse: «Ho un programma che tradurrà ciò che diciamo finché non riusciremo a capirci.» Premette il pulsante per riprodurre le sue parole in arabo, e non poté fare a meno di provare soddisfazione quando gli occhi di Akilah si illuminarono. Tex tenne premuto il pulsante e le avvicinò il telefono con un cenno d'incoraggiamento. La ragazza disse qualcosa e lui la riprodusse. La voce computerizzata recitò: «Mancare una gamba a te.»

Aveva ragione, la traduzione faceva schifo, ma si riusciva comunque a capire. Le sorrise e annuì.

Comunicarono in quel modo per diversi minuti; era lento e macchinoso, ma la gioia sul viso di Akilah di poter parlare direttamente con lui, valeva la frustrazione verso la tecnologia. Le disse quanto fosse stato spaventato quando si era svegliato senza una gamba. Le parlò di Melody e di quanto fosse incredibile. Si assicurò di dirle che anche se sarebbe stata una sfida non avere un arto, non significava che avesse meno valore come persona.

Lei gli disse a sua volta che le mancava il cane randagio a cui portava il cibo di nascosto nel suo quartiere. Le mancavano i suoi amici ed era preoccupata per quello che era successo loro. Ammise di essere spaventata e confusa.

Venti minuti dopo, Tex si sentiva come se avesse fatto passi da gigante con la ragazzina. L'aveva rassicurata che era normale essere spaventati, ma era lì per badare a lei, per assicurarsi che non le accadesse nulla di male.

«Ritorno a casa?» gli chiese tramite l'app.

Tex incontrò il suo sguardo. «Dipende da te. Ciò che farai da ora in poi è una tua decisione. Vorrei che restassi qui per un po', almeno finché non ti sarai completamente ripresa. Puoi venire a vivere con me e Melody... e il nostro cane. Ho intenzione di fare in modo che tu riceva la protesi migliore e non ho dubbi che imparerai l'inglese in pochissimo tempo. Quando sarai guarita, se vorrai tornare nel tuo Paese, troverò qualcuno che si prenda cura di te lì e ti riporteremo a casa».

Quelle parole gli fecero quasi male, ma Tex non le avrebbe mai e poi mai impedito di tornare in Iraq, se era ciò che desiderava. Nel frattempo, si sarebbe accontentato del tempo che avrebbe concesso loro.

«Non menti?»

«Non ti mentirò mai» la rassicurò.

«Mi vuoi?» gli chiese, come se non potesse credergli.

Tex si domandò se l'app stesse traducendo correttamente così cercò di essere il più chiaro possibile. «Voglio che tu sia mia figlia, Akilah. Voglio che tu viva con me e mia moglie. Voglio insegnarti come affrontare l'amputazione. Voglio che tu conosca tutti gli amici che hanno scritto quelle lettere. Voglio darti tutto.»

I suoi occhi si riempirono di lacrime e per un secondo fu preso dal panico. Stava per balzare in piedi per andare a chiamare l'interprete quando Akilah mise la mano sulla sua. Mentre parlavano Tex aveva appoggiato un braccio sul letto e il suo tocco gli fece venire la pelle d'oca.

«Sì» disse lei in inglese.

Le sorrise. Le coprì la mano con la sua e rimasero a lungo seduti così senza parlare; non c'era bisogno di dire nulla. Pregò che anche lei avvertisse almeno un po' della stessa connessione che sentiva lui; gli sembrava come se fosse stato il destino a farli incontrare. Non sapeva cos'avrebbe riservato loro il futuro, ma era certo che la sua vita sarebbe stata migliore se quella ragazza fosse rimasta con lui.

Tex la vide sforzarsi di tenere gli occhi aperti, di cercare di resistere il più possibile finché non ce la fece più, e dopo un po' la mano nella sua si rilassò e la sentì respirare profondamente. Rimase comunque lì seduto, immobile.

Fu solo quando un'infermiera entrò nella stanza che

Tex lasciò la mano di Akilah. Fece un cenno alla donna sottintendendo che voleva uscire a parlarle.

«Possiamo farlo liberamente qui, tanto non può capirci» disse lei sottovoce per non svegliare la ragazzina.

Tex si irrigidì. «Non è quello il punto, è scortese parlare di qualcuno di fronte a loro, *soprattutto* quando non riescono a capire. Ora, per favore, può venire un attimo fuori?»

Vide che avrebbe voluto protestare, ma alla fine annuì e uscirono nel corridoio.

«Mi scusi, ma lei chi è per la ragazza?» chiese l'infermiera, probabilmente aspettandosi che dicesse che era un amico.

«Sono il suo sostenitore. La sua famiglia. E da questo momento in poi è sotto la mia protezione» rispose con fermezza.

La donna doveva aver visto qualcosa nella sua espressione che le fece capire che doveva procedere con cautela, così annuì.

Tex fece del suo meglio per mostrarsi amichevole quando le disse: «Ha parecchi dolori, lei non lo ammetterebbe mai, ma lo so. La ferita sta essudando parecchio, credo che bisognerà cambiare presto la benda.» Notando l'espressione confusa sul volto della donna, si diede un colpetto sulla gamba. «Ho perso un arto anch'io. So cosa guardare.»

«Ah. Capisco. Le darò un'occhiata appena torno dentro a controllare gli antidolorifici.»

«Grazie. Oh, e ho intenzione di darle un telefono con un'app che traduce dall'arabo all'inglese e viceversa. Le sarei grato se potesse dire allo staff di avere pazienza con lei. È lento e macchinoso comunicare in quel modo, ma

Akilah merita quel tipo di rispetto, ossia che le persone parlino con lei, non *di* lei ignorandola. Se dovesse esserci qualcosa di importante, ci sarà anche l'interprete.»

«È una ragazza fortunata» replicò la donna con un'espressione colma di rispetto.

Tex sapeva che l'infermiera intendeva che era fortunata perché aveva *lui*, ma in realtà lo era per non essere rimasta uccisa dalle bombe che avevano decimato il suo villaggio, per essere riuscita a nascondersi dai terroristi che avevano preso dalle donne ciò che volevano. Era fortunata di aver perso solo un braccio.

«Tornerò questo pomeriggio con mia moglie, dopo che Akilah avrà dormito un po'. Lascio il mio numero alla postazione delle infermiere. Vorrei essere avvisato subito se dovesse cambiare qualcosa.»

«Certo, signore» replicò.

«L'interprete rimarrà con lei finché non sarà dimessa. Tornerà a casa la sera, ma durante il giorno sarà qui per assicurarsi che Akilah capisca tutto ciò che sta accadendo intorno a lei.»

L'infermiera annuì.

Tex fece un respiro profondo. «Scusi se sono brusco. Essere dentro un ospedale mi riporta alla mente brutti ricordi. Sono anche preoccupato per Akilah. Grazie per quello che fate, so che non è facile.»

«Ci prenderemo cura di lei.» Il suo sorriso era sincero.

«Grazie. Torno più tardi» disse, poi si voltò e percorse il corridoio. La sua mente era un turbinio di pensieri su tutto ciò che doveva fare. Portare a casa Akilah non sarebbe stato facile, ma come diceva il motto dei SEAL "L'unico giorno facile era ieri".

Quello invece era un giorno nuovo ed era impaziente di vedere cosa gli avrebbe riservato il futuro.

———

«Rilassati, Tex» gli disse con dolcezza Melody.

Ma non ci riusciva. Avevano appena portato a casa Akilah, e voleva che le piacesse il nuovo posto in cui avrebbe vissuto. Stava guarendo a un ritmo più veloce del previsto e il chirurgo era stato contento di dimetterla prima di quanto avessero pensato.

Erano tutte ottime notizie, tranne per il fatto che Tex aveva dovuto affrettarsi a sistemare la sua camera per il suo arrivo. Akilah avrebbe dovuto affrontare un bel po' di riabilitazione, oltre a svariate prove con la protesi e molta pratica per imparare a usarla, ma l'avrebbe aiutata in tutto dato che ci era passato anche lui. Era più preoccupato di come si sarebbe sentita in casa.

La ragazzina non aveva avuto molto tempo per affrontare quello che era successo a lei e ai suoi cari. Aveva incontrato uno psicologo un paio di volte, ma molto probabilmente le ci sarebbero volute ancora molte sessioni per gestire il dolore, la rabbia e gli strascichi dell'attentato e delle ferite.

Per il momento, Tex aveva solo bisogno di sistemarla in casa e assicurarsi che si trovasse bene.

Melody e Akilah avevano legato in modo incredibile nelle ultime due settimane. C'erano state volte in cui era entrato nella stanza d'ospedale e le aveva trovate a ridere come pazze per qualcosa. Vedere sua moglie con la ragazza gli aveva solo riconfermato che sarebbe stata una grande madre.

«Benvenuta a casa, Akilah» disse Melody, mentre apriva la portiera posteriore dell'auto per aiutarla a scendere, ma prima che potesse fare qualsiasi cosa, Tex si avvicinò alla ragazzina prendendole la mano mentre lei metteva fuori le gambe. Quando fu in piedi fissò la casa e lui cercò di capire cosa ne pensasse, ma non riuscì a interpretare la sua espressione. Era un'abitazione semplice, niente di eccezionale, e si trovava in un quartiere borghese. La condusse alla porta e la aprì.

Un guaito fece sussultare Tex; si era dimenticato di Baby e di quanto si eccitasse ogni volta che rientravano a casa. Non importava se erano stati via per cinque minuti o cinque ore, il loro cane li salutava sempre nello stesso modo esuberante.

«Giù, Baby» le ordinò, e come al solito lo ignorò.

Con sua sorpresa, non balzò verso di loro come ogni tanto capitava, ma si limitò a scodinzolare come se capisse che Akilah non stava bene; andò a strofinarle la mano con il muso, come per chiedere di essere accarezzata.

La ragazzina ridacchiò, si inginocchiò e la salutò.

Melody tirò su con il naso e Tex dovette ammettere che anche lui si era commosso.

Dopo aver accarezzato il cane per un po', Akilah frugò nella tasca e tirò fuori il telefono che le aveva regalato Tex e in cui aveva scaricato l'app di traduzione; era una delle cose migliori che avrebbe potuto fare per lei. Avere la libertà di parlare con le persone e capire cosa le stavano dicendo, l'aveva aiutata a uscire dal proprio guscio e ad ambientarsi più di quanto avrebbe fatto qualsiasi altra cosa. Era ancora riservata, ma non sembrava così smarrita e spaventata come quando si erano conosciuti.

«Ha solo tre arti come noi!» disse la ragazza con gioia evidente nella voce.

«Ha perso la zampa per proteggerci» le spiegò Melody.

Akilah guardò il cane, che sollevò la testa e le leccò la guancia. Lei ridacchiò di nuovo e Tex chiuse gli occhi a quel suono. Sentì la moglie appoggiare la testa contro il suo braccio, circondargli la vita e stringerlo. Era un uomo fortunato.

In passato c'era stato un periodo in cui era stato un uomo *distrutto*; dopo aver perso la gamba, pensava sarebbe stato meglio essere morto. Ma si era sbagliato. Sua moglie e quella ragazzina ne erano la prova.

«Vuoi vedere la tua stanza, Akilah?» le chiese Melody.

Lei alzò lo sguardo sorpresa. «Ho una stanza tutta per me?»

Le sorrise. «Assolutamente sì.»

Tex le seguì mentre andavano nella nuova camera da letto di Akilah. Stava avendo dei dubbi su tutto ciò che aveva fatto; si chiese se avesse esagerato, se lei si sarebbe sentita sopraffatta, ma ormai era troppo tardi per cambiare qualcosa.

Melody aprì la porta e fece un passo indietro, lasciando passare la ragazzina. Quando entrò, si guardò intorno con occhi spalancati. Tex trattenne il respiro, ansioso di sapere cosa ne pensava.

C'era un letto matrimoniale contro il muro, coperto da un piumino rosa; durante una delle visite di Melody in ospedale, lei le aveva detto che il rosa era il suo colore preferito. C'era anche un cassettone contro un'altra parete, una piccola scrivania sotto la finestra, delle tende rosa con grandi fiori bianchi e l'armadio era pieno di vestiti; probabilmente sarebbe cresciuta prima di riuscire a indossarli tutti.

Ma ciò che rendeva più nervoso Tex, tanto da fargli venire quasi da vomitare, era l'attesa di vedere la reazione di Akilah non appena si fosse accorta del murale.

Aveva fatto delle ricerche per scoprire dove aveva vissuto e si era messo in contatto con alcune persone che conosceva nell'esercito, ottenendo immagini satellitari di com'era stata quella parte della città prima di venire bombardata. Poi aveva assunto un artista perché dipingesse sulla parete una versione 3D di una di quelle strade; andava dal pavimento al soffitto ed era così realistico che Tex poteva quasi immaginare di trovarsi in Iraq, a osservare la via con le case e i negozi su entrambi i lati.

Ad Akilah sarebbe piaciuto? O l'avrebbe intristita? Non lo sapeva... ma se l'avesse odiato, aveva diversi barattoli di vernice rosa in garage e avrebbe potuto coprirlo in poche ore.

La ragazza rimase immobile a fissare il muro. Proprio quando Tex era pronto per andare a prendere la vernice, lei si precipitò addosso a lui e affondò il viso nel suo petto. Singhiozzando, lo strinse forte con il braccio sano.

Tex era paralizzato dalla paura. Merda. Aveva fatto una cazzata. Aveva solo voluto farla sentire un po' di più a casa, regalarle un pizzico di familiarità in un mondo per lei estraneo e nuovo. Odiava averla fatta piangere. Era l'ultima cosa che voleva.

Akilah sollevò lo sguardo su di lui, con gli occhi rossi e le lacrime sulle guance, e disse in inglese: «È casa.»

Era stupito dalla velocità con cui stava imparando a capire la loro lingua; non era affatto fluente, ma aveva la sensazione che capisse molto più di quanto pensassero alcune persone. Aveva iniziato da poco a usare parole inglesi, ma era estremamente attenta e ascoltava quelli che la circondavano.

Lui annuì, il groppo in gola era così grosso che non riusciva a parlare.

Melody tirò fuori il telefono e cliccò sull'app di traduzione. «Ti piace?» le chiese. «Tex voleva che avessi qualcosa che ti facesse pensare a casa. Se è troppo possiamo coprirlo.»

«No!» rispose Akilah con veemenza, liberandosi dalle braccia di Tex. Si avvicinò al murale e indicò una porta. «Qui abitava la mia amica Fadila. In quel negozio compravamo il pane.» Appoggiò il palmo sul muro e chiuse gli occhi.

«Akilah?» la chiamò Tex.

Si voltò a guardarlo, e lui capì che avrebbe mosso cielo e terra per dare a quella ragazza tutto ciò che desiderava. Lo aveva già in pugno, ma non gli importava. «È troppo doloroso?» le domandò, mentre l'app traduceva le sue parole in arabo. «Non aver paura di ferire i miei sentimenti. Sii onesta.»

Akilah scosse la testa, si avvicinò di nuovo a lui e disse: «È la cosa più bella che abbia mai visto. E la più triste. È un bel ricordo della mia famiglia e dei miei amici, ma sono felice di essere qui negli Stati Uniti. Con te e Melody. E Baby. Mi piace ricordare, mi dà conforto. Grazie.»

«Prego, tesoro» replicò lui.

Poi la ragazzina si voltò verso l'armadio e chiese: «Di chi sono tutti quei vestiti?»

Melody rise. «Sono tuoi, tesoro.»

Lei spalancò gli occhi. «Tutti?»

«Sì.»

Si guardò ancora una volta intorno. Il suo sguardo si fermò sulla scrivania e si voltò verso Tex. «Posso andare a scuola?»

«Sì» le rispose.

Gli occhi di Akilah si riempirono di nuovo di lacrime. «Non ci sono mai andata, dovevo badare alla casa. Mia madre mi ha insegnato ciò che poteva.»

«Scusa, ma non riesco a capire se sei felice o triste di andare a scuola» le disse.

Un sorriso grande le illuminò il viso e Tex sapeva che non avrebbe mai dimenticato quel momento. «Felice!» esclamò.

Non riuscì a trattenersi dal fare un passo verso di lei e abbracciarla. «Mi fa piacere.»

Melody si unì a loro, stringendoli entrambi. Rimasero così a lungo, godendosi e assaporando il momento. Poi Tex fece un respiro profondo e lasciò andare le sue ragazze. «Come va il braccio? Scommetto che fa male; è ora di prendere un'altra pillola. Perché tu e Mel non andate a sistemarvi in soggiorno mentre io preparo uno spuntino?»

«Tu?» chiese sorpresa.

Melody ridacchiò. «Sì. Tex sa preparare gli spuntini più buoni del mondo. Dai, Baby sarà entusiasta di avere un'altra persona su cui appoggiarsi e che la accarezzi.»

Tex le guardò allontanarsi e si prese un momento per dare un'occhiata alla stanza. L'artista aveva fatto un ottimo lavoro con il dipinto, e il fatto che Akilah avesse effettivamente riconosciuto alcuni dei luoghi del murale era piuttosto sorprendente. Sarebbe arrivato un momento in cui non avrebbe più avuto bisogno della vista familiare del suo villaggio, quando sarebbe diventata più sicura e a suo agio nel nuovo ambiente; sperava davvero che decidesse di restare una volta guarita completamente.

A prescindere dalla sua decisione, Tex sapeva di essere fortunato ad avere quei momenti con lei. Si ripromise di assicurarsi che il dottor Joiner sapesse quanto apprezzava ciò che aveva fatto e uscì dalla camera per andare in cucina; c'erano delle ragazze da coccolare.

Doveva fare diverse cose nello studio nel seminterrato: controllare alcune persone, fare delle ricerche. Ma potevano aspettare. Era più importante assicurarsi che sua figlia si stesse ambientando.

Sua figlia.

Tex sorrise. Alcune persone avrebbero potuto pensare che fosse pazzo ad adottare una ragazzina quasi adolescente proveniente da un altro Paese, che non parlava inglese e che aveva vissuto qualcosa di così traumatico. Per non parlare delle esigenze mediche e dei costi. Ma a lui non importava. Akilah doveva essere sua. E di Melody. Anche se in futuro avessero avuto altri bambini, lei sarebbe sempre stata la loro prima figlia.

Si prese un momento per godersi la scena che trovò entrando in soggiorno. Akilah era seduta sul divano con Baby accanto al lato ferito; la stava accarezzando e gli occhi del cane erano ruotati all'indietro. Sfiorò con le dita il punto in cui avrebbe dovuto esserci la zampa, poi alzò lo sguardo cogliendolo a fissarla.

Gli sorrise e lui ricambiò procedendo verso la cucina.

La vita era un percorso pieno di ostacoli. Alcuni erano più simili a montagne che sembravano difficili da scalare, seguite da avvallamenti così profondi che era quasi impossibile risalire, ma poi la strada si appianava e c'erano momenti come quello. Momenti in cui le cose andavano bene. Erano facili. Giusti.

Non sarebbero durati, non succedeva mai, ma con Akilah e Melody al suo fianco, Tex non aveva dubbi che ce l'avrebbero fatta a superare tutti gli ostacoli che avrebbero incontrato in futuro.

CONFORTO CARNALE

di Susan Stoker

Quando Trigger scopre che la sua fidanzata ha un incubo sul divano, è stupito e allo stesso tempo triste che abbia lasciato il letto per andare a soffrire da sola. Ma è ancora più sorpreso dalla sua risposta quando le chiede cosa può fare per aiutarla.

NOTA DELL'AUTRICE

Avete conosciuto Trigger e Gillian ne La forza di Gillian. Lei in quel libro ha dovuto superare delle esperienze orribili. Questa storia si svolge in seguito e dà uno scorcio della loro vita e di come sta affrontando ciò che le è successo. Godetevelo! (Nota: questo è un racconto molto sexy, quindi se non fa per voi, potreste volerlo saltare!)

Conforto carnale

Trigger si girò sul letto e allungò la mano in cerca di Gillian, ma trovò solo lenzuola fredde.

Si svegliò subito rizzandosi a sedere.

Ultimamente c'era qualcosa che non andava in lei, ma gli diceva che non era nulla, nonostante cercasse di convincerla che poteva aprirsi con lui, che poteva raccontargli qualsiasi cosa.

Sentì un rumore provenire da un'altra stanza e scese in fretta dal letto. Con addosso solo un paio di boxer, uscì silenziosamente dalla camera e percorse il corridoio.

Pochi mesi prima si erano trasferiti in una casa che aveva tre camere da letto, perché il suo appartamento era troppo piccolo per loro. Gillian e le sue migliori amiche erano state felicissime di arredarla. A Trigger non fregava un cazzo dei cuscini abbinati o del gigantesco dipinto ad acquerello raffigurante un bovino Longhorn che avevano appeso in soggiorno, ma amava le foto che aveva incorniciato e disposto su ogni superficie disponibile.

Erano immagini di loro due, di Trigger con i suoi migliori amici e altri membri della Delta Force, e di Gillian con le sue amiche. Ovunque guardasse c'erano ricordi che lo facevano sorridere. Prima di incontrarla non sapeva cosa si stava perdendo, e lei gli dimostrava ogni giorno quanto fosse fortunato ad averla nella sua vita.

Mentre passava, controllò le altre camere da letto e vide che erano vuote. Qualunque cosa avesse sentito non proveniva da quelle stanze. Poi lo sentì di nuovo.

«Nooo!»

Era la voce di Gillian, e sembrava terrorizzata.

Si sentì gelare il sangue e corse in soggiorno. Si fermò

di colpo quando non vide nessun intruso tenere in ostaggio l'amore della sua vita.

Ciò che trovò fu peggio.

Gillian era sdraiata sul divano, un cuscino sotto la testa e una delle tante coperte soffici che aveva accumulato negli anni sopra il corpo. Era ovvio che avesse lasciato il loro letto per andare a dormire lì, il che straziò Trigger.

Mentre cercava di accettare la situazione, Gillian agitò la testa a destra e a sinistra, scalciando. «Fermo! No!» piagnucolò.

Stava avendo un terribile incubo e Trigger odiava che fossero tornati dopo tutti quei mesi. Corse al suo fianco.

«Gilly, svegliati» le disse in tono basso ma deciso.

«Scappa, Walker!» esclamò lei in modo convulso.

«È un incubo, svegliati» riprovò.

«Walker! Scappa! Ti uccideranno!»

Odiava doverle mettere le mani addosso, ma non aveva altra scelta perché non si sarebbe svegliata da sola. Doveva farlo lui, così poi avrebbero potuto affrontare insieme qualsiasi cosa avesse sognato; la prese per le spalle e la scosse con forza.

Nel momento in cui la toccò, Gillian aprì gli occhi e urlò.

«Sono io. Walker. Va tutto bene, Gilly!»

Le ci volle un secondo, ma Trigger tirò un sospiro di sollievo quando lo riconobbe.

«Walker?»

«Sì, Gilly, sono io.»

Inspirò profondamente, poi si gettò contro di lui. La abbracciò stringendola forte; tremava e respirava con affanno contro il suo collo.

Nessuno dei due parlò per un lungo momento. Voleva

darle un po' di tempo per calmarsi, per farle capire che era al sicuro.

«Scusa» sussurrò lei dopo un po'.

«Non devi scusarti per aver avuto un incubo» replicò Trigger, tirandosi indietro in modo da poter vedere i suoi occhi. «Ma non posso dire di essere felice che tu sia sgattaiolata fuori dal nostro letto per dormire qui.»

Gillian abbassò gli occhi. «Non volevo disturbarti.»

«Non sei *mai* un disturbo per me» le disse con fermezza.

«Sì invece. Inoltre, devi alzarti presto per allenarti con la tua squadra.»

«Tu sei più importante di qualsiasi altra cosa. Per favore parlami, dimmi cosa sta succedendo.»

Gillian sospirò. «Sto solo avendo una brutta settimana.»

Sapendo che non gli avrebbe spiegato nulla, Trigger prese una decisione; cambiò posizione e si alzò in piedi tenendola in braccio. Lei non strillò, non gli chiese cosa stesse facendo, si rannicchiò semplicemente contro il suo petto mentre lui percorreva il corridoio per tornare in camera. La adagiò con cautela sul letto e l'aiutò a mettersi sotto le coperte, poi si infilò dietro di lei. La voltò in modo che si guardassero e la strinse di nuovo tra le braccia.

Una volta sistemati, le chiese: «Cosa stavi sognando?»

Lei si irrigidì per un secondo, poi sembrò fondersi in lui.

«Ero di nuovo in Venezuela, su quell'aereo dirottato. Stavi venendo a salvarmi, ma sapevo che Luis e gli altri avevano pianificato di ucciderti. Ti stavano per tendere un'imboscata. Provavo ad avvertirti ma non mi sentivi. Luis ti ha puntato addosso una pistola e stava per spararti quando mi sono svegliata.»

Trigger odiava che avesse ancora degli incubi sul dirottamento. «È a causa di quel produttore televisivo che ti chiama per farti domande per il documentario che stanno girando su quell'episodio, non è vero?» le chiese.

Gillian annuì contro il suo petto.

«Per la cronaca, non mi piace svegliarmi senza di te. Non mi importa se ti giri e rigiri, dormo meglio se sei al mio fianco. Mi fa sentire una merda che tu vada a soffrire da sola sul divano.»

«Mi dispiace» mormorò.

«Di cos'hai bisogno per sentirti meglio?» le chiese, disposto a fare qualsiasi cosa. «Possiamo guardare un film o posso prenderti un libro. Va bene anche se vuoi ascoltare musica o lavorare.»

Gillian inclinò la testa all'indietro e lo guardò per un lungo momento.

«Che c'è?» domandò. Odiava non capire a cosa stesse pensando.

«Posso chiedere qualsiasi cosa?»

«Certo. Dillo e l'avrai.»

«Ho bisogno che tu faccia l'amore con me. Ho bisogno di sentirti dentro di me e sapere che era solo un sogno e che sei qui vivo e vegeto.»

Il cazzo di Trigger si contrasse. Gillian sorrise, e lui capì che lo aveva sentito diventare duro contro la sua pancia. «Sei sicura?»

«Assolutamente» rispose con fermezza.

La spinse indietro in modo che lo guardasse, andò con le mani sull'orlo della canotta che indossava e gliela tirò su, amando il modo in cui inarcò la schiena per aiutarlo a sfilargliela dalla testa.

Trigger gettò da parte l'indumento, senza preoccuparsi

di dove sarebbe caduto, e guardò la donna che amava più della sua vita. Era estremamente forte, non aveva mai incontrato nessuno come lei. L'aveva soprannominata Di, come Diana Prince l'alter ego di Wonder Woman, perché per lui lo era. Aveva più che dimostrato la sua forza e le sue capacità quando era stata obbligata a fare da negoziatore su un aereo dirottato. Più stava con lei e più ammirazione provava nei suoi confronti.

Gillian gli fece un piccolo sorriso e mise le braccia sopra la testa, inarcando leggermente la schiena e spingendo i seni verso di lui. Trigger colse l'invito e si chinò per stringere un capezzolo tra le labbra e pizzicare l'altro con le dita.

Amò il sospiro che lasciò le sue labbra a quel tocco. Continuò con colpi di lingua e non smise di stuzzicarglielo finché non si inturgidì del tutto. Lo mordicchiò leggermente, sorridendo quando lei si dimenò sotto di lui. La sua Gilly era estremamente reattiva, e c'erano giorni in cui non riusciva ancora a credere che fosse sua.

Si spostò prendendo l'altro capezzolo in bocca mentre le stringeva e massaggiava i seni. Quando la sentì aggrapparsi dietro la sua testa, chiuse gli occhi per il piacere. Amava il suo tocco. Aveva le mani molto più morbide delle sue, chiara evidenza delle loro differenze.

Aprì gli occhi e scivolò giù spingendo via il lenzuolo, per concedersi una chiara visione del suo corpo. Afferrò l'elastico delle sue mutandine, adorando che Gillian sollevasse i fianchi per facilitarlo mentre gliele faceva scivolare lungo le gambe.

Era ridicolo quanto fosse compiaciuto di vederla già bagnata. Sapere di riuscire a eccitarla gonfiava il suo ego, anche se aveva la sensazione che lei gli avrebbe detto che non aveva bisogno di averne uno più grande. Sorridendo, Trigger abbassò la testa e le sfiorò l'interno coscia, prolungando il momento.

«Walker» si lamentò, cercando di spingergli la testa tra le gambe.

Trigger decise di smettere di farla soffrire, volendo anche farle dimenticare il sogno che aveva fatto, e le permise di spingergli la testa dove voleva. La leccò tra le pieghe e il suo sapore pungente gli esplose in bocca. Bastò quello per fargli dimenticare di volerla stuzzicare.

Continuò a leccarla, amando come si contorceva sotto di lui, poi rivolse la sua attenzione al clitoride; sapendo ciò le piaceva e come farla venire velocemente, le infilò un dito dentro mentre succhiava. Posò il braccio libero sulla sua pancia per tenerla giù, e portò spietatamente la sua donna verso l'orgasmo.

Sapeva esattamente quanta pressione usare sul clitoride e quanto scoparla duramente con le dita. Nel giro di un minuto capì che era vicina. Di solito la tormentava fermandosi un attimo per poi ricominciare, ma il cazzo gli stava bagnando i boxer e Trigger voleva penetrarla e connettersi con lei più di quanto volesse stuzzicarla.

Capì che Gillian stava per raggiungere l'orgasmo perché sollevò il sedere dal materasso gemendo e ogni muscolo del suo corpo si tese. Le succhiò un'ultima volta il clitoride e lei venne; le sue cosce tremarono e la sentì contrarre la pancia sotto il braccio.

Trigger si tolse i boxer e le allargò le gambe per farsi spazio, mentre lei era ancora scossa dall'orgasmo. Infilò la punta del cazzo tra le sue pieghe, il calore che emanava quasi lo scottò, ma sapeva che non ci sarebbe stata sensazione più bella dell'essere dentro la sua donna fino in fondo.

Senza esitare, si spinse nel suo corpo, gettando indietro la testa e digrignando i denti per impedirsi di venire subito, mentre i suoi muscoli interni gli stringevano l'uccello.

«Cazzo, Di» ansimò, fermandosi dentro di lei, memorizzando la sensazione di essere avvolto dal suo sesso.

Abbassò lo sguardo e vide il sudore luccicare sulla sua fronte, i capelli biondi sparsi sul cuscino e gli occhi verdi che lo guardavano con amore e fiducia.

«Sarai sempre al sicuro con me» giurò.

«Lo so» ribatté con voce roca.

«Se non riesci a dormire rimani a letto, accendi una luce, leggi, guarda la TV, fai qualsiasi cosa tu voglia, ma non lasciarmi per andare a soffrire da sola nell'altra stanza.»

«D'accordo» acconsentì in un sussurro.

Trigger si tirò fuori dal suo corpo, grugnendo per il dolore di lasciarla, poi si spinse di nuovo dentro.

Gemettero.

«Voglio di più» lo supplicò.

La accontentò e iniziò a scoparla con forza. Le sue tette rimbalzavano ad ogni spinta e senza pensarci andò a pizzicarle i capezzoli. La sentì contrarsi intorno a lui, facendogli capire che amava ciò che le stava facendo.

Con riluttanza abbandonò i seni, per tenersi sospeso su di lei. Il rumore della pelle che sbatteva era forte ed erotico. Sentì l'orgasmo avvicinarsi molto più in fretta di quanto avrebbe voluto.

«Toccati» le ordinò. «Voglio sentirti venire intorno al mio cazzo.»

Gillian non esitò e portò una mano tra di loro. La sua

pancia ne colpiva il dorso a ogni spinta, ma lei non se ne curò.

Trigger la sentì strofinare il dito sul clitoride. «Così, Di. Dio, sei bellissima. Ti amo tanto. Sei tutto per me...»

Era a malapena consapevole di ciò che stava dicendo, voleva solo essere sicuro che lei sapesse quanto significava per lui ciò che stavano facendo. Quanto *lei* significava per lui.

«Sto per venire!» gridò Gillian, ma Trigger non aveva bisogno dell'avvertimento. I suoi muscoli interni gli stavano praticamente strizzando il cazzo. Ora era più difficile spingersi dentro di lei, ma non si arrese.

«Walker!» esclamò, alzando il bacino verso di lui. Le mise una mano sotto il sedere e la penetrò il più a fondo possibile, tenendola contro di sé mentre finalmente esplodeva di piacere. Gli sembrò quasi di non riuscire a smettere di venire.

Trigger non voleva muoversi, voleva rimanere per sempre dentro la donna che amava più della sua vita. Assicurandosi di non schiacciarla, si abbassò finché non furono pelle contro pelle. Gillian sollevò le gambe, agganciando le caviglie sulla sua schiena. Respiravano entrambi affannosamente e lui affondò il naso nel suo collo.

«Adoro che in casa tutto profumi di caprifoglio. È un perenne promemoria di te. Di quanto sono fortunato ad averti nella mia vita. Per favore, non escludermi, Gilly.» Se i suoi compagni di squadra lo avessero sentito implorarla in quel modo, non gli avrebbero più dato pace... ma non gli importava. «Sapere che tu abbia deliberatamente lasciato il nostro letto quando stavi male, mi uccide.»

«Non lo farò più» lo rassicurò.

«Grazie.» Sollevò la testa. «Ti amo.»

«Ti amo anch'io.»

«Ti senti meglio?» le chiese.

Gli rivolse un piccolo sorriso. «Sì.»

«Non sono stato troppo rude?»

«Non mi faresti mai del male.»

Non era esattamente una risposta, ma dal modo in cui gli sorrideva e lo stringeva, immaginava che la risposta fosse "no".

Sentì il cazzo ammorbidirsi e capì che era solo questione di tempo prima che scivolasse fuori dal corpo di Gillian. Lei gli aveva afferrato i bicipiti e lui guardò la sua mano sinistra. Vedere l'anello di diamanti che le aveva regalato, sapendo che presto sarebbe diventata sua moglie, lo fece sospirare soddisfatto.

Trigger si spostò di lato, facendo una smorfia quando scivolò fuori da lei, e la attirò contro di sé, facendole appoggiare la testa sulla sua spalla. «Cosa posso fare per aiutarti?» le chiese.

«L'hai già fatto; stringendomi, facendo l'amore con me in modo così sorprendente da non permettermi di pensare a nient'altro che a quanto ti amo.»

La strinse di più. Quando le aveva parlato per la prima volta al telefono, non aveva idea che Gillian sarebbe diventata così importante per lui. Era terrorizzata, vittima di un dirottamento, ma anche allora in qualche modo era riuscita a catturare la sua attenzione. Non si era fatta prendere dal panico, ma aveva fatto ciò che doveva per salvare se stessa e un aereo carico di passeggeri.

Trigger sapeva che lei avrebbe potuto trovare un uomo migliore di un militare stronzo e iperprotettivo come lui, ma avrebbe fatto tutto ciò che era in suo potere per renderla felice, così non lo avrebbe mai lasciato.

«Perché non inviti le tue amiche e fate una serata tra ragazze domani» le suggerì.

«Sei sicuro? So che è una sofferenza per te doverti occupare di tutte quando iniziamo a bere.»

Trigger sorrise. Gillian e le sue tre migliori amiche erano scatenate, ma non gli importava. «Sono sicuro. Mi piacerebbe pensare di poterti aiutare a tenere a bada i tuoi demoni da solo, ma so che ti fa bene passare un po' di tempo con le ragazze.»

«D'accordo. Walker?»

«Sì, Di?»

«Non lascerò più il nostro letto. Se non dovessi riuscire a dormire, rimarrò qui.»

«Grazie. E adesso, pensi di poter dormire?»

«Sì. Sono esausta.»

La attirò più vicino e percepì il momento in cui si addormentò; il suo corpo si rilassò contro di lui facendolo sospirare di sollievo. Era quasi spaventoso quanto amore provasse per la donna tra le sue braccia. Era la sua vita. Gillian non aveva bisogno di lui, ma di sicuro Trigger aveva bisogno di lei. Avrebbe passato il resto della vita ad assicurarsi che lei sapesse quanto.

IL NATALE PIÙ BELLO

di Susan Stoker

Quando Chris e Sienna si incontrano a causa di un incidente in Texas, i due perfetti sconosciuti scoprono presto di essere inspiegabilmente legati... in molti modi. Coincidenze? Forse. O forse sono le premesse del loro miracolo di Natale.

NOTA DELL'AUTRICE

Questa è una storia autoconclusiva. Non è legata a nessuno dei libri che ho scritto (anche se troverete un accenno ad alcuni operatori della Delta Force). L'ho scritta per un'antologia di Natale che non è più in vendita. Ho pensato che avreste voluto leggerla come parte di questa raccolta! Buona lettura!

Il Natale più bello

PARTE 1

L'INCIDENTE

Sienna Bernfield non ebbe nemmeno il tempo di urlare. Un attimo prima stava guidando verso la base dell'esercito di Fort Hood e quello successivo il mondo esplose davanti alla sua auto a noleggio; un enorme pick-up era passato con il rosso prendendo in pieno la Honda Civic davanti a lei.

Sienna frenò e guardò incredula il veicolo spingere l'auto più piccola attraverso l'incrocio, facendola schiantare contro il fianco di un edificio di mattoni.

Agendo d'istinto accostò e saltò fuori dalla macchina. Corse verso l'incidente, ignorando i passanti che urlavano che la persona alla guida del pick-up stava fuggendo. La sua unica preoccupazione era per chiunque si trovasse all'interno dell'auto accartocciata, intrappolata tra il paraurti dell'altro veicolo e il muro.

A Nashville, dove viveva, lavorava come paramedico e sapeva quanto fosse importante aiutare una persona ferita il prima possibile. L'ora d'oro, i primi sessanta minuti dopo un evento traumatico, era considerata il periodo più critico per il successo del trattamento di emergenza; se gli occupanti dell'auto erano rimasti feriti, la loro ora d'oro era già iniziata.

Tutto il lato del passeggero era stato sfondato e Sienna fu sollevata di non trovarci nessuno seduto. Mentre valutava come raggiungere il conducente, sentì un sottofondo di musica natalizia proveniente da un negozio vicino.

Le portiere erano inaccessibili da entrambi i lati; quella del passeggero era bloccata dal pick-up, quella del conducente dall'edificio. Il parabrezza si era incrinato ma non era esploso e tutti i finestrini, compreso il lunotto posteriore, erano allentati.

La mattinata era fresca, soprattutto per il Texas, e Sienna indossava una camicetta a maniche lunghe e una giacca. Senza fermarsi a pensare a ciò che stava facendo, salì sul cofano e spazzò via i detriti dal tetto, prima di sdraiarsi sulla pancia e sbirciare all'interno dell'auto attraverso il tettuccio apribile.

C'era un uomo seduto al posto di guida, con la testa appoggiata alla parete dell'edificio dato che il finestrino si era frantumato al momento dell'impatto. Vide del sangue scorrergli su un lato del viso e gocciolargli sul petto. A prima vista non si vedevano ossa sporgere dalle braccia o dalle gambe, il che era positivo, ma ciò non significava che non avesse una lesione interna o spinale.

Il volante era piegato verso il basso e bloccava l'uomo. Non sarebbe stato in grado di liberarsi le gambe, non senza l'utilizzo delle pinze idrauliche.

Felice di avere un fisico minuto e di essere alta solo un metro e cinquantotto, Sienna si infilò nel tettuccio apribile fino ad accovacciarsi sul sedile distrutto accanto all'uomo. Lavorava sull'ambulanza e non riusciva nemmeno a contare le volte in cui aveva dovuto infilarsi nei tombini, sotto i veicoli e in altri piccoli posti. Ormai non ci faceva più caso.

Posò le dita sull'arteria carotide dell'uomo, ma tirò indietro la mano d'istinto quando lui aprì gli occhi.

Gli afferrò subito entrambi i lati della testa, come meglio poteva nello spazio limitato, cercando di tenerlo fermo in modo da non esacerbare eventuali lesioni al collo.

«Sta bene, signore. Ha avuto un incidente d'auto, ma sta bene» gli disse con calma.

Lui le afferrò il polso, ma non cercò di liberarsi dalla sua presa o di fare altri movimenti.

Sienna poteva praticamente vedere la sua mente cercare di elaborare ciò che era successo e dove si trovasse. Capì quando lui si rese conto della situazione perché il suo respiro accelerò e i suoi occhi si dilatarono ulteriormente.

«Devo uscire» le disse con voce bassa e controllata.

«Mi dispiace» replicò Sienna «in questo momento non è possibile. Ma è al sicuro. Le auto non esplodono come succede nei film. Sono sicura che i poliziotti e i vigili del fuoco stiano arrivando. La tireranno fuori il prima possibile.»

«Non capisce» disse con un tono che non riuscì a interpretare. «Sono claustrofobico. Andrò fuori di testa se non esco di qui.»

———

Christopher King chiuse gli occhi, cercando di non pensare al fatto di essere intrappolato nell'auto a noleggio, ridicolmente piccola, che aveva ritirato all'aeroporto di Austin. Aveva prenotato un SUV, ma quando era arrivato lo avevano informato che c'era stato un errore di trascrizione e l'unica auto disponibile era quell'Honda Civic. Si era assicurato che sapessero che non ne era affatto felice, ma non trovando altre soluzioni, se n'era dovuto andare con una macchina troppo piccola per i suoi gusti.

Era alto un metro e ottantacinque e non riusciva a

ricordare l'ultima volta in cui era stato in un'auto così minuscola. Se non fosse che suo figlio sarebbe tornato a casa quel pomeriggio da un dispiegamento durato nove mesi in Medio Oriente, si sarebbe rifiutato di noleggiarla, ma doveva portare il culo a Fort Hood, fare il check-in all' hotel, andare alla base e assicurarsi di essere nell'area accoglienza in modo da poter salutare Tony quando fosse arrivato con la sua unità.

Era la vigilia di Natale e il ritorno di suo figlio era il miglior regalo che avrebbe potuto ricevere. Chris aveva divorziato quando Tony aveva solo cinque anni. Non era riuscito a vederlo crescere quanto avrebbe voluto, quindi ora faceva del suo meglio per farsi coinvolgere nella sua vita, anche se ciò significava viaggiare per centinaia di chilometri per accoglierlo al ritorno da una missione.

A Chris non piaceva particolarmente il periodo natalizio. Non era un "Grinch", ma non era divertente decorare l'appartamento da solo, non aveva nessuno di speciale a cui fare dei regali, a parte suo figlio, e nessuno li faceva a lui.

Lavorava duro e viveva intensamente. Amava campeggiare nelle Smoky Mountains, e di recente aveva comprato un piccolo cottage dove andava quasi ogni fine settimana a rilassarsi e riposarsi.

Aveva lavorato per il dipartimento penitenziario per la maggior parte della vita. Svolgeva il suo attuale incarico nel carcere di massima sicurezza di Riverbend, appena fuori Nashville. Inizialmente non voleva essere una guardia carceraria, ma col tempo aveva scoperto che gli piaceva... il più delle volte. Ma qualche anno prima, dopo una rivolta che aveva coinvolto la maggior parte della prigione e in cui si era letteralmente trovato faccia a faccia con la morte,

Chris aveva cominciato a pensare di cambiare lavoro o di trovare un modo per andare in pensione presto.

Aveva quarantanove anni ed era troppo giovane per andarci e troppo vecchio per ricominciare da capo con una nuova occupazione, ma dal momento che l'incontro con uno psicologo non aveva risolto il suo problema di claustrofobia, era arrivato a un punto in cui doveva prendere una decisione.

Il suo piano era stato di andare in Texas, incontrare suo figlio e poi fare dei cambiamenti nella sua vita... e naturalmente la vita sembrava sempre fargli qualche sorpresa.

Chris sapeva che entro pochi secondi sarebbe andato nel panico al pensiero di essere intrappolato, ma non riusciva a impedirsi di avere quella reazione. Quando aveva aperto gli occhi si era trovato un muro di mattoni su un lato e metallo accartocciato tutt'intorno. Non riusciva a muovere le gambe e gli faceva male quasi tutto il corpo. Grazie a Dio sembrava non ci fosse niente di rotto, ma sarebbe stato dolorante per molto tempo.

Non aveva idea da dove fosse arrivata la donna accanto a lui. Non era in macchina pochi minuti prima, ma al momento non gli importava molto. La sentì dirgli che stava bene, ma l'unica cosa a cui riusciva a pensare era di uscire. *Doveva assolutamente uscire.*

«Guardami» gli ordinò lei, passando al tu.

Chris non voleva aprire gli occhi perché poi avrebbe visto le crepe sul parabrezza – che lo avrebbero scaraventato di nuovo nel ricordo di quel fatidico giorno in prigione – e anche che era intrappolato all'interno della merdosa macchina che era stato costretto a guidare.

La voce della donna si addolcì mentre diceva: «Mi

chiamo Sienna. Sono un paramedico. Non sono una pazza che ha deciso di salire su un'auto incidentata per capriccio.»

Chris percepì il suo tentativo di umorismo e avrebbe voluto risponderle, ma aveva difficoltà a togliersi dalla testa le immagini violente della rivolta. «Sono Chris» disse ansimando. «Chris King.»

«Vivi da queste parti?»

Sapeva che stava cercando di distrarlo, ma non funzionava. «No, vengo dal Tennessee.»

«Davvero? Anch'io. Vivo a Nashville. E tu?»

Ciò lo sorprese facendogli aprire gli occhi. Non poteva girare la testa perché lo teneva ancora fermo, ma spostò gli occhi verso di lei. «Anch'io» rispose. Sienna gli fece un sorrisetto e i pensieri della rivolta all'improvviso svanirono dalla sua mente. «Sei davvero di Nashville? Non lo dici solo per cercare di tenermi calmo?» le chiese.

«No. Ci vivo davvero. Più o meno da venticinque anni.»

«Da quando eri piccola?»

Lei ridacchiò e quel dolce suono risuonò nel piccolo spazio. Era come se gli avesse avvolto una coperta calda intorno alle spalle. Era così confortante. Mantenne gli occhi sul suo viso, grato che fosse in grado di tenergli occupata la mente.

«Grazie del complimento. No, mi sono trasferita lì dopo essermi laureata all'Università del Tennessee.»

«Impossibile» disse Chris.

«Impossibile cosa?» gli chiese.

«Che tu abbia più di quarant'anni. Ne dimostri al massimo trentacinque.»

Lei rise di nuovo, facendogli dimenticare la situazione

in cui si trovava; tutto ciò che vedeva erano i suoi bellissimi occhi castani. «Grazie. È la mia altezza, mi fa sembrare più giovane.»

Chris cercò di scuotere la testa, ma lei lo teneva ben saldo, impedendogli di muoversi anche solo di un centimetro. «No. Sei tu. Sei bellissima.»

Sienna arrossì e lui pensò che fosse un peccato; una donna come lei avrebbe dovuto essere abituata ai complimenti. Avrebbe dovuto accettarli senza fare una piega. Aveva dei bei capelli castano chiaro con riflessi biondi, le ricadevano sulle spalle in quel momento, e aveva una macchia scura su una guancia. Si accigliò, chiedendosi se si fosse fatta male infilandosi in quella trappola mortale con lui.

A quel pensiero si ricordò dove si trovava e di essere bloccato. Cercò di spostarsi sul sedile, ma le sue gambe erano incastrate sotto il volante e il cruscotto, sentì anche la pressione della ruota contro la coscia.

Chiudendo di nuovo gli occhi, fu pervaso ancora una volta dal terrore.

«Allora, se vieni dal Tennessee cosa ci fai in Texas? Ti sei perso?»

Chris voleva disperatamente che lei riuscisse a distrarlo con le sue domande. Era ancora aggrappato al suo polso e poteva sentire il battito costante sotto le dita. Si costrinse a riaprire gli occhi e scoprì che si era spostata fino quasi a mettersi praticamente sulle sue ginocchia. Il volante le impediva di farlo del tutto, ma era in qualche modo riuscita a portare il viso direttamente davanti al suo. Sentì delle voci provenire dall'esterno, ma si concentrò su Sienna. Lei era l'unica cosa che gli impediva di perdere la testa.

«Oggi Tony, mio figlio, torna da un dispiegamento oltreoceano.»

Lei fece un'espressione sorpresa. «Veramente?»

«Sì.»

«Anche mia figlia.»

Chris la fissò incredulo. Il pensiero che gli stesse dicendo una bugia solo per tenerlo calmo gli attraversò la mente, ma dubitava che avrebbe mentito su qualcosa del genere. «Dai, quante probabilità c'erano?» chiese.

«Infinite» rispose in tono ironico. «Viviamo nella stessa città da anni. Abbiamo figli che avranno più o meno la stessa età e sono entrambi nell'esercito. Probabilmente sono nella stessa unità e sono stati di stanza all'estero insieme. Stavamo andando nello stesso posto, nello stesso momento. Sono un paramedico, sono piccola... ed eccoci qui. È un miracolo di Natale.»

Quando la metteva così, sembrava ancora più improbabile, ma gli piaceva il pensiero che lei fosse il suo miracolo di Natale; un dono solo suo.

Era passato molto tempo dall'ultima volta che aveva apprezzato un regalo tanto quanto apprezzava il pensiero che lei fosse sua.

«Immagino che ciò significhi che quando uscirò da qui, non avrai altra scelta che permettermi di portarti a pranzo o a prendere un caffè o altro» disse Chris. Le sue parole erano provocanti e irriverenti, ma diceva sul serio. Per qualche ragione si sentiva come se fossero stati destinati a trovarsi.

«D'accordo» replicò lei con dolcezza, mentre un lieve rossore le ricopriva le guance.

Qualcuno picchiò sul tetto dell'auto, interrompendo quel momento.

Sienna odiava la facilità con cui arrossiva. Succedeva quando era imbarazzata, quando qualcuno le faceva dei complimenti, quando i ragazzi della centrale operativa in Tennessee la prendevano in giro. Avrebbe voluto mostrarsi disinvolta e sofisticata con Chris ma, ovviamente, sembrava una vergine timida.

Non riusciva a credere che stessero andando in Texas per lo stesso motivo e che i loro figli fossero nella stessa unità. Doveva esserci la mano del destino... vero?

«Tutto a posto lì dentro?» chiese una voce dall'alto.

Sienna alzò lo sguardo e vide un uomo che la guardava dal tettuccio apribile. Annuì. «Tutto ok. Si sa quando arriveranno i paramedici?»

«No, ma sono in strada. C'è un gruppo di soldati qui fuori, hanno inseguito e catturato l'altro conducente. Lo terranno in custodia fino all'arrivo dei poliziotti.»

«Qualcuno deve riferire ai vigili del fuoco che avranno bisogno di strumenti di estrazione per far uscire la vittima. C'è anche un probabile danno alla testa o al collo» disse Sienna, entrata in modalità paramedico.

L'uomo non replicò e scomparve, e si ritrovarono di nuovo soli. Si udivano parecchie voci provenire dall'esterno, ma in quel momento era come se lei e Chris fossero le uniche persone al mondo.

Si spostò, ignorando i dolori alle ginocchia e ai fianchi causati della posizione scomoda in cui si trovava, e guardò di nuovo l'uomo di fronte a lei.

Nel tempo che aveva impiegato a riferire le condizioni di Chris, lui era tornato a perdersi nella sua testa. Tremava e sudava, e Sienna non pensava fosse a causa di eventuali ferite; aveva detto che soffriva di claustrofobia ed essere bloccato così, con lei che lo teneva immobile, non doveva essere divertente.

«Ricordo di una volta in cui siamo arrivati su una scena e ci siamo resi conto che un bambino si era infilato in un tubo fognario dopo che un gattino era rimasto bloccato dentro. Ovviamente i ragazzi con cui lavoro sono tutti grossi e muscolosi, quindi sapevo che avrei dovuto occuparmene io.»

Chris non aveva riaperto gli occhi, ma Sienna sapeva che stava ascoltando. Senza quasi rendersene conto, iniziò ad accarezzargli la mascella con il pollice, mentre continuava a raccontare. «Era il giorno dopo Natale. Sua madre mi ha detto che aveva giocato tutta la mattina con la sua nuova console portatile. Alla fine lo aveva costretto a uscire per fare una pausa. Sono strisciata in quella fogna e anche se non sono mai stata claustrofobica, ho faticato a stare dentro a quel tubo. Ho raggiunto il ragazzo e, lascia che te lo dica, è stato un inferno indietreggiare per uscire da lì tenendolo per una gamba. Scalciava e urlava e il suono rimbombava. Pensavo che sarei diventata sorda prima di riuscire a tirarlo fuori.

Alla fine sono riuscita ad arrivare all'entrata e la mia squadra mi ha tirato fuori per le scarpe, trascinando il ragazzino insieme a me. Eravamo entrambi coperti di fango e di cose a cui non voglio nemmeno pensare, ma invece di ringraziarmi, quella peste mi ha urlato contro dicendo che stava giocando con il gattino e che non avevo il diritto di toccarlo. Sua madre lo ha trascinato in casa facendoci a malapena un cenno di ringraziamento, e lui molto probabilmente è tornato a giocare con quel dannato gioco che aveva ricevuto da Babbo Natale.»

Chris finalmente aprì gli occhi... e invece di ridere della sua storiella, disse: «Lavoravo in una prigione di massima sicurezza e un giorno c'è stata una rivolta. Mi sono chiuso nella stanza di osservazione, ma i prigionieri hanno fatto irruzione. Hanno fracassato il vetro, che aveva un aspetto molto simile a quello che ha il parabrezza in questo momento, fino a distruggerlo del tutto. Mi hanno picchiato a sangue e poi portato nella cella d'isolamento rinchiudendomi dentro. Era buio e sentivo le urla e il frastuono della rivolta intorno a me, ma la cosa più spaventosa era l'odore di fumo provocato dagli incendi che avevano appiccato. Nessuno sapeva dove fossi e se il fuoco fosse andato fuori controllo sarei morto bruciato o soffocato. Mi sembrava di essere sepolto vivo.»

Sienna non poteva lasciargli andare la testa, ma avrebbe voluto abbracciarlo più di quanto avesse desiderato qualsiasi altra cosa nella vita. Si accontentò di appoggiare la fronte contro la sua.

Lui continuò, la voce sorprendentemente calma. «Alla fine, la polizia e la SWAT hanno riportato l'ordine, perquisito la prigione cella per cella e mi hanno trovato. Mi hanno informato che ero stato lì per tre ore; a me erano sembrati giorni. Da allora ho avuto problemi con gli spazi ristretti.»

Sienna si tirò indietro e guardò negli occhi azzurro scuro di Chris. Aveva i capelli biondi che si stavano ingrigendo sulle tempie e delle rughe intorno agli occhi e alla bocca, il che significa che probabilmente rideva molto. Il naso era un po' storto; era ovvio che l'avesse rotto in passato, forse anche durante la rivolta di cui aveva parlato. Le teneva ancora il polso, come se fosse un'ancora di salvezza... e supponeva di esserlo.

«Non ti lascerò finché non sarai fuori di qui» giurò.

«Sto bene» ribatté subito, ma Sienna capì che non era così.

«Certo che sì» concordò lei. «Parlami di Tony» lo spronò.

Lui esitò, poi fece un mezzo sorriso. «Stai cercando di distrarmi» la accusò.

«Sì» ammise senza mentire. «Allora... che mi dici di lui?»

Osservò Chris costringersi a pensare a suo figlio piuttosto che alla situazione in cui si trovava. Mentre parlava di quanto fosse orgoglioso di Tony e di ciò che aveva fatto nell'esercito, lo esaminò.

Il suo battito cardiaco era un po' accelerato, ma era normale date le circostanze. Non aveva freddo, il che era un bene, e la pelle aveva un bel colorito. Stava parlando senza problemi, quindi non aveva un polmone collassato. Il taglio sul lato della testa sanguinava un po', ma niente di cui preoccuparsi; le ferite alla testa in genere sanguinavano molto e, se non altro, l'emorragia aiutava a ripulirle. Avrebbe avuto bisogno di punti, ma quello era un lavoro semplice. Muoveva bene le braccia e aveva una buona presa sul suo polso. Non poteva valutare le gambe da quella posizione, anche perché c'era di mezzo il volante, il che la preoccupava un po'.

«Non hai sentito niente di quello che ho detto, vero?» le chiese Chris a un certo punto.

Sienna riportò subito lo sguardo sul suo con aria colpevole. «Sì, invece.»

Ridacchiò e lei riuscì solo a fissarlo scioccata, amando il suono che rimbombò dal suo petto. Quando sorrideva anche il suo viso si illuminava.

Vergognandosi per aver provato anche la minima attrazione per quell'uomo, mentre era letteralmente intrappolato da tonnellate di acciaio, cercò di controllarsi.

«Quanti anni avevo quando ho scoperto che sarei diventato padre?» la interrogò.

Gli fece un sorrisetto impertinente. «Ventuno. La mamma di Tony ti piaceva, ma non eri sicuro di voler passare il resto della vita con lei. L'hai sposata lo stesso e poi è nato tuo figlio.»

«Ok» le concesse. «Stavi ascoltando.»

«Sono una donna» ribatté compiaciuta. «Posso fare più di una cosa alla volta. Come vanno le gambe?»

«Mi formicolano i piedi» rispose subito. Poi le chiese: «È una brutta cosa?»

«Non voglio mentirti. Non è positivo ma non è nemmeno una cosa terribile. Il fatto che tu possa sentirli è un bene.»

«Ma sono bloccato.»

Non volendo che ritornasse a fissarsi su quello, risvegliando la sua claustrofobia, gli disse: «Ho incontrato Randy, il mio ex, quando avevo tredici anni e lui diciassette. A quei tempi non sapevo che non fosse una cosa appropriata, ma anche se l'avessi saputo non mi sarebbe importato. Lo amavo e pensavo che provasse i miei stessi sentimenti. Scoprii che gli piaceva molto fare sesso... non importava con chi. Quando avevo diciotto anni mi sono trasferita da lui; pensavamo di essere adulti. Quando sono rimasta incinta ha deciso che, dopotutto, forse non voleva esserlo.»

«Ti ha scaricata? Che stronzo» ringhiò Chris. «Miranda e io non eravamo una coppia perfetta, ma abbiamo sempre lavorato insieme per quanto riguardava Tony.»

Sienna non voleva ammettere quanto la facesse sentire bene sentirlo incazzato per lei. «Sì, mi ha mollata, ma non dispiacerti per me o per mia figlia. Sono tornata a vivere con i miei genitori e mi hanno aiutata a crescere Sarah. Mi hanno incoraggiata ad andare al college della nostra città. Avevo in programma di diventare un'infermiera, ma dopo il primo giro in ambulanza ne sono rimasta affascinata. Mi ha impressionata il modo in cui intervenivano i paramedici facendo il possibile per mantenere in vita una persona fino al suo arrivo in ospedale. È stata un'enorme scarica di adrenalina. Quindi ho preso prima la licenza di tecnico medico di emergenza, poi la certificazione di paramedico. Da allora non mi sono più guardata indietro.»

«Per mia esperienza posso dire che sei brava in ciò che fai» le disse con un piccolo sorriso.

Sienna ricambiò ma non rispose. Non riusciva a credere di provare dei sentimenti così potenti nei confronti di quell'uomo. Era pazzesco. Non poteva negare che non le sarebbe dispiaciuto conoscerlo meglio una volta tornati in Tennessee.

«Grazie» gli disse dopo un momento.

Rimasero lì in attesa nell'intimità dell'auto distrutta, fissandosi intensamente, e lei si chiese cosa stesse pensando Chris.

Stava per chiederglielo quando da fuori qualcuno gridò, facendoli trasalire. Strinse la presa sulla sua testa e gli disse: «Sono arrivati i soccorsi.»

«Per quanto mi riguarda, erano già qui» replicò, i suoi

occhi brillavano di ammirazione e di qualcosa che non riuscì a interpretare.

———

Per quanto folle potesse sembrare, Chris era quasi deluso che il suo tempo con Sienna fosse stato interrotto. Venti minuti prima avrebbe fatto di tutto per uscire dall'auto, ma in qualche modo lei era riuscita in qualcosa che nessuno psicologo era mai stato in grado di fare: fargli superare un attacco di panico semplicemente toccandolo e parlando con lui. Aveva reindirizzato i suoi pensieri, una tattica che altri avevano provato, ma in passato non era mai riuscito a smettere di pensare di essere sepolto vivo o soffocato in quella dannata cella di isolamento. Invece lì, anche se era ancora immobile e bloccato in quella maledetta macchina, non riusciva a pensare a nient'altro che a lei.

Sienna aveva iniziato a sudare e i suoi capelli si erano attaccati alla fronte e ai lati del collo. Doveva essere scomoda così chinata, mentre gli teneva ferma la testa, ma tutta la sua attenzione era concentrata su di *lui*, non sulla propria comodità.

Non gli era sfuggito il modo in cui i suoi occhi si erano illuminati quando aveva parlato della figlia, e nemmeno quando gli aveva accarezzato il collo con il pollice per cercare di calmarlo. Era stata professionale come lo sarebbe stato qualsiasi paramedico, ma c'era sicuramente qualcosa tra loro. Qualcosa di più che il semplice aiuto di un operatore sanitario verso un cittadino in difficoltà.

Dopo l'arrivo dei vigili del fuoco, le cose incominciarono ad accadere molto rapidamente. Usarono i loro attrezzi per staccare il cofano dell'auto e separare il corpo del veicolo dal motore. Sienna lo tenne calmo e spiegò cosa stava succedendo in ogni momento, in modo che non si spaventasse. Il rumore dei macchinari era forte e quando non riuscivano a parlare, lei manteneva il contatto visivo con lui, accarezzandogli costantemente il collo con il pollice, rassicurandolo che era lì.

Nel momento in cui venne rimosso il volante, togliendo la pressione dalle sue cosce, Chris tirò un sospiro di sollievo; le dita dei piedi gli formicolavano ancora, ma non era più intrappolato.

Quando Sienna tolse le mani dalla sua testa e gli applicarono un collare, fu pervaso da un senso di panico.

Rifiutandosi di lasciarle andare il polso, disse con urgenza: «Non andartene.»

«Sono qui» lo blandì. «Ma devo togliermi di mezzo in modo che i paramedici possano portarti fuori.»

Nel momento in cui la lasciò andare, fu travolto da tutte le altre cose che avrebbero dovuto preoccuparlo anche prima. Nei minuti che impiegarono a sollevarlo con cautela dall'auto e a sistemarlo su una barella, fece del suo meglio per tenere a bada l'ansia. Quando i vigili del fuoco iniziarono a spingerlo verso l'ambulanza, non poté resistere alla tentazione di parlare di nuovo con la sua soccorritrice. Cercò di girare la testa per cercarla, ma il collare glielo impedì. «Sienna?» chiamò.

«Sono qui, niente panico» rispose lei.

Sentì la sua mano sulla spalla mentre continuavano a spingerlo verso l'ambulanza. «Puoi cercare Tony e dirgli cos'è successo? Non so quando potrò uscire dall'ospedale. Potrei non riuscire ad arrivare in tempo e non voglio che pensi che non sono andato ad accoglierlo.»

«Certo» rispose. Il viso di Sienna apparve sopra il suo e la sentì infilare la mano nella sua. Si afferrò a lei non riuscendo a credere a quanto gli sembrasse perfetto.

«C'è un gruppo di soldati che si è fermato ad aiutare a dirigere il traffico e che ha chiamato la polizia. Sono gli stessi che hanno inseguito il coglione che era scappato dopo esserti venuto addosso. Mentre venivi estratto, ho parlato brevemente con uno di loro e mi ha detto che avrebbe fatto il possibile per assicurarsi che tuo figlio sapesse dove sei e cos'è successo.»

Chris lanciò un'occhiata al punto che Sienna stava indicando e si accigliò. C'era un gruppo di sei uomini. Erano tutti più giovani di lui ed estremamente in forma.

Era un pensiero irrazionale, ma non gli piaceva l'idea che Sienna avesse passato del tempo con loro... e magari avessero catturato la sua attenzione prima che lui ne avesse la possibilità.

La guardò di nuovo. «Esci con me» sbottò.

Lo fissò sorpresa. «Che cosa?»

«Un appuntamento. Quando mi dimetteranno dall'ospedale o, se è troppo presto, quando torniamo in Tennessee. Viviamo entrambi a Nashville, voglio portarti fuori. Magari a Capodanno.» Trattenne il respiro aspettando la sua risposta.

«Temevo questo viaggio» gli disse, tenendosi alla larga dai paramedici. «Amo mia figlia, ma non mi sento molto a mio agio in una base militare. Non conosco le regole e temo sempre di fare delle figuracce. Odio trovarmi in situazioni del genere da sola. È imbarazzante. E vedere tutte le altre coppie che aspettano i loro figli mi fa sentire una fallita per il fatto di non avere una relazione, ma ora ho capito perché dovevo venire. Dovevo incontrarti.»

«Scusi signora, dobbiamo caricarlo» disse uno dei paramedici. «Andremo al Darnall Army Medical Center, è l'ospedale più vicino. È stato molto fortunato a non ferirsi di più.»

Sienna annuì e fece un passo indietro. Chris strinse la presa sulla sua mano. «Aspetti!»

Il paramedico sembrò seccato, ma si fermò prima di caricarlo.

«Non hai risposto alla mia domanda» le disse.

Lei gli fece il sorriso più bello che avesse mai visto e rispose: «Sì. Mi piacerebbe uscire con te.»

«Il Natale più bello di sempre» dichiarò stringendole la mano, desiderando di poterla portare alle labbra e baciarla. Le cinghie della barella lo tenevano immobile, ma per una volta non pensò alla sua claustrofobia, solo a dove avrebbe potuto portare Sienna al loro primo appuntamento. L'ultima cosa che vide prima che le porte dell'ambulanza si chiudessero fu il suo bel sorriso.

PARTE 2

L'ANGELO

«Non posso credere che tu conosca il padre di Tony» disse Sarah quella sera, mentre stavano andando a trovare Chris in ospedale. I soldati sul luogo dell'incidente avevano fatto proprio come promesso e l'avevano scortata fino alla base. Sienna aveva scoperto che erano in una specie di plotone e aveva avuto l'impressione che non volessero parlarne. Se avesse dovuto indovinare, avrebbe detto che erano delle forze speciali; emanavano proprio quell'aura.

Inoltre, aveva notato che portavano tutti l'anello al dito.

Si era accorta dello sguardo geloso che Chris aveva rivolto loro e avrebbe voluto rassicurarlo di non essere affatto attratta da quegli uomini, ma non aveva voluto metterlo in imbarazzo. Non appena lo avesse rivisto, gli avrebbe detto che erano tutti sposati... felicemente, se il modo in cui parlavano delle loro mogli era un'indicazione.

Aveva seguito i veicoli dei soldati oltre i cancelli, fino a un edificio nel mezzo dell'affollata base dell'esercito. L'avevano accompagnata all'interno e presentata al comandante dell'unità di sua figlia. L'uomo conosceva Tony, dato che a quanto sembrava era un ottimo soldato e aveva fatto un'impressione positiva su molti ufficiali dell'unità, così aveva fatto accompagnare entrambi i ragazzi nel suo ufficio.

Era stata felicissima di rivedere sua figlia; FaceTime e le mail non erano la stessa cosa che vederla di persona ed essere sicura che fosse sana e salva. Dopo aver dato il bentornato a casa a Tony, gli aveva raccontato ciò che era successo a suo padre e quello che sapeva delle sue condizioni di salute.

Ora erano tutti nell'auto a noleggio di Sienna, mentre attraversavano la base per andare all'ospedale.

«È pazzesco che viviate entrambi a Nashville» disse Tony. Era un giovane molto educato e le era piaciuto fin da subito. Aveva circa la stessa età di Sarah, ma a quanto pareva non si conoscevano. Anche se erano stati dispiegati insieme, Tony era un fante e Sarah una cuoca, quindi non frequentavano gli stessi circoli mentre erano oltreoceano.

«Vero?» disse Sienna. «All'inizio pensavo che stesse scherzando. Quante probabilità potevano esserci che ci incontrassimo qui in Texas, che fossimo entrambi da Nashville e con i figli nella stessa unità?»

«È piuttosto strano. Forse è il vostro miracolo di Natale» scherzò Tony.

«È esattamente ciò che ho detto io!»

Poi il ragazzo si fece serio e le chiese: «Sei sicura che stia bene?»

Lei annuì e cercò di rassicurarlo. «Sì. Ha sbattuto la testa contro il finestrino, ma penso che l'entità delle sue ferite sia tutta lì. È stato molto fortunato.»

«Non capisco perché stesse guidando un'auto così piccola» rifletté Tony. «Non noleggia mai niente che non sia un SUV o un qualsiasi veicolo di dimensioni simili.»

Sienna scrollò le spalle. «Non lo so, sono sicura che te lo dirà quando arriveremo in ospedale, ma da quello che ho capito quella macchina gli ha salvato la vita. Gli airbag a tendina laterali hanno ammortizzato l'urto. Poteva andare molto peggio.»

«Grazie per esserci stata per lui» le disse.

Sienna si fermò nel parcheggio dell'ospedale e si voltò a guardarlo. «Da quel poco che so di tuo padre, ho la sensazione che sarebbe stato bene anche se non ci fossi stata io. In realtà non stava poi così male.»

«Ma hai detto che era intrappolato» insistette.

Sarah stava ascoltando la conversazione con interesse.

«Sì» confermò.

«È claustrofobico. Non gli piace ammetterlo, ma da quello che mi ha detto negli ultimi mesi sta peggiorando, non migliorando.»

«Credo che a nessuno piaccia ammettere qualcosa di sé

che potrebbe essere vista come una debolezza. Sono sicura che tu, in qualità di soldato, abbia conosciuto molti uomini che sono rimasti feriti e che stanno lottando per affrontare ciò che hanno visto e compiuto mentre erano in missione. Questo non è diverso. Solo perché tuo padre ha difficoltà a venire a patti con la rivolta in prigione non significa che non sia forte o coraggioso. Il fatto che la prima cosa che mi ha detto sia stata che soffre di claustrofobia, me lo fa rispettare di più, non di meno. Nascondere ciò che provi non ti rende più virile o più forte. Ricordalo.»

Tony la fissò per un attimo, poi contrasse le labbra. «Sì, signora.»

Sienna scosse la testa. «Scusa. Essendo una che ha visto la sua buona parte di psicologi a causa delle mie esperienze, tendo a essere piuttosto appassionata riguardo a quest'argomento. Dai, entriamo e vediamo di riuscire a trovare tuo padre. So che è ansioso di vederti.»

I tre entrarono nell'ospedale e furono indirizzati al piano di Chris. Percorsero un lungo corridoio e Tony aprì la porta di una stanza, ma Sienna si fermò prima di seguirlo all'interno.

Sarah si voltò appena dentro e le chiese: «Mamma? Vieni?»

Per una frazione di secondo si chiese cosa stesse facendo. Lei e sua figlia avrebbero dovuto essere dirette al ristorante cinese più vicino, com'era loro abitudine alla vigilia di Natale. Avrebbe dovuto lasciar giù Tony e andare per la sua strada.

Perché era eccitata di rivedere Chris? Non era che si stessero davvero frequentando, erano degli estranei. Era stata la prima ad arrivare sulla scena di un incidente più volte di quante ne potesse contare, perché con Chris King era così diverso?

Prima che avesse il tempo di afferrare Sarah e scappare, sentì l'urlo felice di Chris quando vide suo figlio. E quello bastò. Quando udì la sua voce bassa e tonante, i suoi piedi si mossero come se avessero una mente propria.

Sienna chiuse la porta e sorrise alla scena che si trovò davanti. Tony era seduto su un lato del letto e stava abbracciando il padre. I due non avevano problemi a dimostrarsi affetto. Le piaceva. L'emozione genuina che trasmettevano entrambi gli uomini era palpabile.

Quando finirono di salutarsi, Chris incontrò gli occhi di Sienna. «Ehi» le disse con un gran sorriso. «Sei tornata.»

«Sì» mormorò, sapendo di essere arrossita senza riuscire a impedirlo. Ogni volta che era vicina a lui si sentiva come se avesse di nuovo quindici anni. Non avrebbe voluto arrossire, ma il suo sguardo le fece capire che anche lui provava interesse per lei.

Sienna si sedette e riuscì ad avere una conversazione normale con tutti, ma era più che consapevole del modo in cui Chris continuava a lanciarle occhiate furtive, proprio come faceva lei. La tensione tra loro era così forte che non poteva credere che Sarah e Tony non l'avessero fatto notare.

Dopo essere stato rassicurato per la decima volta che suo padre stava davvero bene e che il dottore lo avrebbe trattenuto solo una notte per precauzione a causa di una leggera commozione cerebrale, Tony si alzò. «Papà, se stai davvero bene me ne vado. Alcuni dei ragazzi dell'unità si trovano per una festa improvvisata di Natale/bentornato a casa.» Si rivolse a Sarah. «Vuoi venire?»

Lei guardò sua madre. «Oh, be'... stavamo per cercare un ristorante cinese per cenare...»

La madre scosse la testa. «Tranquilla. Vai. Divertiti. Ci sentiamo domani.»

«Sei sicura?»

Sienna guardò Chris, e quando vide che la stava fissando con uno sguardo intenso, arrossì subito. «Ne sono sicura» disse distrattamente, senza distogliere gli occhi da lui.

Quel contatto visivo fu interrotto quando Tony si chinò per abbracciare il padre. Sienna si alzò per fare lo stesso con la figlia. Una volta che i ragazzi se ne andarono, si sentì a disagio.

Ma Chris tese la mano e le disse: «Vieni qui.»

———

Chris trattenne il respiro mentre sperava che quella donna bellissima gli prendesse la mano. Aspettò quelle che sembrarono ore, ma in realtà furono solo pochi secondi. La vide fare un respiro profondo, poi i pochi passi necessari per portarsi al suo fianco.

Nel momento in cui chiuse le dita intorno alle sue, Chris si rilassò. Le tirò la mano finché non fu proprio accanto al materasso. Tirò ancora una volta e lei si sedette nel posto che aveva occupato suo figlio un minuto prima. «Grazie per essere venuta con Tony» le disse, volendo finire quella parte prima di passare ad argomenti più interessanti. «So che ha vent'anni, ma è comunque il mio bambino e odiavo che venisse a sapere del mio incidente da qualcun altro.»

«Il comandante si è assicurato che sapesse che stavi

bene prima che io gli fornissi qualsiasi dettaglio.»

Chris amava il suono della sua voce. Era basso e dolce e lo faceva rilassare, proprio com'era successo quando erano all'interno dell'auto distrutta. «E grazie per essere venuta nella mia stanza con lui.»

«Prego.»

«Hai fame?»

«Un po'» rispose.

«Cinese?» le chiese con un sorriso.

Lei sorrise a sua volta. «È una tradizione. Una volta alla vigilia di Natale avevo fatto un turno di dodici ore e quando sono tornata a casa non c'era molto da mangiare. Dato che non sono una cuoca bravissima, ho portato a cena fuori Sarah, rendendolo un grande evento. Così è diventata una tradizione. Ma...»

«Ma?» le chiese, quando lei si fermò.

«Ho una confessione» disse seria.

«Sì?»

«Non mi piace il cibo cinese» sussurrò. «Ma era l'unico ristorante aperto quel giorno di tanti anni fa.»

Chris prima sorrise e poi scoppiò a ridere. Quando lei ridacchiò in risposta, lui rise ancora più forte. Prima che se ne rendesse conto, stavano entrambi sghignazzando tenendosi la pancia. Una volta ripreso il controllo le disse: «Mi piacerebbe poterti cucinare una favolosa cena della vigilia, ma temo che sia impossibile quest'anno.»

«Sarà per un'altra volta» ribatté Sienna con un timido sorriso.

Sentì il cuore gonfiarsi. Non aveva idea se da lì a un anno sarebbero stati ancora in contatto, ma lo sperava proprio. «Che ne dici se ordiniamo qualcosa da asporto così possiamo mangiare qui insieme. I medici hanno detto che non ho alcuna restrizione nella dieta, mi trattengono davvero solo per precauzione. Sarò dimesso domani mattina, se durante la notte non avrò dolori.»

«Buona idea. Ti va di mangiare hamburger?»

«Di Whataburger?» le chiese.

«Siamo in Texas... che altro?» scherzò Sienna.

Chris le stava ancora tenendo la mano e lei non cercò di liberarsi. Dopo un attimo gli chiese: «Cosa stiamo facendo?»

«Ci conosciamo» le rispose con prontezza.

«È una follia» mormorò più a se stessa che a lui.

«Sarebbe una follia ignorare l'intensa connessione che sembra abbiamo» osò replicare Chris. «Mi piaci molto Sienna. Non ho idea di cosa accadrà in futuro, ma per ora voglio solo godermi la tua compagnia e conoscerti meglio. Scoprire che tipo di musica ti piace, qual è il tuo colore preferito e magari qualcosa di più sui precedenti quarant'anni che hai vissuto.»

Lei ridacchiò ma non replicò.

«La senti, vero?» le chiese, temendo all'improvviso di essere l'unico a percepire quell'intensa connessione.

«La sento, e mi sta spaventando a morte» ammise.

«Sono un uomo steso su un letto d'ospedale con una commozione cerebrale, di cos'hai paura?» le domandò con un sorriso.

Lei si raddrizzò e annuì. «Hai ragione.»

«Ovvio.»

Sienna alzò gli occhi al cielo. «Vado a cercare un Whataburger, sperando sia aperto. Torno subito.»

Si alzò in piedi, ma Chris non le lasciò la mano. La fissò e poi annuì, passandole il pollice sul dorso. Alla fine la lasciò andare. «Fai presto. Guida con prudenza e fai attenzione ai pick-up impazziti, ho sentito che possono essere pericolosi.»

Lei sorrise alla sua battuta e annuì. Prese la borsa per uscire dalla stanza, quando arrivò alla porta si voltò e leccandosi le labbra disse: «Torno il prima possibile.»

«Va bene.»

Quando se ne andò Chris chiuse gli occhi e fece un respiro profondo. Non sapeva cosa ci fosse in Sienna, ma era da molto che non desiderava qualcosa come il suo ritorno.

———

Sienna guardò l'orologio e fu sorpresa di vedere che era quasi mezzanotte. L'infermiera di turno era andata a controllare Chris un paio di volte ed era stata soddisfatta che stesse andando tutto bene. Le aveva detto che l'orario di visita terminava alle dieci, ma dato che era la vigilia di Natale avrebbe chiuso un occhio se fosse rimasta più a lungo.

Avevano mangiato gli hamburger e parlato senza sosta. Era davvero facile parlare con Chris; le sembrava di conoscerlo da anni, non da meno di un giorno.

«Che ore sono?» le chiese.

«Quasi mezzanotte.»

«Mi prendi lo zaino, per favore?»

Rimase confusa da quella richiesta. Era seduta su una sedia accanto al letto, chinata in avanti con i gomiti appoggiati sul materasso. Lui era sdraiato su un fianco e nelle ultime ore erano stati come chiusi in una sorta di bolla intima.

Sienna si alzò e prese lo zaino che era appoggiato

contro il muro. Glielo porse e lo guardò mentre ci frugava dentro. Era curiosa, ma rimase zitta. Dopo un momento Chris tirò fuori qualcosa, poi si chinò per posare lo zaino sul pavimento vicino al letto. Allungò di nuovo una mano e automaticamente Sienna la prese.

La incoraggiò a sedersi sul bordo del materasso, guardandola con uno sguardo così intenso da toglierle il fiato.

«Il Natale non è mai stato la mia festa preferita. Per la maggior parte degli anni ero da solo, dato che Tony stava con sua madre. Le volte in cui è stato da me, mi preoccupavo costantemente che paragonasse il Natale a casa mia con quello che di solito festeggiava con lei.» Scrollò le spalle imbarazzato. «Mi facevo così tante pressioni per rendere tutto perfetto per mio figlio, che non ho mai pensato al vero significato della festa. Che quello era il momento di donare agli altri e di essere grato per ciò che avevo. Dopo che Tony si è diplomato, mi offrivo per lavorare durante le feste, semplicemente per sentirmi meno solo. Quando mi sono ritrovato nel mezzo di quella rivolta, ho pensato di essere spacciato. Che i poliziotti avrebbero trovato il mio corpo pestato e martoriato in quella cella e sarebbe finito tutto.»

Sienna fece un verso di protesta e Chris allungò una mano per infilarle una ciocca di capelli dietro l'orecchio.

«Sai già che ho lottato con la claustrofobia, che ho considerato l'idea di andare in pensione e trovare qualcos'altro da fare. Quando sono rimasto bloccato in quella macchina, il primo pensiero che mi è passato per la testa è stato "non di nuovo", ma poi ho sentito la voce di un angelo. *Eri tu*, Sienna. Eri lì e mi hai aiutato a non perdere la testa.»

«Chris» protestò, ma lui le mise un dito sulle labbra per zittirla. Sentì un formicolio dove l'aveva toccata e avrebbe voluto prenderlo in bocca, invece cercò di concentrarsi su ciò che stava dicendo.

«Quando aveva dieci anni, Tony mi ha regalato questo per Natale. Ha detto che era un portafortuna e che mi avrebbe guidato verso il mio angelo. Da allora l'ho portato con me ogni giorno.» Le prese la mano e le mise qualcosa nel palmo.

Sienna guardò in basso e vide una piccola pietra. Sulla superficie era dipinto in modo grossolano un simpatico angelo con i capelli castani, si era staccata un po' di vernice ma era comunque riconoscibile.

«Buon Natale» le disse con dolcezza, chiudendole le dita attorno alla pietra.

Quando capì il significato delle sue parole ansimò e alzò lo sguardo per incontrare il suo. «Non posso accettarlo.»

«Sì che puoi. Ti prego. Ho bisogno che tu lo tenga. Devo assicurarmi che tu sia al sicuro là fuori.»

La pietra sembrava bruciarle nella mano. Nessuno le aveva mai dato qualcosa di così speciale. «Non so cosa dire.»

«Non devi dire niente» la rassicurò. «Sento che è giusto, che è come dovrebbe essere. Sei il mio angelo, Sienna. Il mio angelo di Natale.» Dopo un momento, le cinse il collo.

Si sentì ricoprire di brividi mentre la mano callosa le sfiorava la nuca sensibile.

Chris non si mosse, non la attirò a sé, non le fece alcuna pressione. La fissò semplicemente e nei suoi occhi trasparivano tutte le emozioni che stava provando.

La voleva. Credeva davvero che fosse stata mandata ad

aiutarlo nel momento del bisogno. Alla vigilia di Natale per giunta.

Perché non avrebbe dovuto essere il suo angelo? Forse *era* stata mandata in quell'incrocio quando aveva avuto bisogno di lei. Quante probabilità c'erano che i loro figli fossero nella stessa unità dell'esercito? O che vivessero nella stessa città?

Gettando al vento la prudenza e decidendo che per una volta nella vita avrebbe seguito ciò che desiderava, Sienna si sporse in avanti annullando la distanza tra loro. Sentì le dita di Chris stringersi dietro al collo e vide il suo piccolo sorriso pochi secondi prima che posasse le labbra sulle sue.

Aveva baciato ed era stata baciata molte volte nella vita. Alcune volte era stato bello, altre non molto, ma il bacio di Natale che scambiò con Chris fu più intenso, più da brividi, più... significativo di qualsiasi cosa avesse mai sperimentato prima.

Chiuse gli occhi e si abbandonò alle emozioni che travolsero il suo corpo. Lo desiderava, ma poteva pregustare la dolce promessa anche nelle sue labbra.

La strinse a sé ma non troppo forte, così da farle capire che l'avrebbe lasciata andare subito se si fosse tirata indietro. Le loro lingue si stuzzicarono un po' prima che lui inclinasse la testa per baciarla con più passione. Sienna gemette e gli mise una mano sul petto per mantenere l'equilibrio.

Non avrebbe saputo dire per quanto tempo continuarono a baciarsi, ma quando alla fine Chris si scostò, lei si lamentò.

Riaprì gli occhi aspettandosi di vederlo sorridere o almeno divertito. Invece quando lo guardò vide solo tenerezza.

«Buon Natale, Sienna» disse dolcemente.

«Buon Natale, Chris.»

«Voglio ancora portarti fuori per Capodanno.»

Lei riuscì solo ad annuire.

Chris si leccò le labbra e spostò un attimo lo sguardo sulla sua bocca, prima di tornare a guardarla negli occhi. «Non cambierei nulla di questa giornata. Nemmeno un secondo.»

Sienna deglutì a fatica.

«Dovresti andare. Sono sicuro che sei stanca e so che hai dei programmi con Sarah per domani.»

Annuì di nuovo.

Chris sorrise. «Mi daresti un altro bacio prima di andare?»

Felice che gliel'avesse chiesto invece di prendersi ciò che voleva, si sporse di nuovo verso di lui.

Venti minuti più tardi, dopo aver memorizzato i numeri di telefono nei rispettivi cellulari, Sienna si fermò sulla soglia prima di andarsene. Da qualche parte in fondo al corridoio si sentiva una melodia natalizia, ma per il resto era tutto tranquillo. «Ci sentiamo domani» gli disse. Si erano baciati finché Chris non si era allontanato con un gemito. Doveva andare all'hotel, ma andarsene era l'ultima cosa che avrebbe voluto fare.

«Certo» replicò Chris.

Era evidente che nemmeno a lui piaceva che se ne stesse andando.

«Scrivimi quando arrivi così so che non hai avuto problemi. Altrimenti mi preoccupo.»

«Lo farò.» Che sensazione bellissima; era passato molto tempo dall'ultima volta che qualcuno si era preoccupato di sapere che fosse arrivata a casa sana e salva.

Toccò la pietra dell'angelo che aveva in tasca. Non sapeva cos'avesse fatto nella vita per essersi trovata nel posto giusto al momento giusto per incontrare Chris, ma ringraziò la sua buona stella.

Sienna indietreggiò, uscì dalla stanza sorridendo e si voltò per percorrere il corridoio.

Non aveva idea di cosa riservasse il futuro, ma aveva un buon presentimento. Su di lui. Su di *loro*.

Quella notte fece un sogno.

Lei e Chris erano seduti su delle sedie a dondolo, tenendosi per mano e guardando il tramonto sull'oceano. Sarah e Tony erano lì con quelli che pensava fossero i loro coniugi, e c'erano bambini che correvano ovunque. Chris si voltò verso di lei, e lo sguardo d'amore nei suoi occhi era evidente e familiare come non mai.

«Ti amo, signora King.»

«E io amo te, signor King.»

Sienna si svegliò sorridendo e prese la pietra con l'angelo che Chris le aveva regalato la sera prima. La strinse nel pugno e se la portò al petto. «Grazie per avermelo mandato» sussurrò. «Buon Natale.»

* * *

Prossimamente!

Armi & Amori: verso il futuro

Soccorrere Caite (1 Marzo)
Soccorrere Brenae (15 Marzo)
Soccorrere Sidney (15 Aprile)
Soccorrere Piper (1 Giugno)

Ricerca e soccorso Eagle Point

In cerca di Lilly (29, Marzo)

Forze Speciali alle Hawaii
Trovare Monica (10 Maggio 2022)

Delta Force Heroes
Salvare Annie (8 Feb 2022)

Proteggere il Futuro
Proteggere Kiera
Proteggere i figli di Alabama
Proteggere Dakota

Ace Security
Il riscatto di Grace
Il riscatto di Alexis
Il riscatto di Bailey
Il riscatto di Felicity
Il riscatto di Sarah

Una raccolta di storie brevi
Un momento nel tempo